임제열 퓨전 판타지 장편소설
WISHBOOKS FUSION FANTASY STORY

나 혼자 S급 소환수 8

임제열 퓨전 판타지 장편소설

초판 1쇄 찍은 날 | 2022년 8월 8일
초판 1쇄 펴낸 날 | 2022년 8월 8일

지은이 | 임제열
펴낸이 | 권태완 우천제

기획 | 위시북스
편집책임 | 한준만
편집 | 위시북스

펴낸곳 | ㈜케이더블유북스
등록번호 | 제25100-2015-43호
등록일자 | 2015. 5. 4
KFN | 제4-8호

주소 | 서울시 구로구 디지털로31길 38-9, 401호
전화 | 070-8892-7937 팩스 | 02-866-4627
E-mail | fantasy@kwbooks.co.kr

ⓒ임제열, 2022

ISBN 979-11-404-0768-2 04810
      979-11-293-9356-2(set)

※ 파본은 구입하신 서점에서 교환하여 드립니다.
※ 저자와 협의하여 인지를 붙이지 않습니다.
※ 이 책은 예원북스와 저작자의 계약에 의해 출판된 것이므로 무단 전재 및 유포, 공유를
   금합니다.
※ 이 도서의 국립중앙도서관 출판시도서목록(CIP)은 서지정보유통지원시스템 홈페이지
   (http://seoji.go.kr)와 국가자료공동목록시스템(http://www.nl.go.kr/kolisnet)에서
   이용하실 수 있습니다.

나 혼자 S급 소환수

임제열 퓨전 판타지 장편소설
WISHBOOKS FUSION FANTASY STORY

8

CONTENTS

1장	7
2장	70
3장	134
4장	196
5장	270
6장	332

1장

"이 빌어먹을 놈들이. 감히 나한테 칼을 돌려?"

후웅!

열받은 루시퍼가 팔을 떨쳤다.

소리도, 기척도 없이 휘둘러진 주먹이.

파가각!

단숨에 몇몇 천사들의 머리를 으깼다.

"그래, 다 덤벼보거라! 내 똑똑히 보여주겠다! 누가 이 천계의 지배자인지!"

고오오오!

루시퍼의 시커먼 날개에서 엄청난 기운이 소용돌이치기 시작했다. 그 기운이 얼마나 밀집되어 있는지, 공간이 비틀려 보일 정도.

하지만.

"더러운 악의 종자!"

"……루시퍼를 처단하라!"

"배신자를 죽여라!"

놀라운 속도와 위력이었음에도 천사들은 물러서지 않았다. 게다가 그 눈빛에는 공포라는 감정 또한 없어 보였다. 그들에게 담긴 감정은 오직 울분과 분노뿐.

"죽어!"

먼저 죽음의 천사, 사리엘이 날아올랐다. 그녀는 과거 바라키엘과 함께 미카엘을 섬기던 다섯 쌍 날개의 천사.

눈앞의 타락한 존재 때문에 지금껏 자신이 존경하던 미카엘을 증오했다는 사실이 소름 끼치게 싫었다.

"죽음으로 죗값을 치르거라!"

쐐애애액!

사리엘이 일으킨 죽음의 바람이 루시퍼의 목을 향해 쇄도했다. 분노의 일격이 엄청난 속도로 그에게 닿을 찰나.

"죗값?"

스르륵, 루시퍼의 신형이 사라졌다.

입가에는 진한 미소를 띤 채로.

"죗값은 너희들이 치러야지. 멍청하게 속은 죄."

"……!"

사리엘의 눈동자가 살짝 커졌다. 분명히 앞에 있었던 루시퍼의 목소리가, 바로 옆에서 들린 탓이다.

'빠, 빠르다!'

꽈아앙!

그 순간 옆구리에 엄청난 충격이 느껴졌다.

"커, 커헉!"

그야말로 눈 깜짝할 사이에, 루시퍼의 주먹이 박힌 것이다. 어지럽혀진 시야와 통제할 수 없는 육체 주변에는 어마어마한 열기가 느껴졌다.

놀랍게도 루시퍼는 그 와중에도 천사들의 머리를 으깨고 있었다.

으득!

사리엘이 이를 갈았다. 인정하긴 싫지만, 실력만큼은 발군이었다.

"크으…… 으아아아!"

하지만 그녀는 멈추지 않았다. 온몸에서 느껴지는 격통도 매스꺼운 속도. 공격을 멈출 이유로는 불충분했다. 악을 처단하기 위해서, 자신의 목숨조차 불사르는 집단 그것이 바로 천신을 수호하는 천사 집단이니까.

"귀찮게 하는군. 대장들부터 죽여야겠어."

하지만, 루시퍼는 소름 돋게 침착했다. 어지러워진 전장 속에서도 순식간의 각 구역의 대장들을 찾아냈다.

쐐애액!

뒤에서 치유하던 셀라피엘을 향해 순식간에 접근한 후.

꽈아앙!

발로 대가리를 걷어찼다. 허공에 뜬 채, 힘없이 날아가는 그녀를 힐끔 본 후에는.

파앗!

그대로 땅을 박차, 사리엘을 향해 질주하기 시작했다.

"막아라!"

"날개를 찢어!"

천사군들이 몸을 던져가며 막아봤지만 달리는 트럭을 달걀로 막는 꼴. 루시퍼는 질주하면서도 다가오는 상대에게 주먹을 일일이 꽂아 넣었다.

'아아……'

동공이 커다래진 사리엘은 부동의 자세로 자신에게 다가오는 루시퍼를 바라볼 수밖에 없었다.

자신의 인중 방향으로 다가오는 루시퍼의 주먹.

'끝인가?'

마치 피할 수 없는 대재앙을 맞이한 느낌이었다.

'그래도…… 포기하지 않는다.'

사리엘은 검을 높게 들어 찌르기 자세를 취했다.

루시퍼의 주먹에 머리가 터질지 몰라도 상대에게 작은 상처 하나만 남길 수 있다면……!

까앙!

"엇?"

사리엘의 눈이 휘둥그레졌다. 정체불명의 힘이 자신의 검날을 후려침과 동시에 쩌적, 검에 금이 갔기 때문.

'설마……?'

혹시나 싶은 그녀가 전방을 바라봤다.

그러고는 확인할 수 있었다. 자신을 향해 뻗어 있는 루시퍼의 검지를 저 멀리서 기파를 쏘아내 검을 박살 낸 것이다.

"이런……!"

사리엘이 주로 다루는 병장기는 검. 자신의 주먹으로는 루시퍼의 몸에 생채기 하나 낼 수 없었다.

"망할!"

무력감이 밀려왔다. 비록 짧은 기간이었지만 한 구역의 통치자까지 했던 사리엘이었다.

'근데 이렇게 아무것도 못 해보고 죽어야 한다니.'

두려움보다는 잠깐 악에 물들었던 그 순간을 미카엘께 사죄하지도 못하고 간다는 그 죄송스러움이 더 컸다.

하지만, 이제는 끝이다. 루시퍼의 주먹이 바로 앞, 지척까지 다가왔으니까.

질끈.

짙은 패색에 눈을 감은 사리엘이 좌절할 찰나였다.

"누가 그렇게 쉽게 포기하라 했느냐?"

콰아아아앙!

순간, 그녀의 고막에 엄청난 폭음과 동시에 따스한 목소리가 들려왔다.

그렇게도 듣고 싶었던, 우상의 목소리.

"미, 미카엘 님?"

"그러게, 검 말고 육탄전 수련도 게을리하지 말라 일렀거늘."

"아아……!"

사리엘의 눈망울이 촉촉해졌다. 자신에게 달려와, 루시퍼를 단숨에 튕겨낸 미카엘에 울컥한 것이다.

우우웅!

그뿐만이 아니었다. 그녀를 감싸 안는 부드러우면서도 성스러운 기운 숨이 턱 막히던 고통을 단숨에 날려 보내는 그 치유력은 오직 대천사만이 할 수 있는 치유 능력!

"라파엘 님도……?"

"오랜만이네요, 사리엘. 잘 버텨주었어요."

부드럽게 미소 짓는 라파엘. 그 뒤에는 우리엘과 가브리엘 역시 있었다. 사대 천사가 다시 천계로 복귀하는 순간이었다.

전투는 잠깐 소강상태가 됐다. 천사군들은 루시퍼를 둘러싼 채, 큰 원형을 만들어냈고 그 원의 중심에는 루시퍼와 사대천사. 그리고 진도윤 일행이 있었다.

"미카엘……!"

분노로 일그러진 루시퍼가 씹어내듯 읊조렸다. 검을 고쳐잡은 미카엘이 그에게 다가갔다.

"꼴이 우스꽝스럽구나, 루시퍼."

"닥쳐라!"

"그 열등감까지는 백번 이해해도, 세계수를 배신하다니. 이미 돌이킬 수 없는 죄를 지었다는 건 그대도 잘 알겠지."

부들부들.

루시퍼는 끓어오르는 분노에 몸을 떨었다.

어쩌다 이런 꼴이 됐을까?

'저놈.'

그가 누군가를 바라봤다. 팔짱을 낀 채, 여유롭게 미소 짓고 있는 인간, 진도윤이었다.

'이게 다 저 씹어 먹을 놈 때문이다.'

처음부터 꼬였다. 이상하다고 생각했을 때부터 죽여야 했는데 방심하는 탓에 살려 보냈고 결국은 이리저리 옮겨 다니며, 모든 대천사의 봉인을 풀어낸 꼴이 됐다.

어찌 알았으랴? 그 짧은 시간에, 그 많은 일을 행해낼 줄은.

"다 네놈 때문이다!"

콰가가가!

기운을 일으킨 루시퍼가 갑작스럽게 돌진하려 했지만.

후우웅!

양옆으로 치고 오는 미카엘과 우리엘의 검격에 막혔다.

"흐읍!"

재빨리 땅을 박차 뒤로 빠지려 했지만.

후우웅!

후방을 선점한 둠 나이트의 날카로운 섬격이 그의 허리를 베어냈다. 아직 그 위력은 약할지라도, 수준 높은 검의 묘리로 피해내기 힘든 둠 나이트의 검술.

'이런!'

하나씩 상대해도 벅찬 마당에 여럿이서 대처하니 루시퍼도 당황할 수밖에 없었다.

"타앗!"
 작은 상처를 무시하고 하늘로 튀어 올랐으나.
 화르륵! 촤아악!
 피닉스와 엘라임의 원거리 공격이 유도하듯 그의 몸을 두드린다.
 그리고 마지막으로.
 "어어……?"
 하늘 높은 시선으로 자신을 비웃듯 바라보는 파괴룡. 데몰리션이 발을 높게 들어 허공에 뜬 루시퍼를 아래로 찍어누르려 했다.
 '이런……!'
 재빨리 피하려 했지만, 엄청난 속도로 떨어지는 발에 하체가 걸려 버렸고.
 콰아앙!
 결국, 루시퍼는 상체만 드러낸 채, 땅에 처박힐 수밖에 없었다.
 "제기라아아알!"
 당황한 루시퍼가 양손에 힘을 줘, 자신의 다리 위, 파괴룡의 발을 걷어내려 했지만.
 푸욱! 푸욱!
 신속하게 다가온 미카엘과 우리엘이 검을 자신의 양팔과 함께 꿰어 바닥에 꽂는 바람에 움직일 수가 없었다.
 "끄아아아아아!"

루시퍼가 고함과 함께, 모든 기운을 쏟아내려 해봤지만 그마저도 할 수 없었다.

소울 콜렉터의 사기 스킬, 망령 희생(S급). 진도윤 옆에 있던 철갑 기사의 알 수 없는 힘이 그의 힘을 옭아매고 있었으니까.

"저런, 말도 안 되는……!"

아무것도 하지 않고, 자신의 힘을 봉인해 버리는 기술이라니. 그것도 악마의 힘을 부여받아 한층 강해진 자신의 힘을 말이다.

"크흐, 크흐흐흐!"

결국, 루시퍼는 볼썽사나운 꼴로 실성한 듯 웃는 것밖에 할 수 없었다. 아무리 힘을 줘봐도 데몰리션의 발을 벗어날 수 없었으니까.

싸움은 단순하다 못해, 싱겁게 끝이 났다. 엄청난 위력을 떨쳐내던 루시퍼치고는 허무하리만큼 빠른 승부.

그 모습에 지켜보던 천사들이 입을 떡 벌렸다.

"……루시퍼를 저렇게 단숨에?"

"과연 가이아께서 보내신 영웅이라는 건가?"

"아무리 그래도……."

소환수들의 엄청난 능력에 지켜보던 천사들이 웅성거릴 때였다.

"자, 잠깐. 저자는?"

그중 한 명이 외쳤다. 가드웨스트 대신전의 천사, 리프릴이었다.

그녀는 과거 진도윤의 천사 시험을 인증했던 자.

"99,999점의 천사! 진도윤! 그분이다!"

"뭐? 99,999점?"

"아, 그 소문으로만 듣던? 한 번에 다섯 쌍 날개를 달았었댔지?"

자신을 알아보는 몇몇 천사들을 보며 진도윤이 싱긋 웃었다. 우리엘을 제외한 대천사들은 그게 무슨 소리냐는 듯, 고개를 갸웃하고 있었지만.

'나중에 설명해 주면 될 일이지.'

지금은 저 눈앞의 버러지부터 처리해야 한다.

저벅, 저벅.

팔짱을 푼 진도윤은 바닥에 박혀 웃고 있는 루시퍼 앞으로 걸어 나갔다. 그러고는 그 앞에 쪼그려 앉아, 입을 열었다.

"야."

싸늘한 그의 목소리가 루시퍼의 귓가를 파고들었다.

"궁금한 게 하나 있는데."

진도윤이 가볍게 스트레칭하며 묻자, 루시퍼가 고개를 쳐들었다.

"닥쳐라, 이 빌어먹을 노오모으아아악!"

"뭐야? 왜 말을 하다 비명을 지르고 그래?"

진도윤이 고개를 갸웃했다.

"하긴, 아프기야 하겠다."

루시퍼가 비명 지르는 이유. 그것은 바로 충성스러운 데몰리션에 있었다. 녀석이 루시퍼를 짓누른 발을 바닥에 강하게 비벼대고 있었으니까. 감히 주인에게 욕지거리하는 모습을 보고 참지 못한 것이다.

"잘했어, 데몰리션."

"크르르르……."

낮게 울부짖는 녀석 밑으로 하체가 완전히 짓이겨진 루시퍼는 허리를 비틀어가면서까지 발버둥 쳤다.

"끄아아악, 끄아악! 이게 무슨 짓들이냐! 그냥 죽여라! 죽이라고!"

"후, 그러게, 물어보는 말에 재깍재깍 답하면 얼마나 좋아? 서로 피곤하게 왜 이리 자존심을 부려?"

루시퍼의 뺨을 툭툭 때린 진도윤은 생각했다.

'그 끔찍했던 루시퍼를 이렇게 쉽게 발아래 둘 수 있다니……. 감회가 새롭긴 하네.'

처음 천계에 와서 루시퍼를 만났을 땐 그야말로 '절망'을 마주한 느낌이었다. 어떤 방법을 써도 이길 수 없을 것 같은 그런 느낌.

하지만, 지금은 충분히 상대할 수 있을뿐더러, 여유롭기까지 했다.

'그때에 비해 그렇게 시간이 많이 흐른 것도 아닌데.'

물론, 진도윤은 그 이유를 잘 알았다.

'아세브라도.'

그 녀석 덕분이었다. 지금까지도 소울 콜렉터에게서 뿜어져 나오는 그 힘이 루시퍼의 기운을 옭아매고 있었으니까.

본인 역시 당해봐서 잘 안다. 그 기술이 얼마나 끔찍한지.

'신기하긴 하네.'

아무리 루시퍼가 천사군과 싸우느라 기운을 좀 사용했다 해도 소울 콜렉터는 아직 4성이다. 마계 구역도 아닌지라, 본래의 힘을 낼 수도 없는 상황에서 녀석은 완벽하게 루시퍼를 봉인해 내고 있었다.

"흠······."

진도윤이 뺨을 긁적였다.

그러고 보니, 왜 그렇게 되는 거지? 영혼의 힘은 구역과 다르게 측정되는 건가? 아니면, 루시퍼가 악마라서?

'정확한 이유는 모르겠지만.'

어쨌든, 결과가 좋으니 된 거 아니겠는가?

'기연을 얻은 거지.'

사실, 아세브라도를 얻기 전까진 10악마를 생각하면, 막막함만 떠올랐었다.

하나, 지금은 한 마리 정도는 혼자서도 어떻게든 비빌 수 있을 거란 생각이 들었다.

'괜히 전략 병기가 아냐.'

이대로라면 녀석들은 자신들이 만든 병기로 인해 대계를 그르치게 되겠지.

그렇게 계속 잡념에 빠져 있을 찰나였다.

"은인이여."

루시퍼의 왼쪽 팔을 찍어누르던 미카엘이 진도윤을 쳐다봤다.

"응?"

"이자는 어찌 처리할 생각인가? 계속 이렇게 내버려 둘 건가?"

진도윤이 아래를 힐긋 바라봤다. 그러고는 미간을 찌푸렸다. 대화할 의지는 없으면서도 소리는 계속 꽥꽥 질러대는 게, 여간 짜증 나는 게 아니다.

"그냥 죽일까?"

"으음, 저자에게 묻고 싶은 말이라도 있는 건가? 그렇게 보이던데."

"아, 별거 아냐."

"무엇인가?"

"음……. 그냥, 천사가 타락하게 되면 그게 천사인 건지 악마인 건지…… 궁금해서?"

"그런 문제라면 굳이 물어볼 필요가 없다. 녀석은 당연히 악마니까."

"그래?"

진도윤의 눈동자가 커졌다. 의외의 답변이었기 때문.

"인간은 악한 짓을 한다 해도 그 종족이 바뀌는 건 아닌데……. 천족은 바로 악마가 된다고?"

그의 물음에 미카엘이 고개를 끄덕였다.

"예시를 들면 쉽다."

"예시?"

"판데모니엄에도 천사 출신들이 꽤 있는 거로 알고 있다. 10악마 중에도 하나 있지."

"……헐, 진짜?"

"그래. 바람의 악마, 바르바토스. 그녀도 원래는 천계에서 자란 천족이었다."

"허."

바르바토스, 처음 듣는 이름이었다.

"원래 이름은 바르바엘로 가브리엘의 전대 통치자였지. 하지만, 지금은 그 누구도 그녀를 천족이라 부르지 않는다."

"그건 또 몰랐네……. 오케이. 그럼 해결됐네."

진도윤이 굳이 죽이기 전에 물은 이유는 하나. 소울 콜렉터 때문이었다.

아세브라도의 천년한철이 악마의 영혼을 끌어모은다고 하니 혹시, 루시퍼의 영혼 또한 얻을 수 있지 않을까 해서.

"크흐, 크흐흐흐……."

입에 거품을 물던 루시퍼가 돌연 다시 웃기 시작한 것은 그때였다.

"멍청한 놈……. 대천사들 모아다가 간신히 우세를 점한 것 가지고, 우쭐하지 말거라."

"……이야, 새대가리한테 멍청하다 들으니 그건 또 신선한 걸?"

진도윤의 비웃음에도 루시퍼는 꿋꿋하게 말을 이었다.

"가이아도, 천신도 없는 상태에서 고작 너희들의 힘으로 대악마를 막아낼 수 있을 것 같으냐?"

"흐음, 말 예쁘게 해야 할 텐데? 후회하기 싫다면?"

진도윤이 데몰리션에게 눈짓했다.

꾸욱!

녀석의 발이 이제는 상체까지 천천히 올라온다.

"끄으으……. 천하의 루시퍼가 고작 이런 고통으로 복종할 것 같으냐? 어차피 이깟 고통은 찰나에 불과하다!"

"오오, 나름 참을 만한가 봐?"

"크하하으윽! 그게 네놈이 애송이라는 증거다! 고작 이런 걸 고문이라 하고 있느냐!"

"……."

고문 당사자에게 이런 소리를 듣는 게 어이없긴 했지만 뭐, 지금은 그게 중요한 게 아니다.

"글쎄, 그건 두고 봐야 알겠지?"

진도윤이 미소를 지으며 이번에는 둠 나이트를 바라봤다. 그러고는 나지막이 중얼거렸다.

"그냥 죽여 버려."

스릉!

기다렸다는 듯, 칼을 뽑아 올리는 둠. 볼드윈의 역작이 피 냄새를 맡고 힘차게 울었다.

"크호호……. 역시 애송이. 그래, 차라리 죽여라."

"그 애송이란 말, 나중에도 꼭 들려주길 바랄게."

진도윤의 마지막 말과 동시에.

촤악!

둠 나이트의 검이 곧바로 녀석의 목을 내려쳤다. 천계 탈환을 꿈꾸던 한 배신자의 생은 그것으로 끝을 고했다.

하지만.

"키아아아!"

루시퍼의 죽음과 동시에 움직이는 소울 콜렉터. 새로 괴롭힐 영혼을 얻은 한 악령의 기쁜 목소리가 가드노스를 떨쳐 울렸다.

"은인이여, 정말 고맙다."

"그대 덕에 천계를 되찾을 수 있었어."

"고마워요, 진도윤."

구(舊) 루시퍼의 신전 내부. 사대 천사가 전부 진도윤을 향해 고개를 숙였다.

이미 전장은 완벽하게 정리되고도 이틀이나 더 지난 후 미카엘이 부른다는 유리아의 말에 진도윤은 잠깐 천계에 들렀다.

"고맙긴, 상부상조하는 거지."

진도윤이 웃으며 손사래 쳤다. 대천사들은 천계를 찾아서 좋고. 자신은 사냥터와 업적 보상을 얻어서 좋고.

[띠링!]
[천계 탈환에 많은 기여를 하셨습니다.]
[위대한 업적을 달성합니다! 감응력이 성장합니다.]
[추가 감응력 +2]

이게 바로, 루시퍼를 죽인 날 받은 보상이다.

거기에 그때 받은 경험치만 100억. 그 덕에 소울 콜렉터 역시 5성 진화를 이뤄낼 수 있었다.

이제 감응력도 240까지 2만 남겨둔 상태이다. 그리고 모든 소환수의 5성화까지 달성했다.

"그래, 이제는 어떡하려고?"

어깨를 으쓱인 진도윤이 미카엘을 바라봤다. 그러자, 그의 날개가 살며시 펄럭인다.

"으음, 우선 나는 주인을 따라다니면서 계속 성장해야 하는 상황이고. 천계는 남은 세 대천사가 맡아주기로 했다."

미카엘이 답하자, 나머지 대천사가 고개를 끄덕였다. 동시에, 라파엘이 화사하게 미소 지으며 앞으로 나섰다.

"먼저 세계수의 통제권도 찾아와야 하고, 일반 천족들도 다시 교화해야 해요."

"교화?"

"네, 아직 저주에 풀리지 않은 자도 있을 테니까요."

"아."

"저희는 천계에 남아 최대한 빠르게 원 상태로 복구시킬 예정이에요. 병력도 늘리고, 에로스 님의 행방도 찾아봐야겠죠."

"그렇군."

"그리고."

이번에는 옆에서 우리엘이 걸어 나왔다.

"우리 천계는 평생 은인을 잊지 않을 것이니라. 그대가 위험에 처하거나, 필요로 할 때. 언제든지 부르거라."

"말만으로도 든든하네."

진도윤이 미소 지으며 답하자, 그녀가 결연한 표정으로 말을 이었다.

"가브리엘의 예언, 기억하느냐……? 앞으로 일 년 안에 삼계가 무너질 거라는."

"응, 기억나지."

진도윤이 묵묵하게 고개를 끄덕였다.

"나는 믿느니라. 그대가 그 운명 또한 바꿀 수 있으리라고. 그러기 위해선 우리 역시 철저히 준비해야겠지."

"흠, 기대가 크면 실망도 큰 법인데."

"부담스러워하지 않아도 괜찮으니라. 운명을 미리 아는 만큼, 담담하게 받아들이고 있으니."

"오케이."

천계는 이것으로 끝. 나머지 뒷정리는 대천사들이 알아서 할 거다. 이제 자신은 못다 한 사냥과 발전에만 신경 쓰면 되는 일.

'그리고.'

프리덤 또한 흔적이 밝히는 대로 족쳐야 한다. 녀석들 하나하나가 자신의 소중한 감응력이 될 테니까.

"아, 진도윤?"

그때, 우리엘이 다시금 물어왔다. 어느새 진지했던 얼굴은 사라지고, 다시 순진해 보이는 표정으로.

"응?"

"혹시, 그때 그놈 어떻게 됐는지 보여줄 수 있느냐?"

"그놈? 아, 루시퍼?"

진도윤의 대꾸에 우리엘이 고개를 끄덕였다. 다른 대천사들 역시 어지간히 궁금한 듯 눈빛을 반짝였다.

"뭐, 안 될 건 없지. 소울아?"

"키이이이!"

진도윤의 부름에 허공에서 소울 콜렉터가 튀어나왔다.

"어디 얼마나 진행되었나 볼까?"

"키이! 키이이!"

알겠다는 듯 고개를 끄덕이는 소울 콜렉터. 녀석은 보란 듯, '영혼 추출'(S급)을 사용했다.

[소울 콜렉터가 '영혼'을 뽑아냅니다.]
[약, 10분간 영혼과 대화할 수 있습니다.]

-끄아아아아악! 내가 잘못했다! 잘못했다고!

동시에 들려오는 눈물 섞인 영혼의 절규.

-치사하게! 죽어서까지 괴롭히는 게 어디 있느냐!

과연, 노력하는 놈 위에 즐기는 놈 있다고 소울 콜렉터의 고문 실력은 대단했다. 하긴, 수천 년간 괴롭혀 온 그 실력이 어디 갈까.

게다가 이는 심리적인 효과도 있다. 죽어서도 평생 고통받으며 지내야 하는 삶일 텐데 아무리 정신력이 강하다 한들, 그걸 견딜 수 있을까?

울부짖는 루시퍼의 영혼을 바라보며 진도윤이 픽 웃었다.

"왜? 저번엔 애송이라며?"

-치, 치사하게 그거 가지고 그러는 것이냐?

"아직도 말이 짧네?"

-그, 그런……! 자, 잘못했습니다! 제가 말실수를 저질렀습니다! 그러니 제발!

"후, 좋아. 이제 좀 자존심을 내려놨네. 5년 정도 깎아줄게."

-헉, 감사합니다! 감사합니다!

정신없이 답하는 루시퍼를 바라보며, 진도윤은 다시 미소 지었다.

"이제 한 구억 년 정도만 더 고생하면 되겠다. 괜찮지?"

물론, 방금 막 떠올린 숫자였다.

-구, 구억 년이요?

"말대답하네? 일억 년 추가."

-이, 이런 빌어먹을 새끼가아아아!

스르륵.

진도윤의 눈짓에 검은 영혼이 다시 랜턴으로 들어갔다.

"보다시피, 나도 나만의 교화 중이야."

"……."

그 기괴한 모습에 대천사들이 입을 꾹 다물었다.

그러고는 동시에 생각했다. 절대 저자와 척지면 안 되겠다고.

천계를 탈환한 지, 일주일 후.

"흐아아암."

진도윤은 잠깐 사냥을 제쳐두고, 나들이를 나온 상태였다.

'여긴가?'

그가 스킬, '차원 관리'를 통해 온 곳은 근교에 있는 뒷산 폭포 앞.

"진도유운……!"

"응?"

"갑자기 무슨 등산하는 취미라도 생긴 거야? 나야 간만에 휴식이라 좋긴 하다만……. 괜스레 불안하네."

그의 어깨 위 엘라임이 걱정스럽다는 표정을 지었다.

"불안하다고?"

"응, TV에서 봤는데, 사람이 안 하던 짓 하면 곧 죽는다고 하더라고."

"그런 거 아냐."

씩 웃은 진도윤이 손을 떨쳤다.

우우웅!

감응력이 발현함과 동시에 폭포수 뒷모습이 드러났다. 이제는 수준급으로 물리력을 행사하는 감응력 컨트롤.

갈라지는 물줄기 사이로 등장한 것은 작은 던전 포탈이었다.

"엥? 던전? 으아아, 역시! 누가 사냥꾼 아니랄까 봐!"

그럴 줄 알았다는 듯, 비명 지르는 엘라임의 모습에 진도윤이 고개를 흔들었다.

"사냥은 아니고, 살림이야."

"엥? 살림?"

"응, 김제하가 이곳이 본거지라던데?"

사실 그가 바람 좀 쐴 겸 온 곳은 바로 '살림'(殺林)의 본거지였다.

'매번 사냥만 할 순 없으니까.'

그래도 나름 본인에게 지속적인 도움을 주는 집단인데 그간 한 번도 들리지 않았다는 게 살짝 미안했던 찰나 기회가 온 것이다.

[띠링!]
[E급 던전 '꿈의 공터'를 발견하셨습니다.]
[시간제한 - 5,421일]

던전 이름하여, 꿈의 공터.

내부는 단조로우면서도 '멋'이라는 게 있었다.

평범한 던전에서는 볼 수 없는 첨단 건물들과 널따란 지대. 거기에 과학화된 훈련 시설과 그 사이로 바쁘게 움직이는 단원들까지.

"이야아……!"

그 광경에 엘라임이 감탄했다.

"김제하도 제법이구나? 물론, 진도윤이 가진 은신처에 비하면 많이 부족하지만. 헤헷!"

"흠, 저기가 단장실인가?"

"딱 봐도 그런 거 같은데?"

"가보자."

가장 높이 솟아 있는 건물로 향하자 어떻게 소식을 들었는지 김제하가 버선발로 뛰어나와 고개를 숙였다.

"형님! 오셨습니까?"

"응, 잘 지냈어?"

"물론입니다. 워낙 바쁘신 분이 갑자기 오신다고 연락해 주셔서…… 굉장히 놀랐습니다. 아, 따라오시죠, 단장실로 모시겠습니다."

가벼운 안부 인사를 마치고 진도윤은 엘리베이터를 통해 꼭대기 층으로 이동했다. 단장실의 모습은 과하지 않으면서도 굉장히 검소하게 꾸며져 있었다.

가죽 소파와 나무 탁자, 벽난로 등등.

"잘 꾸며놨네. 던전 안에 옮기느라 힘들었을 텐데."

"털보가 도와줬습니다. 아공간 아티팩트를 쓰면 쉽게 옮길 수 있죠. 여기, 받으십시오."

어느새 커피 하나를 내려온 김제하가 머그잔을 건넸다.

"땡큐."

푸욱!

소파 위에 걸터앉은 진도윤이 감사를 표했다. 나름 푹신했다.

"어디 근황이나 들어볼까?"

"근황 말입니까?"

"응, 살림 생활이나 고충이나."

"으음……"

커피를 한번 홀짝인 김제하가 입을 열었다.

"고민이라고 하나 있다면 역시 만식이죠."

"만식이면…… 그때 그 꼬마?"

그 녀석이 파키스탄으로 향했단 소식은 예전에 들었다. 호기롭게 잠입하겠다 했다지.

"무슨 문제라도 있어?"

"글쎄, 그놈이 간부로 선정됐다지 않습니까……. 직원에게 소식 듣고 얼마나 놀랐는지……."

"호오, 간부라."

진도윤이 눈을 빛냈다.

"이미 깊숙이 들어가 버린 터라 발도 못 빼는 상황입니다."
"좋네."
"……네?"
의외로 담담한 진도윤의 반응에 김제하가 놀라 되물었다.
진도윤이 피식 웃었다.
"원수를 잡으려면 그 정도 각오는 해야지."
"아무리 그래도…… 너무 어리지 않습니까."
"나이가 뭐가 중요하냐?"
"……?"
"간단해. 만약 네 가족 중 하나가 프리덤에게 해를 당했어. 어떡할 거야?"
"……!"

김제하는 곧바로 자신의 딸을 떠올렸다. 진도윤이 엘릭서를 구해주는 바람에 저주에 풀려 일상으로 돌아온 자신의 소중한 혈육.

만약, 자신의 딸이 프리덤에게 죽기라도 한다면?
"당연히 수단과 방법을 가리지 않고…… 복수하겠죠."
"그거 봐. 그 꼬마도 똑같은 심정일 거야. 그 마음에 나이가 뭐가 중요하겠어."
"……."

김제하는 충격받은 표정을 지었다.
한만식이 결국 자신에게 반항까지 하며, 떠난 이유. 그 이유를 이제야 조금이나마 이해한 것이다.

"너무 걱정하지 마. 그놈 눈빛만 봐도, 약한 놈은 아니니까."

"……그렇습니까?"

"그나저나 그 꼬마 위치가 파악될 정도면 프리덤 근거지는 확보해 뒀다는 거네?"

진도윤이 눈을 번쩍였다.

사실, 사냥도 살짝 질려가던 차 슬슬 감응력을 끌어모을 때가 됐다.

'현재 감응력은 238.'

딱 2만 더 올리면, 새로운 서머너 스킬도 익힐 수 있을 터. 언제 한번 프리덤 녀석들을 털긴 털어야 했다.

"그렇습니다. 거기 말고도 한 곳 더 있긴 합니다."

"그래?"

"그 형님이 추천해 주신 이혜연 양 있지 않습니까?"

"응."

"업무 능력이 아주 출중하더군요. 눈에 불을 켜고 찾아다니다가 드디어 프리덤의 꼬리를 발견한 것 같답니다."

"오? 어디서?"

진도윤은 진한 흥미를 느꼈다. 그동안 극도로 조용한 프리덤의 움직임에 불안감을 느낄 찰나였는데 그 흔적들이 드러나는 순간이었으니까.

"아직 확실한 건 아닌데, 혹시…… 서머너 고등학교라고 아십니까?"

"아니, 그게 뭔데?"

"과거 실업고나 예고 같은 느낌입니다. 서머너 관련 직종을 꿈꾸는 학생들이 가는 고등학교죠."

"이야, 그런 것도 생겼어?"

확실히 세상은 빠르게 변한다. 5년 전만 해도 그런 게 없었는데 벌써, 교육 시스템까지 바뀔 정도라니…….

하긴, 수능보다 서머너 선발 페스티벌이 더 중요해진 사회에서 관련 고등학교의 출현은 당연한 수순일지도 모르겠다.

"그중 '한림'이라는 곳에서 좀 비정상적인 흔적들이 발견된 모양입니다."

"흐음, 다들 고생이 많네."

진도윤은 진심으로 격려했다.

물론, 대익(大益)을 위해서라지만 결국은 하나의 집단이 자신의 의지대로 움직이고 있는 셈이니까. 말은 안 해도 이들에겐 항상 고마운 마음뿐이었다.

"건물 옥상에서 발견된 흔적에서 무언가 이 세상이랑 다른 기운의 흔적이 발견됐다고……."

김제하와의 면담은 약 1시간 정도 진행됐다.

그간 못다 했던 이야기나 시시콜콜한 이야기 등등. 진도윤은 간만에 머리를 식힐 수 있었다.

"자, 그래. 오늘은 푹 쉬자. 그간 잠도 안 자며 사냥했으니."

은신처로 돌아온 진도윤이 선포하자.

"끼야호!"

엘라임 혼자 만세를 불렀다. 데몰리션이나 소울 콜렉터는 무언가 뚱한 표정이었지만.

'어쩔 수 없어.'

휴식의 중요성을 누구보다 잘 아는 그였기에 할 수 있는 선택이었다. 아무리 막대한 감응력을 가진 서머너라 해도, 그 역시 인간이니까 정신적인 문제도 관리해 가며 성장에 임해야 했다.

푸욱!

침대 위에 몸을 던진 진도윤은 간만에 핸드폰을 들었다.

[던전 의뢰 커뮤니티.]
['몬스터 만물 박사'님의 방문을 환영합니다.]
[미확인 메시지가 있습니다.]
[+7,152건.]

'아직도 꾸준히 오는구나.'

확인할 때마다 대량 삭제를 누르는데도 메시지는 항상 꾸준히 도착해 있었다.

"에휴."

그가 깊은 한숨을 내쉬었다.

"영감한테 말해서 닉네임을 바꾸든가 해야지."

과거 B급 던전들을 무작정 클리어하고 다닌 이후로 이 녀석 임이 서머너 마스터일지도 모른다는 의혹은 아직까지 떠도는 중. 그 때문에 수많은 메시지에 노출될 수밖에 없었다.

'매번 삭제하는 것도 여간 귀찮은 일이 아니란 말이지.'

진도윤은 습관적으로 메시지 함을 클릭했다.

[만물박사님! 신규로 발견된 던전이라는데 같이 가보실래요? 꼭 연락해 주세요!]

[도와주세요……]

[안녕하세요, 명문 길드 '라이칸'의 홍보부장입니다. 혹시 소속된 길드가 없으시면……]

[(광고)코코넛 어플 출시 전 혜택! 무료광고 신청!]

[제발 도와주세요.]

[서머너 학원 '에듀 서먼'에서 연락드립니다.]

[도와주세요.]

…….

눈앞에 나열되는 수많은 광고와 정체 모를 메시지들. 전체 선택 후 '삭제' 버튼을 누르려는 그의 눈에 어떠한 메시지가 보였다.

"얘는 또 무슨 신흥 관종이냐?"

도와주세요.

문자 사이사이마다 껴 있는 도와달라는 제목의 메시지. 스크롤을 내려보니, 거의 하루에 두 번씩 지속해서 보내오는 것 같았다.

"내가 무슨 도우미도 아니고, 도와달란 걸 왜 나한테 보내?"

진도윤이 툴툴거렸다.

그라고 모르겠는가? 뭐, 그냥 뻔한 어그로성 스팸 광고겠지.

그러나.

"흐음."

왜 그랬는지는 모르겠다.

그냥 단순한 호기심? 그날따라 뭐에 쓰인 것처럼, 진도윤은 메시지를 눌러봤다.

[제목:도와주세요.]

[닉네임:×××××××]

[Lv.1]

[내용:안녕하세요, 서머너님들. 제발 도와주세요. 저는 한림 서머너 고등학교의 한 평범한 학생입니다. 같은 반 친구들에게 도 넘는 괴롭힘을 당하고 있습니다. 경찰 신고도 해보고, 선생님께 얘기도 해보고. 온갖 수를 다 써봤습니다. 하지만 달라지는 게 없었습니다. 삶을 포기할까 생각했지만, 홀로 계시는 어머니에게 죄스러워 실행하지도 못합니다. 제발…… 누구라도 도와주세요.]

"……이건 뭐냐?"

뻔한 스팸메일일 줄 알았는데 예상과는 조금 달랐다.

"오오오, 진도유운! 무슨 일이라도 있어?"

재미있는 냄새라도 맡은 걸까? TV를 보던 엘라임이 작은 날개를 펄럭이며 진도윤 옆으로 날아왔다.

확실히 냄새 하나는 기가 막히게 잘 맡는다.

"흠, 따돌림당하는 앤가 본데…… 나한테 도와달라네."

"뭐어어?! 설마 학폭?!"

"……그런 단어는 어디서 배웠대?"

"에헴, 요즘 얼마나 심각한 문제인데! 진도윤도 뉴스 좀 보라구! 세상 돌아가는 일 정도는 알아야지! 어디 한번 나도 보자!"

"……."

세상에 소환수한테 훈계를 들을 줄 몰랐던 진도윤은 입을 꾹 다물었다. 할 말을 잃은 것이다.

"……그나저나 한림이네? 한림?"

핸드폰을 바라보던 엘라임의 눈동자가 커졌다.

"……?"

그러고 보니, 어디서 들어본 고등학교다. 아까 전, 이혜연이 발견했다던 문제의 그곳.

그녀가 입을 열었다.

"헤에……. 이거 사건의 냄새가 폴폴 나는데……."

"네가 무슨 형사냐?"

"아니! 이건 드라마 마니아로서의 감이라구!"

"됐어. 알아서 잘 해결하겠지. 이런 걸 왜 나한테."

진도윤이 침대보에 휴대폰을 던지자, 엘라임이 미간을 찌푸렸다.

"허어, 이거 봐아?!"

허리춤에 양손을 가져다 대는 그녀의 모습이 상당히 귀엽다. 물론, 본인은 위협적으로 보이려는 것 같았지만.

"왜, 또?"

"모름지기 주인공은 약자의 도움을 지나치는 법이 없는 법이라고!"

"그건 주인공이잖아."

"게다가 무려 프리덤과 관련되어 있을지 모르는 일인데, 그냥 넘어간다고? 노블리스 오블…… 뭐였더라?"

"노블레스 오블리주."

"맞아! 그거! 불쌍한 사람을 돕는 건 강자로서 그 위치에 걸맞은 도덕적 의무라고! 흑…… 내 계약자가 이런 성격이었다니!"

"……."

진도윤은 실망한 척 연기하는 엘라임을 빤히 바라봤다.

"야, 엘."

"으, 응?"

"너 그냥 심심해서 그러는 거지?"

"아, 아냐!"

"뭐, 메시지 보내는 것 정도야 상관없긴 해. 어차피 휴식 시간이기도 하니까."

"저, 정말로?!"

귀찮긴 했지만.

엘라임의 말에 틀린 게 하나 없긴 했다. 무엇보다 프리덤과 관련되어 있다는 것. 그것 하나만으로도 움직일 이유는 충분했다. 무언가 꾸리꾸리한 냄새가 나니까.

"대신."

물론, 명확히 해둘 게 있었다.

"이번 사건에 말리는 것도 휴식의 일환이다?"

"오케이, 물론이지! 난 콜!"

딜이 성사됐다.

수원 장안구에 있는 한림 서머너 고등학교는 한 문화재단에서 운영하는 사립학교다.

오직 서머너 육성에만 중점을 둔 특수목적 고등학교. 일반 학교와 다르게 전원 기숙사생이라는 특징이 있었다.

"이야, 건물 한번 기깔나게 만들어 놨구만?"

학교 근처. 주머니에 손을 꽂은 진도윤이 학교의 정경을 눈에 담고 있었다.

"나 때는 저런 거 없이 무조건 실전 투입이었는데. 세상 참

좋아졌어."

"으으, 진도유운."

"응?"

"그런 말 좀 하지 말라구. 누가 들으면 꼰…… 이라 그런다니까?"

"꼰? 아니, 자꾸 어디서 그런 단어를 배워오는 거야?"

진도윤이 황당한 듯 엘라임을 쳐다봤다. 세상에 소환수한테 꼰대 소리 듣는 서머너라니.

'아니, 그보다.'

TV만 보고 어떻게 저런 단어를 아는지가 더 신기했다.

그 반응에 엘라임은 머리를 긁으며 화제를 돌렸다.

"으히히, 진도윤!"

"응?"

"그나저나 그 학생은 어떻게 만날 거야?"

"아직. 그전에 할 일이 있어."

"할 일?"

"흠, 곧 올 때가 됐는데."

진도윤이 손목시계를 보고 있자.

부릉!

멀리서 빨간색 스포츠카 한 대가 다가와 멈춰 섰다.

창문이 열리고 드러나는 얼굴은 이젠 '살림'(殺林)의 멤버로 활약하고 있는 이혜연의 모습.

"도윤 씨!"

"왔네."

사실 메시지를 확인하자마자, 이혜연에게 연락했었다. '한림서고'를 잠복 수사하고 있던 게 그녀였기 때문.

어차피 중복되는 사건이라면, 그녀의 도움을 받는 게 시간 절약 아니겠는가?

고개를 끄덕인 진도윤은 곧바로 조수석에 탑승했다.

이혜연이 반갑게 인사했다.

"진짜 오랜만이네요."

"그러게."

"놀랐어요. 설마 이런 일에 관심을 가지고 계실 줄이야."

"그게 뭐……."

진도윤이 어깨 위 엘라임을 흘깃 쳐다봤다.

"누군가 강하게 주장하는 터라."

"말씀해 주신 그 학생에 대해서는 저도 알아봤어요. 이름은 강준수. 그렇게 잘사는 집안도 아니고, 정말 경찰에 신고한 이력도 있더군요. 금방 신고 취하하긴 했지만."

"그래? 괴롭힘은?"

해결하기 위해서는 사건부터 확인해야 한다. 당사자 말만 듣고 처리하면, 상대가 억울할 수도 있는 일이니.

"그건 확인 못 했어요. 외부인 통제를 철저히 금지하는 터라, 내부에서 무슨 일이 벌어지고 있는지 알 방법이 없어요."

"흐음……."

진도윤이 턱을 짚었다.

"폐쇄적인 분위기라……. 옛날 네비아레 마을과 비슷한 느낌이긴 하네."

그러자 이번엔 이혜연이 물어왔다.

"도윤 씨는 이번 사건……. 그 학생을 도와주는 게 목표예요? 아니면 프리덤을 잡는 게 목표예요?"

두 사건 중 뭐가 우선순위냐 묻는다면 당연히 진도윤은 프리덤이었다. 최우선 성장 목표를 감응력 240으로 설정해 둔 상태였으니까.

하지만 대답하는 건 엘라임이었다.

"당연히 둘 다지! 프리덤이야 당연히 보이면 잡는 거지만! 일단은 불쌍한 학생을 돕기 위해 온 거라구!"

그녀가 팔짱을 낀 채, 당당하게 선포했다.

"뭐, 그렇다고 하네."

진도윤이 머쓱하게 고개를 끄덕이자, 이혜연이 재밌다는 듯 웃었다.

"아하하, 좋은 소환수에 좋은 서머너네요."

이혜연은 신기했다. 보통의 소환수들은 전투에만 관심 있을뿐더러 서머너에게 자기주장을 적극적으로 어필하지 않는다. 오직 명령을 받고 그것을 수행하는 존재.

하지만, 저 귀여운 정령은 조금 특별한 것 같았다. 자신의 의지를 직접적으로 표출할 줄 알았고 또 무언가 서머너를 좋은 방향으로 유도하고 싶어 하는 의도가 보였다.

"사실, 제가 이곳에 잠복 수사를 시작한 지 벌써 한 달 차거든요."

"한 달이나?"

"네, 시작은 저 학교 쪽으로부터 이상한 기운이 감지됐을 때부터였어요."

"이상한 기운이라."

"어둑하면서도 싸늘한 기운이었죠. 김제하 단장님께 들었던 마(魔)의 기운이랑 비슷한? 당연히 곧바로 은신 가능한 살림 멤버들을 투입했죠."

"그런데?"

"저희가 다가갈 때마다, 그 기운이 흔적도 없이 사라지는 거예요. 솔직한 심정으론 학교 내부를 전부 털어보고 싶었는데, 심증만 있고 물증은 없으니……."

"흠."

"총 세 번이었어요. 그 기운이 감지된 건."

확실히 냄새가 나긴 했다.

폐쇄적인 분위기에, 서머너를 육성하는 것. 거기에 어둑한 기운까지. 딱 프리덤이 좋아하는 삼 요소 아니던가?

"그렇다고 또 내부가 수상한 건 아니에요. 선생들도 다 협회에 등록된 서머너들이고, 실제 교육도 원활하게 이루어지고 있어서요……. 뭐, 은신으로 보는 거라 한계가 있지만요."

"요컨대, 더 자세히 조사하고 싶은데 방법이 없다는 거지?"

"네……."

"뭐, 간단하네, 그럼."

"좋은 방법이 있으세요?"

"호랑이를 잡으려면 호랑이 굴에 들어가란 옛말이 있지."

"……호랑이 굴이요?"

고개를 갸웃하는 이혜연을 바라보며, 진도윤이 씩 웃었다.

한림서고 교장실.

"어허허, 정말이십니까? 네! 물론입죠!"

한 노년의 남자가 공손하게 전화를 받고 있었다.

"으하하, 참된 교육자라면 능력 있는 선생은 언제든 환영 아니겠습니까? 아무리 기간제라 해도 협회장님 추천이라면 믿을 만하죠! 아이고! 알겠습니다!"

교장, 허석필은 심장이 쿵쿵 뛰었다.

'협회장 유준태라니……!'

서머너 학교를 제외하고도 무려 34년의 교직 생활 동안 이런 거물의 연락을 받아본 적이 있던가? 게다가 유준태면, 여타 정·재계의 쓰레기들이랑 격이 다른 분이다.

대중들의 인지도도 높을뿐더러 국내가 아닌 세계적 수준의 VIP다.

'기간제 선생이라…….'

유준태의 부탁은 단순했다. 국내 서머너 새싹들의 수준을 높이기 위한 취지로 전국 서머너 학교에 협회 서머너들을 잠간 파견해 주겠다는 말.

기간은 딱 일주일이었다.

'나쁘지 않지.'

고등급의 서머너 교육자를 구하는 것은 굉장히 힘든 일이다.

세상 어느 능력 있는 서머너가 교육직을 맡겠는가? 그 시간에 던전을 도는 게 훨씬 이득일 텐데.

그렇기에 대다수 선생들의 등급 평균은 C급과 D급 사이였다. 하지만, 이번에 지원 오는 선생은 무려 B급이라 했다.

'B급이면······.'

허석필이 눈을 빛냈다. 그 정도만 되어도 업계에선 베테랑으로 통하니까. 분명 학생들에게 도움이 될 것이다.

똑똑.

시간이 흐르자, 누군가 교장실 문을 노크했다.

"들어오세요."

덜컹!

문이 열림과 동시에 들어오는 존재는 다부진 체격의 가면을 쓴 남성.

'가면······.'

교장은 고개를 끄덕였다. 조금 전 협회장님께 들었기 때문.

'협회 보안 때문에 가면을 착용한다나?'

유준태에게 직접 들었기에 큰 의심은 없었다.

"하하하, 자네가 이번에 들어온다는 기간제 선생인가?"

"그렇습니다."

가면 쓴 사내, 진도윤이 고개를 숙였다. 하지만, 그의 가면 속 얼굴은 일그러져 있는 중. 게다가 자세 또한 굉장히 어색했다.

진도윤이 적게 속삭였다.

"……아무리 생각해도 존댓말은 어색한데."

"안 돼. 교장한테 반말 썼다간, 100% 의심받을 거라구."

"후우……. 알겠다."

어깨 위, 작은 물방울로 변한 엘라임과 중얼거리는 진도윤. 애초에 선생으로 위장하기로 한 게, 자신의 의견이니 할 말도 없었다.

'그래도 제대로 확인해 봐야지.'

폐쇄적인 집단에 들어가는 가장 간단한 방법. 그것은 바로 그 집단의 멤버가 되는 거다.

진도윤은 이 속에서 생활하며, 피해자 강준수와 프리덤의 꼬리에 대해 낱낱이 파헤쳐 볼 생각이었다.

교장 허석필이 털털하게 웃었다.

"하하하, 짧은 시간이겠지만 잘 부탁드리겠네."

"알겠습니다."

다시 한번, 어색하게 고개를 숙이는 진도윤이었다.

'서머너 컨트롤에 대한 이해와 고찰.' 진도윤이 맡은 과목의 이름이었다.

'뭐, 대충 가르치면 되겠지.'

어차피 중요한 건 교육이 아니다. 프리덤의 꼬리를 찾는 거지.

"흐음."

잠깐 옥상에 올라온 진도윤이 눈을 감았다.

우우웅!

그리고 감응력을 넓게 펼쳤다.

"역시, 아무것도 없네."

"응, 느껴지는 게 없는데……?"

이리저리 날아다니던 엘라임도 고개를 절레절레 흔들며 말을 이었다.

"교장도 평범하고, 잠깐 만났던 선생들도 다 정상이야. 학생들도 그렇고."

"그러게."

"이혜연, 그 여자가 헛다리 짚은 거 아냐?"

"흠……."

무려 세 번이나 기운을 확인했다고 말했다.

없는 현상이 일어날 수는 없는 일. 게다가 어차피 일주일 동안은 꼼짝없이 있어야 할 판이니.

"계속 지켜보다 보면 걸리는 게 있겠지. 우선은……."

스윽!

감응력을 다시 거둬들인 진도윤이 눈을 떴다.
"강준수, 개부터 파악해 보자고."

[제목:도와줄게.]
[닉네임:몬스터 만물 박사.]
[Lv.15]
[내용:4교시 끝나고, 옥상으로 올라와라.]

아침에 진도윤이 보낸 메시지였다.
역시나, 그 메시지를 받았는지.
덜컹!
옥상의 문이 열렸고 팔에 깁스를 한 남학생 한 명이 조심스럽게 올라왔다.
"……."
진도윤의 눈이 차갑게 가라앉았다.
굉장히 얄상한 모습에다 가려져 있지만, 온몸이 멍투성이다. 저 학생이 아마 강준수겠지.
"어떡해! 아프겠다."
엘라임이 빠르게 다가가 힐링 스킬을 걸었다. 따스한 물의 기운이 녀석의 몸을 한 번 훑자, 터진 실핏줄이 붙고 멍이 가라앉는다.
"……!"
얄상한 학생, 강준수의 눈이 휘둥그레졌다. 서머너를 직접 치료할 수 있는 소환수는 굉장히 귀하다. 아무리 유명한 서포터라 해도 소환수만 치유할 수 있는 게 대다수기 때문.

"다, 당신은?"

강준수가 떨리는 목소리로 입을 열었다.

이건 의심할 여지가 없었다. 지옥 같은 삶을 포기하기 직전 지푸라기 잡는 심정으로 유명한 서머너들에게 전부 뿌렸던 메시지.

'게다가 몬스터 만물박사님이면······.'

비록 소문이지만, 서머너 마스터로 알려진 인물 아니던가? 혹여 서머너 마스터가 아니라 할지라도 굉장한 실력을 갖춘 서머너임에는 틀림없었다.

홀로 B급 던전 수십 개를 격파했다는 사실은 아직도 커뮤니티에 회자되고 있었으니까.

"저, 정말······ 서머너 마스터예요?"

강준수의 눈망울에 습기가 차올랐다.

"쉿."

가면 쓴 진도윤이 검지를 자신의 입에 가져다 댔다.

"내가 누군가는 중요한 게 아니야. 중요한 건 내가 널 도우러 왔고, 널 돕기 위해선 네 이야기를 들어봐야 한다는 거지."

"아······."

학생이 천천히 고개를 끄덕였다.

진도윤은 진지해졌다. 폭력을 당하는 상황에서 누군가에게 도움을 요청하는 게 얼마나 큰 용기를 낸 건지 그도 잘 알기 때문.

'혹여, 해결이 제대로 안 된 상태로 끝맺음 지으면 더 큰 보복으로 돌아올 뿐이야.'

심지어 이 학생은 경찰에 신고도 했다지 않던가? 그래도 해결하지 못한 거면 더 큰 공포로 자리 잡고 있었겠지.

"앉아서 천천히 얘기해 봐. 점심시간은 기니까."

"가, 감사합니다. 제 이야기는……."

진도윤과 엘라임은 부드러운 표정으로 강준수의 이야기를 들었다.

10분이 지났고, 20분이 지나고, 30분이 지나도 끝이 날 것 같지 않은 그의 고충.

그리고 40분 정도가 흘렀을 때.

덜컹!

옥상의 문이 열렸다.

"이야아~ 강준수, 이 새끼. 어디 숨었나 했더니 여기 있었네?"

"킥킥, 거기 숨어 있으면 못 찾을 줄 알았냐?"

"네가 뭔데 우리 아까운 시간을 낭비하게 하냐? 확 뒈지려고. 카악! 퉤."

굉장히 불량해 보이는 세 학생. 강준수의 이야기 속 주를 이루는 셋이 분명했다.

'이것들 봐라?'

감히 선생이 있는데 대놓고 저런다고?

진도윤의 고개가 천천히 꺾였다.

약 40분이라는 시간 동안 들은 눈물겨운 강준수의 스토리.

요지는 대충 이랬다. 무려 3년이라는 기간 동안 그는 소위 잘나간다고 하는 무리에게 찍혀 괴롭힘을 받는다.

이유? 그런 게 어딨겠는가? 그냥 마음에 안 들었겠지.

초반에는 견딜 만했다고 한다. 괴롭고 힘들긴 했지만, 학창 시절만 참으면 되니까. 또한 열심히 배워 실력 있는 서머너가 되기만 한다면, 소환수로 자신을 보호할 수 있을 테니까.

'하지만……'

그 수위가 점점 세졌다고 했다. 돈을 가져오지 않으면, 소환수를 이용해 도가 넘는 구타를 가하기도 했고.

온몸을 꽁꽁 묶어 애들에게 쪽을 주기도 했다. 선생들도 다 알면서 그냥저냥 좋게 넘어가려는 분위기였고 나중에 경찰에 신고했을 땐 폐지를 줍는 그의 할머니를 찾아가 죽이겠다고 협박까지 했다 하니…….

'후우, 어린 노무 새끼들이 질이 나쁘네.'

학교 폭력에 관한 이야기는 몇 번 듣긴 했지만 이 정도까지도 넘는 괴롭힘이 있을 줄은 그도 몰랐다.

게다가.

'절 괴롭히는 무리 중 신창식이라는 애가 있어요. 그 애 뒤를 봐주는 고등급 서머너들이 있는데…… 그 사람들 때문에 선생님들도 경찰도…… 아무런 조치를 취하지 못하는 것 같았어요.'

강준수가 막바지에 했던 말이다.

만약, 녀석의 말이 사실이라면 이미 미성년자 수준을 넘어선 범죄의 현장이라는 뜻.

"후우."

옅은 한숨을 내쉰 진도윤이 앞을 바라봤다.

"이야, 강준수 이 새끼. 선생이랑 같이 있었어?"

"근데 저 가면 쓴 선생······. 이번에 기간제로 온 협회 서머너라 하지 않았어?"

"선생님~ 안녕하세요. 저희가 얘랑 볼일이 있어서요."

진도윤 앞으로 건들건들 다가오는 세 학생들. 아무리 기간제라 해도 선생 앞에서 자연스럽게 할 수 있는 어투가 아니다.

'안 봐도 비디오네.'

원래는 양측 말을 다 들어봐야겠지만 이건 너무도 뻔한 빌런이라······ 진도윤이 미간을 구겼다.

본래 성질이었다면, 미성년자고 뭐고 그냥 패버렸을 텐데.

안타깝게도 그런 방식은 강준수에게 더 독이 될 뿐 근본적인 해결책이 되지 못한다.

꾹, 꾹!

아주 작은 물방울로 변해 버린 엘라임이 진도윤의 옆구리를 찌른 것은 그때였다.

잘 해결해 주면 좋겠다는 뜻.

사실, 본인이 이런 문제까지 처리해야 하나? 현타 오는 것도 사실이었지만······.

'그래, 엘라임이 그렇게 원하는데.'

서머너로서 그 정도는 해줄 수 있다. 엘라임이 여태껏 자신에게 했던 희생에 비하면 이 정도는 아무것도 아니니까.

"……."

진도윤의 반응이 없자, 무리 중 하나가 앞으로 나섰다.

"어이, 선생님?"

과연, 예의를 밥 말아 처먹은 것 같은 말투. 하지만, 평소 예의에 큰 의미를 두지 않는 진도윤이었기에.

"응? 무슨 일이니?"

태연하게 받아쳤다. 평소 쓰지 않는 상냥한 어투로.

"뭐 하세요? 저희가 재랑 해야 할 말이 있다니까요?"

"아, 친구한테 볼일이 있었구나?"

"친구? 아, 그렇죠. 친구. 하하하."

웃는 학생을 보며, 진도윤도 마주 미소 지었다.

"근데 이걸 어쩌나? 선생님이 먼저 선약을 해버렸네?"

"네……?"

"지금 면담 중이니까. 나중에 찾으렴."

"……."

불량소년, 신창식은 어이가 없었다. 보통 자신이 이렇게 행동하면, 나오는 반응은 두 가지였다.

훈계하거나 아니면, 쫄아서 튀거나.

전자일 땐, 자신의 배경을 말해주면 100% 꼬리를 말고 후자일 땐, 뭐…… 굳이 그도 건들지 않는다.

"……."

옥상에 묘한 침묵이 흘렀다. 강준수는 깜짝 놀란 토끼 눈으로 움츠러든 채, 상황을 주시하고 있었다.

어느새 신창식의 표정이 험악해졌다.

"선생님?"

"응?"

"혹시 제가 누군지 아세요?"

"글쎄? 학생도 알다시피 내가 이곳에 온 지 얼마 안 돼서. 너무 서운하게 생각하지 말렴, 곧 학생이랑도 면담해 줄 테니까."

으으, 살짝 오글거렸지만 진도윤은 꿋꿋이 선생 연기를 이어나갔다.

"아이고. 그래, 옥상은 너희가 써라. 준수야, 가자. 마저 상담해야지?"

벌떡 일어난 진도윤이 강준수의 어깨를 붙잡았다.

"……네, 선생님."

그는 불안했지만, 고개를 끄덕여 수긍했다.

그가 알기로는 저 가면 쓴 선생은 분명 서머너 마스터 이 세상에 적수가 없기로 유명한 자다.

아무리 눈앞 가해자가 무서워도, 아무리 심장이 벌렁거려도. 모든 걸 포기하려 했을 때 내려온 황금 동아줄을 그는 놓치기 싫었다.

"이봐, 선생!"

결국, 신창식이 버럭 소리 질렀다.

호오? 요런 싸가지없는 것. 본인 마음에 들지 않는다고 선생에게 반말까지?

확실히 정상적으로 굴러가는 학교는 아니었다.

"그대로 가면 후회할걸?"

"후회라……"

진도윤이 어깨를 으쓱였다.

그건 두고 봐야지. 누가 후회할지.

"우리 아빠가 이곳 재단 이사장이야. 내가 아는 A급 삼촌만 다섯이 넘는다고. 선생 B급이지? 앞으로 서머너 생활 꼬이고 싶어?"

"그래그래. 그것참 무섭겠구나."

진도윤은 강준수를 꽉 붙든 채, 흥얼거리며 옥상을 벗어났다. 진지하게 대꾸할 가치도 없었다.

"뭐, 저딴……!"

그런 그의 뒤로 신창식의 눈이 살벌하게 이글거리고 있었다.

텅 빈 옥상.

신창식이 담배 하나를 꼬나물었다. 불타오르는 속을 잠깐이나마 식히기 위해서. 그러자 옆에 똘마니들이 으르렁거렸다.

"강준수 저 새끼, 어쩌려고 저러냐? 저 선생 기간제잖아?"

"크크큭, 그러게? 일주일 후면 사라질 텐데. 나중에 어떻게 감당하려고."

"……."

으드득.

똘마니들의 대화에도 신창식의 표정은 풀어지지 않았다.

'강준수…… 이 ×발 놈이…….'

보통 학교였다면, 하교할 때 집에 찾아가거나 야밤에 불러내면 되는데. 빌어먹게도 이곳은 기숙사. 선생이 각 잡고 보호한다면, F급 서머너인 자신은 건들 방법이 없다.

'게다가 그 선생.'

솔직히 신창식은 강준수보다 그 여유로운 척하는 선생이 더 꼴 보기 싫었다.

자신이 했던 말을 허세라 생각하나 본데.

"아무래도 안 되겠어."

"응? 어떡하려고?"

똘마니 중 한 명이 되물었다.

"굳이 선생이 떠날 때까지 기다릴 필요도 없지."

"그럼?"

후우.

신창식의 입에서 하얀 연기가 피어올랐다.

"날 건든 대가를 치르게 할 생각이야."

"오오오, 선생이랑 붙는 거야?"

"보여줘야지. 그 새끼가 먼저 선전포고한 거니까."

"우와아, 역시 창식이!"

"후우."

연기를 내뿜는 신창식의 주먹에 힘이 들어갔다.

점심시간이 끝난 5교시.

공교롭게도 첫 수업은 강준수가 소속한 반이었다.

"진도유운……!"

수업에 들어가기 전 어깨에 붙어 있던 엘라임이 속삭였다.

"어쩌려고?"

"어쩌긴, 수업해야지."

과목은 서머너 컨트롤에 대한 이해와 고찰.

물론, 제대로 수업할 생각은 없었다. 애초에 떡잎도 자라지 않은 녀석들을 어떻게 가르쳐야 하는지도 몰랐으며.

'귀찮거든.'

게다가 자신의 교육은 굉장히 비싸다. 얼음 공주의 빅3 도장 깨기 사건 이후 억만금을 줄 테니, 교육해 달라 연락 오는 서머너들도 많다고 들었으니까.

'그런 걸 면식도 없는 꼬맹이들한테 가르쳐 줄 순 없지……'

그럼 수업 시간을 어떻게 뻐기냐고?

뭐, 그럴 때 쓰는 마법의 단어가 있다. 선생도 좋고 학생도 좋은 아름다운 교합점.

'바로 자습.'

진도윤은 일주일간 학생들에게 자습이라는 선물을 해줄 생각이었다.

"애들 안 혼내줘도 괜찮겠어? 이번 일로 그 신창식이라는 버릇없는 꼬마가 우리 준수 더 괴롭히면 어떡해!"

"……언제 우리 준수가 됐냐?"

"하여튼!"

"그냥 두고 봐."

씨익, 진도윤이 미소 지었다.

"저런 애들은 원래 좀만 건드려 주면, 알아서 선을 넘거든."

강준수도 말했고, 신창식도 말했다. 그의 뒤를 돌봐주는 A급 서머너들이 있다고. 그리고 진도윤은 그들과 프리덤이 밀접한 관련이 있을 거로 예상하는 중이었다.

'원래 토끼는 두 마리 동시에 잡는 거라고.'

탁탁!

교실에 들어선 진도윤이 교탁을 두드렸다.

"반갑다. 이번에 협회에서 임시로 파견된 선생이다."

"……"

본래 같았으면 호응이 있어야겠지만 왠지 모르게 분위기가 싸하다.

자신이 말하는데도 아무런 대꾸 없이 책상만 바라보고 있는 학생들. 그들의 표정이 무언가 불안해 보였다.

'역시.'

진도윤은 예상했다는 듯 주변을 둘러봤다.

그리고 곧이어 가장 끝자리에 앉아 다리를 꼰 채, 비릿한 웃음을 짓고 있는 신창식을 찾을 수 있었다.

'뻔하디뻔하구나. 식상해.'

잠깐의 쉬는 시간을 이용해서, 애들을 겁박했겠지. 선생님 말에 대꾸하지 말라고.

자신한테 쪽을 주기 위한, 굉장히 유치한 수법이었다.

진도윤이 어깨를 으쓱였다.

"이 반은 굉장히 과묵한 반이구나? 그래, 뭐…… 상관없지. 다들 알아서 자습하도록."

탁탁!

책상을 다시 내려친 진도윤이 대수롭지 않게 교탁에 앉았다.

"자습이라 해도, 집중하지 않거나 조는 사람은 선생님한테 혼날 테니 그리 알아."

"……."

역시나 대답이 없다.

그렇게 약 10분 정도 흘렀을까.

'이렇게만 가면 재미없으니 슬슬 건드려 볼까?'

눈에는 눈, 이에는 이. 진도윤은 신창식이 하는 행동을 똑같이 돌려줄 생각이었다.

먼저 자신에게 쪽을 주려 했으니 그대로 돌려줘 볼까?

'엘.'

'응!'

작은 물방울로 변한 엘라임이 진도윤의 컨트롤을 받아들였다.

차르륵!

작은 물줄기가 은밀하게 신창식의 의자로 이동했고.

콰당!

적은 힘으로 순식간에 녀석을 뒤로 넘겨 버린다.

"뭐, 뭐야?"

갑작스럽게 나자빠진 신창식이 고함을 질렀다.

그러고는 다시 일어서려 했지만.

쿠당탕!

무언가에 걸려, 또다시 넘어진다. 굉장히 우스꽝스러운 꼴이었지만, 학생들은 웃음을 참을 뿐 대놓고 웃지는 못했다.

'수치스럽겠지.'

원래 저 나이 때, 저런 놈들은 가오가 육체를 지배하는 시기라. 이런 간단한 방법으로도 큰 수모를 줄 수 있다.

"이런 ×발!"

얼굴이 붉어진 신창식이 분을 참지 못하고 외쳤다. 분명 자신은 가만히 있는데, 무언가가 계속 자신을 건들고 있다. 그리고 이 공간에 물리력을 행사할 수 있는 존재는 딱 한 사람. B급 서머너인 선생뿐이다.

진도윤은 거기에 한술 더 떴다.

"거기, 학생. 자습하랬더니 왜 이렇게 소란이니?"

"소란? 이 시×럼이 연기는."

"선생님한테 굉장히 무례하구나."

"닥쳐! 그래, 이렇게 나온다 이거지? 너, 두고 봐!"

"흐음……. 학생이 선을 좀 넘네?"

진도윤이 씩 미소 지었다.

"이왕 이렇게 된 거, 교육 삼아 선생님이 너희들한테 서머너 컨트롤이 어떤 건지 보여줄게. 운이 좋네. 너희들은."

촤르륵!

진도윤의 손아귀에 작은 물방울이 맺혔다.

"이건 선생님의 소환수, 스페셜 워터 엘리멘탈이라 부르는 몬스터다. B급으로 굉장히 희귀해서 너희는 들어본 적 없을 거야."

당연히 못 들어봤을 거다. 방금 지어낸 이름이니까. 물론, 이 물방울은 엘라임이 변형한 모습이었다.

"이 몬스터는 스킬이 없어. 그저 서머너가 어떻게 컨트롤하느냐에 따라 물이 움직이지."

촤아악!

물줄기가 신창식의 얼굴을 후려쳤다.

"으아악!"

아무리 힘 조절을 했다 해도, 꽤나 아플 거다. S급 소환수의 위력이거든.

"학생, 아프진 않지? 이것 또한 교육이니까. 다들 집중해서 쳐 다보렴. 기술은 이렇게 은밀하면서도 정확하게 사용해야 해."

진도윤은 학생들에게 엘라임의 스킬 변형을 선보였다. 물줄기가 꽃이 되기도 하고, 작은 회오리를 그리기도 한다.

물론, 그 물줄기의 끝은.

촤악!

신창식의 얼굴에 정신없이 떨어졌다.

'이 정도는 괴롭혀 봐야지.'

진도윤이 미소 지었다.

녀석을 완전히 분노하게 만들 참이었다. 그래야 그 뒤를 봐주는 놈을 더 빨리 볼 수 있을 테니까.

"야 이 개×끼야! 그만! 그만하라고!"

교실에 신창식의 외침이 울려 퍼졌다.

물론.

교실 전체를 둘러싼 엘라임의 장벽 덕에 완전한 방음이 될 테지만 말이다.

수업이 끝난 교실.

콰앙!

분노에 찬 신창식이 교탁을 걷어찼다.

"으아아아아! 이 개 같은 새끼! 고작해야 B급 따위가 뭐라도 되는 줄 알고!"

약 30분 동안 물벼락을 맞은 그의 온몸은 흠뻑 젖어 있었고, 뺨 또한 붉게 물들어 있었다.

"뭘 봐, 이 새끼들아! 눈 안 깔아?"

신창식이 윽박질렀다. 학생들은 그의 눈치를 보며, 숨을 죽일 뿐.

'그, 그냥 가만히 있자.'

'저 성질머리에 잘못 걸렸다간 학교생활 내내 지옥일 거야.'

'그래도 속은 시원하긴 하네.'

그들은 쉬는 시간임에도 혹시 신창식의 눈에 띌까 움직이조차 못했다. 그가 애들을 얼마나 휘어잡고 있는지, 알 수 있는 대목이었다.

아드득.

신창식이 이를 갈았다.

'그래, 꼴에 B급이라 이거지? 그것도 협회에서 차출된.'

하지만 잘못 걸렸다. 예전에도 괜히 자신에게 훈계하다가, 죽도록 얻어터진 선생이 있지 않던가? 그 선생은 어디 가서 말도 못 하다가 결국 퇴직 신청서를 낸 후 사라졌었다.

수많은 학생들이 자신에게 기를 못 펴는 이유이기도 했다.

'그 형님들을 불러야겠어.'

사실 그의 힘은 아버지에게서 나오는 게 아니다.

아버지는 평범한 재단의 이사장일 뿐. 실질적인 배후는 학기 초, 자신에게 찾아왔던 그 형님들이었다. 소름 끼치면서도 불길한 기운을 풍기는 이들.

그들이 내건 조건은 단순했다. 학교를 장악할 것. 졸업 후, 최대한 많은 인원을 조직으로 끌어들일 것.

그 두 가지만 지킬 수 있으면 무조건적인 도움을 주겠다 했었다.

'대단했지.'

확실히 그들은 법, 그 위에 있는 존재들이었다. 협회든, 경찰이든, 아니면 어떤 등급의 서머너든 형님들이 나타났다 하면, 다 쥐 죽은 듯 사라지거나 입을 닫았으니까.

빌어먹을 가면 쓴 선생도 그들 앞에 서면 어쩔 수 없을 터.

'기대하는 게 좋을 거야.'

신창식의 두 눈동자가 불타올랐다.

"차, 창식아. 괜찮냐?"

똘마니 한 명이 다가온 것은 그때였다. 상념을 떨쳐낸 신창식이 주변을 둘러봤다.

"야."

"으, 응?"

"강준수, 그 새낀 어디 갔나?"

"강준수? 아까 그 선생이 데리고 나갔잖아."

"뭐?"

그의 얼굴이 일그러졌다.

누구 하나 붙잡아, 분노를 해소하고 싶었는데.

'뭐, 상관없지.'

어차피 그 찐따는 나중에라도 언제든 괴롭힐 수 있다. 지금은 온 분노가 한 대상에게 집중된 상태.

그가 휴대폰을 꺼내 들었다.

"다들 잘 들어."

그러고는 조용히 읊조렸다.

"오늘 내로. 그 선생 새끼 내가 담근다."

"흐아암."

8교시가 끝나고 전용 휴게실을 찾아온 진도윤이 기지개를 켰다.

"피곤하구나, 피곤해."

"……여태 다 자습만 시켜놓고 왜 피곤해하는 거야?"

어느새 다시 어깨 위에 올라온 엘라임이 동글동글한 눈으로 물어왔다.

"원래, 사람은 흥미 없는 일을 하면 지치는 법이거든."

"그으래?"

"그 시간에 사냥했어 봐. 아직도 팔팔했을걸?"

"……진도윤도 점점 데몰이랑 비슷해지는 거 같아."

엘라임이 이해할 수 없다는 듯 중얼거렸다.

그러고는 이내.

"하여튼! 잘했어! 역시 그냥 넘어가면 진도윤이 아니지!"

"응?"

진도윤이 고개를 갸웃하자.

"신창식, 그놈 말이야."

"아."

"확 혼쭐내 줄 땐 내 속이 다 시원했다니까?"

"뭘 그 정도로 혼쭐은."

진도윤은 여태껏 자신에게 도전했던 자들을 철저히 무너뜨려왔다.

시비를 걸면? 최소 어디 하나는 부러뜨렸고 혹여 목숨을 노린다면? 그 역시 목숨을 앗아갔다.

그런 것들에 비하면, 신창식에게 한 처사는 애들 장난 수준.

'음식을 맛있게 먹으려면 향신료를 쳐줘야지.'

그저 소금을 뿌린 것에 불과했다.

"그나저나 이 학교 말이야."

엘라임이 눈을 좁히며 말을 이었다.

"대충 보니까 그냥 평범한 학교던데?"

"응, 그냥 평범한 교육 집단이야. 나도 교육하면서 쭉 지켜봤는데 프리덤의 흔적 같은 건 없었어."

"흐응."

"살림 쪽에서 뒷조사해 놓은 걸 봐도, 딱히 연관성이 없어 보이고."

살림의 정보력은 꽤 신뢰할 만하다. 유준태, 그 영감에겐 미안하지만 협회보다도 더 정확하고 깊은 부분까지 다루니까.

음지(陰地)에 있는 지하 조직이기에 더욱 그렇다.

"그럼 뭘까?"

"나도 모르지. 기다리는 수밖에."

"기다린다구?"

"벌집을 건드렸으니, 벌이 튀어나오지 않겠어?"

휴게실 소파에 앉은 진도윤은 엘라임과 계속 수다를 떨었다.

"……."

그리고 그들 옆에는 멍한 표정으로 대화를 지켜보는 강준수가 있었다. 진도윤은 녀석을 계속 데리고 다녔다.

'해코지당할 수 있으니까.'

도와주기로 약속한 이상 사건이 해결되기 전까지, 녀석을 신창식과 분리해 놔야 했다.

물론 대충 자신의 정체를 눈치채고 있는 것 같기에 엘라임을 쿨하게 공개한 상태.

'지, 진짜 엘라임이잖아?'

두근, 두근.

때문에, 강준수는 놀란 심장을 진정시키기 위해 애써야 했다.

물의 정령왕, 엘라임. 피닉스와 함께, 서머너 마스터의 상징으로 알려진 1티어 소환수다.

설마설마했는데, 정말로 몬스터 만물 박사가 서머너 마스터일 줄이야!

"야, 강준수라 했냐?"

"네, 넵!"

진도윤의 물음에 강준수가 깍듯하게 답했다.

"이번에 도와주면 안 죽고 열심히 살 자신 있지? 얘기 들어 보니까 모셔야 할 할머니도 계신다며."

"……그, 그렇습니다."

강준수의 눈동자가 떨렸다.

'에휴.'

진도윤이 속으로 한숨을 내쉬었다. 누군가의 아픔을 쉽게 말할 생각은 없었다. 어쩌면 평생 트라우마로 남을 수도 있겠지.

다만 녀석이 메시지를 통해 간절하게 도움을 요청했던 이유는 결국, 살고 싶어서 아니겠는가?

그 이후, 극복하는 것은 녀석의 몫이다. 자신이 해야 할 일은 모든 것의 근원인 신창식을 해결해 주는 것.

그렇게 잠깐의 시간이 흐르자.

지이잉!

이혜연에게 문자가 도착했다.

[이혜연:도윤 씨, 방금 기운이 잡혔어요!]

"생각보다 빠르네."

진도윤이 예측했다는 듯, 고개를 끄덕였다.

뭐, 뻔한 레퍼토리긴 했다. 뒷배경을 불러내, 자신을 겁박하는 것. 그동안 이 방법이 통해왔으니 애들을 괴롭히는 강도도 점점 더 세졌던 거겠지.

"그럼 슬슬 움직여 볼까?"
"어, 어디 가시는 거예요?"
강준수의 물음에 굳이 대답할 필요가 없었다.
덜컹!
휴게실의 문이 열렸고 해답을 알려줄, 신창식 옆 똘마니가 들어섰으니까.
"선생님, 안녕하세요. 역시 여기 있으셨네요?"
녀석은 예의 있는 '척' 고개를 숙였다.
진도윤이 미소 지었다.
"응, 그래. 무슨 일이니?"
"아하하, 그게……. 제 친구가 선생님을 옥상에서 뵙고 싶다 해서요."
"엥? 옥상에서?"
"네, 아까 선생님 수업 내용 관련해서 궁금한 게 있나 봐요."
"보기보다 학구열이 엄청난 친구였구나? 야밤까지 선생님을 다 찾고. 그것도 옥상에서 말이야."
"하하, 오실 거예요?"
"그럼 그럼. 학생이 공부한다는 데, 선생으로서 응당 도움을 줘야겠지. 그럼, 안내 좀 해주겠니?"
진도윤이 자리에서 일어섰다.
이제 남은 것은 정말 그들이 프리덤인지 확인하는 것. 그리고 그에 따른 선생으로서의 교육이었다.

2장

저벅, 저벅.

진도윤은 똘마니의 안내를 받아 계단을 올랐다. 특이 사항으로는 강준수 역시 따라오게 했다는 것.

'그게 낫지.'

약자라 해서 숨는 것보다 진도윤은 그가 직접 부딪히길 원했다. 변해 버린 세상에서, 약한 정신력으로는 살아남기 힘들 테니까.

덜컹!

옥상의 문이 열리자 안내했던 똘마니를 제외하고 총 일곱의 사람이 보였다.

신창식과 친구 하나 그리고 인상 험악하게 생긴 떡대 다섯.

'쟤들이 그 삼촌이라 부르는 애들이겠네.'

신창식이 협박할 때 말했던 A급 서머너들임이 분명했다.

"크크큭."

진도윤을 확인한 신창식의 입꼬리가 올라갔다. 오매불망 기다리다, 그가 도착하고 나서야 웃음꽃이 핀 것이다.

"어이구, 진짜로 오셨네?"

그는 불과 몇 시간 전, 선생에게 당했던 수모를 그제야 잊을 수 있었다.

어차피, 그 가해자는 이제 곧 피떡이 된 모습으로 무릎을 꿇은 채, 자신에게 싹싹 빌 운명이니까. 하지만, 눈앞 가면 쓴 선생의 걸음에는 아직도 여유가 넘쳐 보였다.

"흠…… 수업을 듣고 싶은 친구가 많은 모양이구나?"

"수업? 크크큭, 그래, 수업이라면 수업이지. 같잖은 실력으로 나대면 어떻게 되는지 알려주는 참교육 시간."

신창식이 읊조리자, 옆 떡대가 물었다.

"야, 쟤냐?"

"그렇습니다, 형님! 제가 말했던 아주 극악무도한 폭력 교사입니다."

"쯧쯧, 안 되지 안 돼. 신성한 학교에서 폭력이라니."

떡대가 소환수를 꺼냈다. 본인과 똑 닮은 덩치 큰 곰, '울트라 베어'(★★★★★)였다.

"후우."

진도윤이 한숨을 내쉬었다.

사실, 보자마자 알았다. 미약하지만, 녀석들 몸에서 풍겨 나오는 그 냄새는 분명 마계의 그것이었으니까.

"이보쇼, 선생. 너무 억울해하진 말고. 학생을 때렸으니 그 대가를 치러야지."

떡대의 차가운 눈빛이 진도윤에게 화살처럼 꽂혔다. 그 눈빛만 봐도 절대 봐주지 않겠다는 의지가 느껴졌다.

"으음……. 확실히 좋은 그림은 아니네."

잠시 고민하던 진도윤이 아쉽다는 듯 입맛을 다셨다.

"이왕이면 왕건이가 걸리길 빌었는데, 역시 꼬리 수준인 건가?"

"무슨 소리 하는 거냐?"

알 수 없는 소리에 떡대가 눈썹을 꿈틀거렸다.

"하아, 준수야. 잘 봐둬라."

진도윤이 감응력을 끌어올렸다.

"프리덤 같은 범죄 집단에 들어갔다가 나한테 걸리면 어떻게 되는지."

"무, 무슨?!"

떡대의 눈이 휘둥그레졌다. 그 외 넷의 서머너들도 곧바로 소환수를 꺼냈다.

샤벨 타이거, 키메라, 육미호 등등. '프리덤'이라는 단어에 반응한 것이다. 조직이 프리덤이라는 것은 아직 신창식에게도 하지 않은 말이었으니까.

"……?"

신창식 역시 당황한 듯, 미간을 찌푸릴 찰나 각자 눈짓을 통해 시선을 주고받은 떡대들이 움직였다.

"일단 조져!"

쿠와아아아!

눈 깜짝할 사이에 다섯 소환수가 일제히 진도윤을 향해 쇄도했다.

자신들의 정체를 어떻게 알았는지는 제압해 놓고 알아볼 생각이었다. 하지만 상황은 그들이 원하는 대로 흘러가지 않았다.

촤륵! 촤르륵!

변형된 엘라임을 활용한 진도윤이 소환수 다섯을 동시에 쳐낸 것이다.

쾅! 쾅! 쾅! 쾅! 쾅!

총 다섯 구역에서 발생한 물기둥이 정확히 녀석들의 급소를 가격했다. 그러고는 수압을 통해 꽁꽁 묶어버렸다.

그렇게 되는 데 걸린 시간은 고작 2초.

"……?"

충격받은 떡대들의 몸이 얼어붙었다. 보이지도 않는 소환수와 A급 다섯을 고작 한 수로 제압하는 힘 그리고 감히 추측조차 할 수 없는 컨트롤까지 무언가 잘못되었다는 걸 느낀 탓이다.

"너, 너는 누구냐!"

분명 신창식에게 듣기로는 평범한 B급의 서머너라 했다. 떡대 중 한 명이 눈을 부릅뜬 채, 신창식을 쳐다봤지만.

"……."

그는 충격받은 얼굴로 넋만 놓고 있는 상태. 두 똘마니는 아예 주저앉은 채, 입을 떡 벌리고 있었다.

진도윤이 씩 웃었다.

"글쎄, 일단 조져지고 난 후에 차차 알아보면 되지 않을까?"

눈앞, 다섯의 떡대를 바라보는 진도윤의 평은 간단했다.

'약해도 너무 약해.'

솔직히 말하자면 저들 다 합쳐도, 레이튼 숲의 평범한 몬스터 한 마리만도 못했다. A급 서머너라고 해봐야 감응력 100을 갓 넘은 수준?

진도윤의 감응력이 238인 것을 떠올리면, 일반 서머너는 상상할 수 없을 만큼의 격차였다.

"엘, 그냥 터뜨려 버려."

"웅!"

엘라임이 꽁꽁 묶은 물줄기를 더욱 꽉 조였다.

쩌저저저적!

마치 심해 깊은 곳에 소환된 것과 같은 엄청난 수압. 다섯의 소환수는 비명조차 지르지 못한 채 뭉개졌다.

눈알이 빠지고 피가 튀어나오는 잔인한 광경이었지만 붉은 피는 엘라임의 물에 섞여 중화됐고 육체는 강력한 압력에 짓눌려 순식간에 고깃덩어리로 변해 버렸다.

"……!?"

그 엄청난 광경에 떡대의 얼굴이 일그러졌다. 소환수의 소멸로 인해 내부적으로도 엄청난 충격을 받았지만.

"크윽, 이, 이봐. 잠깐!"

그것보다 목숨의 보전이 더욱 중요했다. 전방, 가면 쓴 사내가 풍기는 살기는 당장에라도 자신들을 찢어버릴 것만큼 위험해 보였으니까.

'저자는 절대 B급 따위가 아냐.'

A급, 그중에서도 최상위였다. 그게 아니면 이 상황을 설명할 수 없었다.

"잠깐, 무언가 오해가 있는 것 같은데."

"오해는 무슨 오해."

진도윤이 다시 한번 감응력을 펼쳤다.

촤르르륵!

소환수들을 끝장낸 물줄기가 하늘 위로 솟구쳐, 이번엔 떡대들을 바라봤다.

"……!"

떡대의 눈이 휘둥그레졌다. 저 물줄기가 자신들을 삼켜내는 순간 조금 전 소환수와 같이 피떡이 될 게 뻔했다.

결국, 당황한 표정을 지은 그가 무릎을 꿇었다.

"사, 살려주세요!"

소환수 없는 서머너가 할 수 있는 거라고는 공격 의사를 포기하고 싹싹 비는 것뿐. 자존심을 부릴 때가 아니었다.

"잘못했습니다!"

"저, 저흰 프리덤이 아닙니다!"

"제발 목숨만은……!"

대장으로 보이는 떡대가 꿇자, 나머지 서머너들도 재빨리 바닥에 엎드렸다. 그들의 항복 선언에 진도윤이 눈살을 찌푸렸다.

눈치가 빠른 건 좋긴 했지만.

"프리덤이 아니라고?"

하지만, 저들의 육체엔 분명 마계의 향이 배어 있다.

그럼 둘 중 하나겠지. 거짓말을 하고 있든가. 아니면 점조직이라, 자신들의 근원이 프리덤인지 모르거나.

"저, 정말입니다!"

"선생님 말씀이 맞아요! 말 안 듣는 학생은 혼쭐내 주는 게 맞지요!"

"저희 생각이 짧았습니다!"

어찌 보면 불쌍해 보일 수도 있는 모습이었다.

하지만, 그것은 저들이 현재 약자이기 때문. 만약 자신이 약자였으면, 이들이 그냥 웃으면서 넘어갔을까?

'절대.'

진도윤이 고개를 저었다.

전형적인 강약약강(强弱弱强)의 모습. 저런 것에 속을 만큼 인생을 적게 살진 않았다. 게다가 결국 저들이 신창식의 뒤를 봐주고 있었다는 건 '팩트'니까.

"뭐, 너희들이 프리덤인지 아닌지는 조사해 보면 나오겠지."

"조, 조사 말씀이십니까?"

떡대의 눈빛이 흔들렸다.

"이제 그만 나와."

진도윤이 이번엔 허공을 바라보며 말했다.

사실 그는 몇 분 전. 살림 멤버들이 '은신' 상태로 옥상에 도착했음을 인지하고 있었다.

스스슥!

진도윤의 명에 허공에서 셋의 인영이 드러났다. 그중 한 명은 새로운 소환수를 얻어낸 이혜연.

그녀가 입을 열었다.

"……역시 대단하세요. 저희가 한 달 동안 고생했던 걸 하루 만에 처리하시다니."

"쟤들이 자기들은 프리덤 아니라는데?"

"그래요?"

이혜연이 납작 엎드린 떡대들을 응시했다.

"뭐, 두고 보면 알겠죠. 과연 그 말이 사실일지는."

"데려가서 조사해. 쟤들 조직부터 주변까지 싹 다 털어봐."

"네, 알겠어요. 어떤 조직이든 살림의 눈을 피할 순 없지요. 자백을 받아내는 특수 서머너도 있거든요."

그녀의 답에 떡대의 동공이 확장됐다.

"……사, 살림?"

살림이 누구던가. 악으로 악을 잡는 집단. 상대가 악당이라는 가정 하, 그 누구보다 잔혹해질 수 있다는 지하 조직 아니던가.

"사, 살려주세요! 잘못했습니다! 제발!"

미친 듯이 숙이는 떡대를 보며 이혜연이 싸늘하게 읊조렸다.

"기절시켜서 데려가세요."

"예!"

나머지 두 단원의 대답.

툭! 툭! 툭!

어둠 속에서 슬쩍 튀어나온 소환수가 그들의 뒤통수를 내려쳤다. 그러고는 말없이 쓰러지는 그들을 전부 어깨에 들쳐멨다.

"저 학생들은 어떡할까요?"

이혜연이 신창식을 비롯한 세 학생을 응시했다.

"……."

말없이 덜덜 떨고 있는 그들. 그중 한 명은 오줌까지 지린 듯했다.

"쟤네는 내가 처리할게. 가봐."

"알겠어요. 결과 나오면 바로 보고할게요."

"응, 수고해."

스슥!

한밤중 옥상에서 사라지는 살림의 단원들. 그들의 모습은 마치 귀신을 연상케 했다.

"미, 미친."

잠깐의 인지 부조화로 넋 놓고 있던 신창식의 첫 마디였다.

'이게 다 뭐야.'

그는 이해할 수 없었다. A급 서머너 다섯을 고양이 쥐 잡듯 휘어잡는 저 능력은 무엇이고.

또 살림이라고?

그 역시 들어봤다. 부자들이나 고등급 서머너들이 가장 두려워하는 집단이라지. 그런 집단을 수족 부리듯 하는 저 선생의 정체가 뭐란 말인가.

"자, 이제 못다 한 교육을 좀 더 해볼까?"

저벅, 저벅.

씩 웃은 진도윤이 걷자, 신창식은 저도 모르게 뒷걸음쳤다. 사내 등 뒤로 보이는 저 물줄기가 굉장히 공포스러웠기 때문.

"오, 오지 마! 오지 마, 이 ×새끼야!"

"호오?"

진도윤이 재미있다는 듯 미소 지었다.

"나름 대단하네. 이런 상황에서 욕할 수 있는 깡은 칭찬해 줄게. 하지만."

그가 엘라임에게 눈짓했다.

"그렇다고 인성 교육을 피해갈 수 있는 건 아니지."

퍼억!

엘라임의 물줄기가 신창식의 복부를 강하게 후려쳤다. 딱 죽지 않을 정도의 힘이었다.

"커어억! 꺽!"

엄청난 통증을 느낀 그가 배를 부여잡은 채 꺼억거렸다.

그 시각 옆에 주저앉아 있던 똘마니 둘은 바닥을 기며 도망치고 있었다. 그중 오줌을 지린 놈은 눈물을 흘리기까지 했다.

"으아…… 으아아."

"자, 잘못했습니다. 요, 요, 용서해 주세요."

"후우."

진도윤이 걸음을 지속하며, 옅은 한숨을 내쉬었다.

"용서해 달라고?"

그러고는 싸늘한 눈빛으로 내려다봤다.

"혹시 너희는 애들이 그만하라고 했을 때 그만했냐? 만약, 그랬으면 용서해 줄게."

"으아아……."

"자, 잘못했어요! 주, 준수야! 내가 미안해!"

역시, 부정을 못 한다. 여기서 벗어나기 위해 거짓말했다간, 어찌 될지 본능적으로 느끼고 있는 것이다.

'똑같이 알려줘야 느끼지.'

이들은 아직 어리다. 물론, 어리다고 그 범죄의 질이 약해지는 건 아니지만 지금이라도 누군가 이들의 행동이 잘못되었다는 걸 알려준다면 회개의 여지가 있지 않을까?

진도윤은 바짓가랑이를 잡고 싹싹 비는 두 똘마니를 내려다봤다. 적어도 애네들은 신창식과 다르게 반성하고 싶은 마음이 엿보이는 것 같았다.

물론, 그냥은 안 되지.

"애들아."

쪼그려 앉은 진도윤이 묻자.

"네, 네! 선생님!"

"마, 말씀하세요!"

"후, 선생님 뒤에 누가 있는지 봤지?"

귀신처럼 나타나, 귀신처럼 사라진 '살림'(殺林)을 뜻하는 말이었다.

"네, 네! 알죠!"

"아, 아까⋯⋯ 나타나셨던 그분들."

완전히 쫄아 있는 애들을 보며 진도윤이 고개를 끄덕였다.

"맞아, 국내 최고의 살수 집단이지."

"사, 살수⋯⋯?"

"으아아⋯⋯."

던전 한 번 가보지 못한 학생들이 느끼는 죽음의 공포는 아마 생각보다 더 클 터 그들의 눈에서 눈물이 쏟아졌다.

"너희는 내일까지 경찰서로 간다. 가서 여태 너희가 했던 잘못들 다 진술서에 써서 제출해. 그렇지 않으면⋯⋯."

"하, 할게요!"

"하겠습니다! 할 테니 제발 살려주세요!"

조직과 연관되어 있다는 경찰은 살림에서 처리할 거다. 진도윤이 해야 할 일은 더 이상 이들이 강준수를 괴롭히지 못하게 하는 것.

뭐, 애들은 이 정도면 충분하겠지.

"그럼 이제 그만 가서 씻고 푹 자렴. 늦었다."

꺼지라는 말의 순화.

"네, 넵!"

"아, 알겠습니다, 선생님!"

벌떡, 일어난 녀석들이 성급히 도망쳤다. 녀석들이 정말 경찰서에 갈지는, 살림에서 알아서 확인해 줄 터.

"흠."

진도윤이 이번엔 신창식을 바라봤다.

쟤는 좀 다르다. 한림서고 학교 폭력의 주역이자 지금까지도 욕지거리를 하는 녀석.

"커억, 꺼어억! 이 ×발······. ×바알! 너 두고 봐! 아빠한테 다 말할 거야!"

엘라임이 때린 배를 부여잡으며, 고함을 치고 있었다.

'와, 이놈은 아주 성질 다 버려놨네.'

도대체 어떻게 교육했길래, 애가 이 모양 이 꼴이 됐을까? 그 이사장이라는 양반이 궁금한 진도윤이었다.

"후, 아빠?"

"그래, 이 새끼야! 우리 아빠 돈 많아! 너 협회 출신이랬지? 넌 뒤졌어! 우리 아빠가 협회에 기부한 돈만 몇인 줄 알아? 게다가 살림이라고? 거기 범죄 조직이잖아. 넌 × 됐어, 새끼야!"

"······."

할 말을 잃은 진도윤이 신창식을 물끄러미 바라봤다. 그러고는 이내 전화를 걸었다. 발신 대상은 협회장, 유준태였다.

"어, 영감."

"뭐, 하나만 묻자. 한림서고 이사장 알아? 협회에 기부 좀 많이 했다는데?"

"아, 잘 안다고?"

"그럼 지금 당장 나한테 전화 좀 걸라고 해. 번호 알려주고."

"아니, 그냥 뭐, 어떤 양반인지 궁금해서."

"그래, 고맙다."

약 20초간의 짧은 통화.

"……."

그 통화 내용을 들은 신창식의 표정이 싹 굳었다. 도대체 저 자가 누구길래 이 야밤에 자신에 아버지보고 통화하라 할 수 있을까?

그가 아는 아빠는 누군가에게 숙일 성격이 못 된다. 어렸을 적부터 좀 유명하다 하던 서머너들도 아빠에게 고개를 숙이곤 했었으니까. 그게 신창식이 아는 돈의 힘이었다.

"……흥, 거짓말. 허세는."

"후, 이건 멍청한 건지…… 아니면, 경험이 없어서 모르는 건지지……. 아, 둘 단가?"

"뭐?"

"네 아빠가 아무리 돈이 많다 해도, 서머너한텐 그냥 동네 아저씨일 뿐이거든?"

게다가 자신은 이미 A급 다섯을 박살 내는 모습을 보여준 상태다. 현 A급 서머너의 가치는 국가 보물급인데 아무래도 전자. 즉, 멍청한 게 맞는 것 같았다.

뭐, 더는 설명할 필요도 없었다.

지이잉.

곧바로 휴대폰이 울렸으니까.

"……!"

휴대폰 너머로 뜬 번호를 본 신창식이 믿을 수 없다는 표정을 지었다. 정말 하늘 같았던 자신의 아빠 번호가 아니던가!

그 수화기 너머로 목소리가 흘러나왔다.

-아이고! 협회장님께 들었습니다. 저를 찾으셨다지요?

"응, 그랬지."

-하하하, 정말 소문대로 화끈하시군요! 그래도 목소리를 들을 수 있다니! 정말로 가문의 영광입니다!

무언가 비굴하면서도 진짜 감격한 것처럼 보이는 아빠의 목소리.

신창식은 하늘이 무너져 내리는 기분이 들었다.

'게다가…… 협회장?'

분명 아까 통화한 사람이랑 반말로 주고받지 않았나? 거기에…… 그 반말을 당연하게 받는 아버지까지.

신창식은 가슴이 철렁했다.

무언가 말도 안 되는 일이 눈앞에서 벌어질 것 같은 느낌.

-세상에, 서머너 마스터께서 절 찾으셨다니요. 그래요, 무슨 일이십니까! 언제든 발 벗고 도와드릴 의향이 있습니다!

이윽고 들리는 음성에, 신창식은 뇌가 불타는 것 같았다.
'서, 서머너 마스터?'
자신이 담그려 했던 선생이, 욕설을 내뱉었던 선생이. 우리나라, 아니, 세계 최강이라는 서머너 마스터라고?
그게 가능해?
풀썩! 더 이상 받아들이는 걸 포기한 신창식의 의식이 절로 끊겼다.

"으으으……."
신창식은 악몽을 꿨다.
어두운 밤하늘의 도심. 그는 정신없이 도주하고 있었고 그 뒤에는 가면 쓴 남자가 끊임없이 따라오고 있었다.
그자는 집요하면서도 끔찍했다.
"그, 그만해. 제발 좀 그만하라고!"
아무리 자신이 빌고 애원해 봐도 괴롭히는 것을 멈추지 않았다.
"……너는 그만해 달라고 할 때 그만한 적 있어?"
"으아아!"
이번에도 사내의 손이 자신의 목에 닿을 찰나.
"허억!"
신창식의 눈이 떠졌다.

"오, 일어났네?"

그러자, 눈앞에 보이는 존재. 꿈속에서 나왔던 그 악몽 같은 자, 가면 쓴 선생이었다.

"으아악!"

공포에 질린 신창식이 뒤로 기었다.

동시에, 기억이 떠올랐다. 아버지가 저자세로 대하던 선생의 가면 속 정체가.

'서, 서머너 마스터.'

모르고 싶어도 모를 수가 없는 이명이었다. 그는 전 세계인이 존경하는 살아 있는 위인이었으니까.

다만 그 성격의 괴팍함 또한 유명했다.

안하무인의 태도와 제 멋대로인 영혼. 손속 또한 무자비한 것으로 알려져 있었다. 그가 라스베이거스에서 프리덤 수백을 도륙했던 건 아직도 회자되고 있는 사건이었으니까.

말 그대로 진짜 '강자'. 그 앞에서 신창식은 처음으로 무력감을 맛봤다.

"자, 잘못했어요. 잘못했어요."

"잘못을 인정하는 거야? 흠, 잘못했으면 벌을 받는 게 세상 이치라던데……."

진도윤이 그를 향해 천천히 걸으며 중얼거렸다. 가면 너머로 보이는 눈빛은 신창식에게 크나큰 공포로 다가왔다.

"자, 자수할게요! 제가 했던 짓들 경찰에 진술하고 뼛속 깊이 후회하고 반성하며 살게요!"

"에이, 그걸 내가 어떻게 믿냐?"

"정말이에요!"

"시끄럽고, 이거나 받아라."

신창식 앞에 쪼그려 앉은 진도윤이 종이 쪼가리 하나를 건넸다.

"이, 이건?"

"읽어봐."

"……."

신창식의 눈동자가 빠르게 굴러갔다. 종이는 일종의 계약서로, 적힌 내용은 단순했다.

[앞으로 향후 3년간, 수업을 마치는 즉시 살림에 출근해 무보수로 봉사한다.]

"일종의 징계야. 사회봉사라 생각해. 네 아빠랑 교장한테도 다 얘기해 뒀다."

"……?"

"지각이나 결석하면 기간 더 늘릴 거니 그리 알고."

"사, 삼 년이나요?"

신창식이 낙담한 표정을 지었다. 이제 몇 개월만 있으면 졸업이고, 본격적인 서머너 시험을 봐야 할 텐데 그만큼 기간이 묶이는 거니까.

"뭐, 삼 년이나? 이거 반성한 기미가 전혀 안 보이네? 안 되겠다. 반년 추가."

획!

종이를 뺏어낸 진도윤이 만년필로 계약 내용을 쓱쓱 수정했다.

"헉, 너…… 너무하잖아요!"

"너무하다고?"

순간, 진도윤의 목소리가 싸늘하게 가라앉았다. 이게 안 때리고 봐주니까, 장난하는 거로 보이나?

"야."

"……네, 넵?"

순간, 자신의 실책을 깨달은 신창식의 목소리가 떨렸다.

"네놈이 지금껏 괴롭혀 왔던 애들은 그 기억을 평생 트라우마로 가지고 살 수도 있는데, 고작 3년 가지고 징징거리는 거냐?"

딸꾹!

목소리에 담긴 짙은 살기에 신창식이 딸꾹질했다.

"아, 아닙니다! 하겠습니다, 할게요."

"각오해. 아주 힘든 생활이 될 거야. 내가 특별히 부탁해 놨거든. 거기다, 만약 또다시 선생이나 애들을 괴롭힌다면……."

진도윤이 씩 웃었다.

"그만큼 죗값을 더 치러야겠지."

강한 집단을 통해 감시하는 것. 이것이 진도윤이 생각한 또 다른 보복을 방지하는 방법이었다.

'원래 사람은 쉽게 변하지 않거든.'

혹시 아는가? 여기선 잘못했다 해놓고, 자신이 사라지면 또 똑같은 짓을 할지. 악어의 눈물보다 믿을 수 없는 게 바로 인간의 눈물이다.

"……."

차가운 진도윤의 눈빛에, 신창식은 덜덜 떨리는 손으로 계약서에 사인했다.

어쩔 수 없었다. 그렇지 않으면 정말 죽일 것 같았으니까.

그 모습을 본 진도윤이 입을 열었다.

"네가 어린 걸 다행으로 알아."

"……."

"대가리에 피만 조금 말랐어도, 귀찮게 이런 짓 안 했을 테니까."

그 말인즉슨, 그냥 죽여 버렸을 거라는 말.

신창식의 몸이 흠칫 떨렸다.

"가, 감사합니다! 감사합니다!"

시간은 늦은 저녁 11시. 진도윤이 모든 사건을 처리하는 데까지, 채 하루도 걸리지 않았다.

"우와아! 진도유운! 역시 최고야!"

강준수를 보내고 은신처로 돌아온 진도윤에게 엘라임이 환호했다.

"아주 깔끔한 마무리였어! 크으으, 역시 드라마의 끝은 권선징악이라니까!"

그의 대처가 아주 마음에 든다는 듯. 엘라임은 흥분을 가라앉히지 못하고 날아다녔다.

진도윤이 피식 웃었다. 엘이 기뻐하는 모습을 보니, 왠지 보람찬 느낌이었다.

"엘."

"응 응?"

"이것으로 이번 주 휴식은 끝이다. 인정하지?"

"응, 완전 인정! 그나저나 진도윤!"

"왜."

"강준수, 그 아이는 앞으로도 잘 살려나?"

"으음, 그건 나야 모르지."

기지개를 켠 진도윤이 침대에 몸을 던졌다.

'강준수……'

그 아이에게 해줄 수 있는 건 다 해줬다. 녀석이 앞으로 헤쳐나가야 할 남은 삶은 본인의 몫.

"자기가 알아서 해야지. 애초에 네 부탁이 아니었다면 도와주지도 않았을 거야."

"히힛, 알지. 고마워. 그럼 사냥은 내일부터?"

"아니."

"응?"

"아직 사건이 끝난 게 아니잖아."

"아, 그 덩치들……?"

"응, 그놈들 분명 마계의 냄새가 났어. 이번에 결과 나오면, 거기 조직부터 하나하나 다 털어볼 거야."

지금은 소환수들의 경험치보다, 감응력 240 달성이 먼저다.

'만약, 정말 녀석들이 프리덤이라면.'

그 본거지까지 다 족쳐서 감응력을 받아내야겠지. 게다가 요즘 들어 프리덤의 움직임이 거의 없다시피 한데.

괜스레 그게 불안한 진도윤이였다.

"오늘은 늦었으니 이만 쉬고, 한번 믿고 기다려 보자고."

살림이라면 분명 정보를 얻어낼 것이다.

"응!"

오늘따라 엘라임의 대답이 유난히 활기찼다.

대한민국 근교.

인적이 드문 뒷산에 두건 쓴 남자가 나타났다.

"……이곳인가?"

굉장히 음침해 보이는 그는 바로 서동희의 오른팔이었던 부하. 이제는 7간부가 된 미켈이었다.

현재 미켈은 서동희의 명을 듣고, 악마를 길들이기 위해 숨겨진 프리덤의 지부로 온 상태였다.

"내가 길들일 악마가…… 아몬이랬지."

판데모니엄에는 모든 마계의 악마들이 인정하는 최고의 악마가 10개체 존재한다.

삼계(三界)가 통틀어 10악마라 묶어 부르는 이들. 그들 중 일곱 번째 권좌를 차지한 이가 바로 저주의 악마 아몬(Aamon)이었다.

과거, 루시퍼를 도와 천계를 악(惡)으로 물들인 그는 마계에서 가장 거대하면서도 엄격한 마물.

"흐흐, 기대되는군."

그에게도 욕망이 없다면 거짓말이었다. 게다가 자신이 조사했던 그 꼬마보다 높은 권좌를 차지했다는 게 은근히 마음에 들었다. 한만식이 차지한 악마는 8악마, 바르바토스였으니까.

"프리덤……. 은근히 공정하게 돌아간다니까."

사실, 미켈은 불안했었다. 6명의 신입 간부가 모여 노야를 만났을 때 자신이 모시던 상관이 가장 낮은 순위의 간부라는 이유로 9악마나 10악마를 배정받을까 봐 걱정했기 때문이었다.

'대악마를 제외하고는 숫자에 큰 의미가 없다.'

서동희가 입버릇처럼 하는 말이었지만 미켈은 그래도 높은 순위가 좋았다. 별다른 이유 없이, 그냥 멋있으니까.

저벅, 저벅.

그렇게 오솔길을 따라 계속 걸음을 지속할 찰나.

스르륵!

어둠 속에서 두건 쓴 세 인영이 등장했다.

"미켈 님. 오셨습니까?"

그중 하나가 앞으로 나서서 고개를 숙였다. 대한민국 프리덤 지부의 지부장이었다.

"네가 지부장?"

"그렇습니다. 이번에 간부로 오르셨다지요? 축하드립니다."

"큭큭, 축하는."

"기다리고 있었습니다."

"그래, 이곳이 아몬의 소환진인가?"

"바닥을 보시죠."

지부장이 손가락으로 아래를 가리켰다. 그곳에는 붉게 새겨진 기이한 문양이 번들거리고 있었다.

악마 소환진. 수많은 서머너의 피를 머금어야 발동하는 악마술의 일종이었다.

미켈이 고개를 끄덕였다.

'막대한 힘이 느껴져.'

문양들이 붉게 물들었다는 건, 그동안 꽤 많은 서머너가 죽어 나갔다는 뜻.

"준비는 다 된 건가?"

미켈이 품속에서 단검을 꺼냈다. 악마를 길들이기 위해서는 자신의 피가 필요하니까.

"으음, 그게……."

"……왜 말을 늘이지?"

미켈이 눈살을 찌푸렸다.

자신은 프리덤의 간부. 마음에 안 들면, 눈앞의 녀석들의 멱을 따도 전혀 문제가 없었다.

"사실…… 두 명 정도의 피가 더 필요합니다. 조금 더 기다려 주실 수 있겠습니까?"

지부장이 머뭇거리며 말했다.

"두 명?"

"그게……. 부하 놈들이 B급 서머너 하나 데려올 수 있다 하길래 보내놨는데…… 연락이 끊겼습니다."

프리덤의 지부는 수많은 점조직을 운영한다. 그들이 하는 임무는 멋도 모르는 서머너들을 꼬시거나 협박해 이곳에 데려오는 것. 그 희생자들은 한 줌의 피가 되어, 이곳 소환진의 제물로 쓰이게 된다.

"연락이 끊겼다고?"

"네, 이번에 데려오면 프리덤 입단이라……. 튄 것 같지는 않은데, 어떻게 된 건지."

점 조직원들은 아직 프리덤이 아니다. 다만, 성과가 좋거나 열심히 하는 자에 한하여 주기적으로 프리덤 명단에 올리는 식이었다.

"후."

미켈이 깊은 한숨을 내쉬었다.

"……이런 쓸모없는 놈들."

"죄송합니다."

지부장의 사과에도 미켈은 괜스레 짜증이 났다. 과연 자신이 모시던 상관, 서동희가 왔어도 일을 이렇게 처리했을까? 절대 아닐 거다.

서동희는 간부 중에서도 나름 엄격한 축에 속하니까.

'내가 길들일 아몬 역시 엄격함의 상징이라지.'

미켈의 입꼬리가 올라갔다. 아무래도 첫 간부가 된 기념으로 이들에게 본보기를 보일 필요가 있었다.

힘을 가졌으면 그걸 누릴 수 있어야, 의미가 있는 것 아니겠는가?

"아니, 죄송할 필요 없지."

"네?"

미켈의 갑작스러운 변화에 지부장이 고개를 갸웃했다.

"자리는 너희들이 채우면 되니까."

퍼억!

뒤에서 등장한 키메라가 지부장의 머리를 단박에 으깼다. 터져 나온 피와 뇌수가 바닥을 물들이자, 문양에 붉은빛이 일렁였다.

"뭐, 뭐 하시는 겁니까?"

"가, 간부님?"

나머지 두 인영이 당황한 듯, 뒷걸음쳤다.

"피가 필요한 게 두 명이랬지? 아직 한 명 더 남았네?"

미켈의 입꼬리가 기괴하게 비틀리자, 두 멤버가 식겁했다.

"자아, 둘 중 누굴 죽일까? 큭큭."

과연, 이것이 권력과 힘의 맛일까? 이 세계의 최상위 포식자가 된 기분에 미켈은 온몸이 짜릿해짐을 느꼈다.

둘의 판단은 각자 달랐다.

"사, 살려주세요!"

한 명은 바짝 엎드린 채 용서를 구했고.

"으아아, 살려줘!"

한 명은 겁에 질린 채, 도주를 택했다.

둘 중 누구를 죽일까?

물론, 누굴 죽이든 이유는 가져다 붙일 수 있다. 미켈은 그 점이 마음에 들었다. 정말 자신이 신이라도 된 기분이었으니까.

"그래도……. 감히 내 앞에서 도망치는 걸 살려둘 순 없겠지."

퍼억!

멀리서 두개골 박살 나는 소리가 들려왔다.

"크크큭."

광기로 물든 웃음과 함께 미켈은 바짝 엎드린 인영을 싸늘하게 쳐다봤다.

"너."

"네, 넵!"

"뭐 하냐? 준비 안 하고."

이제 본격적으로 악마, 아몬을 불러내야 할 때.

"사, 사, 살려주셔서 감사합니다!"

"으하하하하!"

서울, 근교 뒷산에 한 미치광이의 광소가 울려 퍼졌다.

어둠의 기운으로 시커멓게 물든 천지 아래. 범상치 않은 기운을 뿜는 프리덤의 네 존재가 모여 있었다.

더 문, 요미, 서동희. 그리고 그들의 앞, 가장 가운데에는 여유로운 표정으로 뒷짐 지고 있는 노야가 보였다.

실질적인 프리덤의 수뇌부들이자 판데모니엄의 10악마 중 최상위 종을 길들이고 있는 자들. 노야는 기하급수적으로 늘어나는 자신의 힘을 느끼며 전율했다.

"마침내…… 모두 인간계에 모였는가?"

10악마 중 과반수가 인간계에 현신(現身)하는 순간, 두 세계를 가로막던 일종의 경계가 무너진다. 즉, 이곳에서도 마계의 힘을 온전히 가져다 쓸 수 있게 된다는 뜻.

그뿐이랴? 지하 아래층에 웅크리던 수백만 악마들이 서서히 인간계를 장악하기 시작할 거다.

말 그대로 진정한 대계(大界)의 시작.

"다들 진행 상황을 보고하라."

노야의 물음에 거구의 남자, 더 문이 먼저 입을 열었다.

"5악마 마르바스와 10악마 부에르는 소환에 성공했습니다."

"6악마 발레포르랑 9악마 파이몬도요."

이어서 요미가 답했다.

그리고 마지막으로.

"7악마 아몬과 8악마 바르바토스도 방금 의식을 마쳤습니다."

나지막한 서동희의 목소리가 흘러나왔다.

"좋구나."

만족스럽다는 듯 고개를 끄덕이는 노야.

그의 목소리가 약간 상기되어 있었다.

그럴 수밖에 없었다. 10악마 전부가 인간계에 소환되는 것. 프리덤이라는 집단을 만든 이후, 가장 고대하던 순간이었으니까.

"모두 들어라."

이윽고 노야가 간부들을 향해 팔을 뻗었다.

쿠드드득!

그 가벼운 손짓만으로 흙바닥이 진동하니, 그 힘이 얼마나 강한지 짐작조차 할 수 없었다.

"마침내, 약속했던 시간이 도래했다. 그동안 프리덤을 위해 애쓰느라 고생 많았다."

담담히 말한 노야의 시선이 간부들에게 닿았다. 그동안 있었던 일들을 격려라도 하듯, 부드러운 눈빛으로 어루만진다.

'나도 그렇지만, 각자 다 사연이 있는 자들이지.'

비록 지금은 경계를 허물기 위해, 마계의 존재들과 정신을 공유하고 있다지만 이들 모두 한때는 인간이었다.

부당한 사회에 매몰차게 버림받은 자든, 혹은 그냥 사이코패스든.

'뭐든 상관없지.'

막대한 힘 앞에 세상 모두가 평등해지는 진짜 '자연'. 강자존의 세상이 다가올 테니까.

잠깐의 정적 뒤.

"현 시간부로……"

노야가 말을 이었다.

"그대들에게 걸린 악마 사용의 제약을 풀도록 할 터이니, 막아두었던 욕망을 마음껏 표출하라."

노야가 선포했다. 그동안 소환 의식에만 신경 쓰느라, 참았던 그 힘을 마음껏 표출하라고.

서머너 마스터? 협회의 숨은 고수들? 대천사? 루시퍼?

이제는 다 무시해도 좋았다.

'가이아, 그녀가 없는 이상.'

현실적으로 온전한 10악마를 막아설 수 있는 자는 존재하지 않을 테니.

"지금부터 협회…… 아니, 인류와의 전쟁을 선포하겠다. 시간이 얼마 걸리든 상관없다."

"기한은 인간계가 온전한 자유를 얻는 그 날까지."

"반항하는 자는 죽이고, 입단하려 하는 자를 막지 말라."

"힘겨운 상대가 나타나면 합공하라."

"서머너가 되고 싶은 자들에게 기회를 주고, 몸집을 불려라!"

총력전 선포. 서머너 마스터의 지속적인 괴롭힘에도 숨죽이고 있던 프리덤이 마침내 기지개를 켰다.

노야의 시원한 외침에, 간부들이 일제히 자리에서 일어섰다. 그들 모두, 숨겼던 힘을 방출할 생각에 흥분된 상태. 노야가 서동희를 부른 것은 그때였다.

"동희야."

"부르셨습니까?"

호명 당한 서동희가 대답했다.

"그동안 불만이 많았지?"

"……?"

그가 고개를 갸웃하자 노야가 빙긋 웃었다.

"서머너 마스터라 불리는 그놈, 말이다."

"아……!"

서동희가 강하게 고개를 끄덕였다.

"그렇죠. 사람들이 띄워주니까 뭐라도 되는 양, 설치고 다니는 게 마음에 들지 않았었죠. 본 힘을 드러내면 한주먹 거리도 안 될 텐데."

"그렇지. 이제 네 마음대로 해도 좋다. 나 역시 신경 쓰지 않으려 했지만…… 요즘 들어 더 설치고 다닌다더구나."

놈이 마계에 처음 나타난 이후로 그렇게 많은 시간이 흐른 것도 아니었다.

하지만, 그동안 그자는 대천사 넷을 구했고 10악마는 아니지만 발라크, 아그니 등등 큼지막한 대형 악마들을 해치웠으며 간신히 점령했던 천계를 다시 탈환했다. 거기다 전략 병기로 두었던, 아세브라도까지 탈취했다 하니.

"이제는 참을 필요 없다."

"……그 말은?"

"그래, 가서 죽여라. 다만, 녀석을 혼자 상대하기엔 부담이 클 터. 적어도 10악마 둘은 대동해야 할 것이야."

"명심하겠습니다."

서동희의 입가에 웃음이 떠올랐다.

'마침내……'

그가 프리덤에 입단한 이유. 자신을 가차 없이 버렸던 형에게 대가를 치르게 할 순간이 온 것이다.

같은 시각.

닉스의 은신처로 이혜연이 들어섰다.

"도윤 씨."

그녀의 표정은 평소와 다르게 급해 보였다.

"무슨 일이야?"

"그놈들, 자백을 받아냈어요."

"오, 벌써?"

진도윤의 눈이 휘둥그레졌다. 고작 하루밖에 지나지 않았는데, 끝내 버리다니.

고개를 끄덕인 이혜연이 말을 이었다.

"자신들이 프리덤 예하 조직이라 하면서, 서머너들을 납치해다가 용인 쪽에 가져다주는 역할을 맡았다 하더라고요."

"그거 봐. 그놈들 냄새난다고 했지?"

네비아레 마을 때와 비슷한 수법이었다. 거기도 결국, 일반 서머너들을 데려다 악마 소환의 희생양으로 만드는 방식이었으니까.

"……근데 문제가 있어요."

"문제?"

"그놈들, 그걸 시인하자마자 온몸이 녹아내리더라고요. 일종의 저주가 걸린 것 같았어요."

"……흠, 저주라."

악마술로 금제(禁制) 같은 거라도 걸어 둔 건가? 그렇게 의미 없이 죽느니, 감응력 하나라도 남겨줬으면 고마웠을 텐데.

"그럼 결국, 꼬리가 잘렸다는 거야?"

"네……. 근데, 어제 하필 용인 석성산 쪽에서 막대한 기운이 검출됐다 하더라고요?"

"막대한 기운이라."

진도윤이 미간을 찌푸렸다.

일종의 직감이었다. 지금껏 느껴왔던 것과 다른 뭔가 위험한 냄새.

"가봐야겠네."

"지금 바로요?"

"응, 지금 안 가면 놓칠 것 같은 기분이 들거든."

놓치는 거로 끝나는 게 아니라 앞으로 더 골치 아프게 될 것 같은 그런 느낌.

"저희도 갈까요?"

"마음대로. 일단 김제하한테는 말해둬."

"그건 물론이죠."

이혜연의 답을 들은 진도윤이 곧장 은신처를 나섰다. 그런 그의 뒤로 유리아와 제프리 역시 껌딱지처럼 따라붙었다.

"어이, 마스터! 혼자 가려고?"

"프리덤 관련된 일은 같이 가야지."

유아린은 아직도 훈련에 여념이 없는 상태. 진도윤이 천천히 고개를 끄덕였다.

이들은 감응력 200을 넘어선 상태. 상대가 누구든 최소한의 도움은 될 테니까.

진도윤은 가타부타 말없이 차원문을 열었다.

용인시 기흥구.

옷이 다 찢어진 채로 뒷산에 앉아 있던 미켈의 눈이 번쩍였다.

"아아아……."

그 순간, 미켈은 탄성을 내지를 수밖에 없었다. 온몸에 느껴지는 막강한 힘이 그래도 과거 A급 서머너였던 자신의 기운을 아득히 넘어서 있었으니까.

'신비한 느낌이로군.'

악마를 소환수로 길들인다는 것. 어찌 보면 굉장히 위험한 행동일 수도 있겠다는 생각이 들었다.

'나 자신의 기억과 아몬의 기억이 공존하고 있어.'

고작 삼십몇 년 된 자신의 기억과 최소 수천 년 이상 묵은 악마의 기억이 자연스럽게 융화된 상태. 그런데도 일종의 거부감이 없었다.

'아몬······. 들리나?'

-축하한다. 내 기운을 온전히 받아들였군.

이처럼 자아가 분리되어 있긴 한 상태였으니까.

'공존하면서도 공존하는 게 아닌, 말로는 도저히 표현할 수 없는······. 직접 겪어보지 않았더라면 평생 모를 그런 기분이야.'

육체 내부를 활기차게 도는 막대한 기운을 느끼고 있을 찰나.

-미켈.

아몬이 말을 걸어왔다.

'응?'

-방금 대악마께서 인간계와의 전쟁을 선포하셨다.

'······전쟁이라.'

미켈의 머릿속으로 대악마의 의지가 전달되었다. 그 내용은 노야가 했던 선포와 완전히 일치했다.

"크큭."

미켈의 입꼬리가 올라갔다. 대충 내용을 요약하자면 이 힘을 가지고 세상을 마음껏 누비고 파괴하라는 뜻.

꼭 파괴가 아니어도 좋았다. 가진 자들의 재산을 빼앗아도 좋고, 마음에 드는 여인을 탐해도 좋다. 이 세상의 법이 없어지고 힘으로 모든 것을 취해도 되는 세상. 프리덤이 추구하는 완벽한 자유.

"잘됐네. 그럼 옷이나 먼저 구해볼까?"

-좋지.

"물론, 그전에. 네 우람한 모습부터 한번 보자고."

우우웅!

미켈의 몸에서 섬뜩한 기운이 흘러나왔다.

콰드드득!

동시에, 허공에서 등장하는 거대한 늑대의 모습. 거의 커다란 빌라 하나와 맞먹는 그 크기에 땅이 흔들리고 나무가 무너졌다.

미켈은 그 웅장한 자신의 소환수를 넋 놓고 바라봤다. 날개 위로 돋아난 시커먼 날개는 무언가를 초월한 듯 선득함이 느껴졌다.

확실한 건 눈앞의 악마를 막을 수 있는 존재가 인간계엔 없을 거라는 것.

-어떠냐. 마음에 쏙 드는가?

"……들고말고."

통통 뛰는 자신의 심장을 추스른 미켈이 옆을 바라봤다. 그 밑에는 덜덜 떨며 고개를 숙이고 있는 프리덤 단원 하나가 보였다.

"너."

"마, 말씀하십시오!"

미켈의 부름에 단원이 즉각적으로 답했다.

"네가 지금부터 이곳 용인 지부의 지부장이다. 돌아가도록."

"가, 감사합니다!"

미켈은 자비를 베풀었다. 어차피 밑으로 내려가면 죽일 인간이 한 트럭이니까.

저벅, 저벅.

빠르게 하산한 미켈이 처음 도착한 곳은 기흥구의 한 번화가였다.

"저, 저게 뭐야?"

"소환수인가? 소환수라기엔 엄청 큰데? 게다가 너무 끔찍하게 생겼어!"

"꺄아악! 저 사람 뭐야. 왜 옷을 벗고 있어?"

수많은 사람들이 미켈과 아몬을 보고 웅성거렸다. 그 난장판을 지켜보던 미켈이 씨익 웃으며 주변을 두리번거렸다.

"옷 가게……. 저기가 좋겠군."

그가 눈에 띈 가게 하나를 가리켰다. 그러자 불어오는 기파.

쨍그랑!

"뭐, 뭐야?"

갑자기 깨진 유리창에 당황한 점원이 튀어나왔지만.

푸욱!

날카로운 늑대의 발톱이 순식간에 점원의 배를 뚫었다.

"커, 커헉…… 무슨……?"

점원이 채 상황을 인지하기도 전에.

"너무 억울해하지 마라. 조만간 다들 이렇게 될 테니까."

파각!

이어지는 기파에 머리통이 깨져 나갔다. 당연하게도, 그 모습을 본 사람들은 비명을 지를 수밖에 없었다.

"꺄아악!"

"사람이 죽었다!"

"뭐, 뭐야! 프리덤이라도 되는 거야?"

"도, 도망쳐! 테러범이다!"

"시, 신고해! 겨, 경찰! 아니, 협회에 신고해!"

순식간에 시끄러워지는 번화가.

그럼에도 불구하고 미켈은 여유롭게 마음에 드는 옷을 골라 입었다.

-시끄럽군. 전부 저주에 걸어버릴까? 이 정도면 단번에 녹여버릴 수 있다.

"아니, 그럴 필요 없어."

미켈의 눈빛이 섬뜩하게 번뜩였다.

"그러면 재미없잖아……? 천천히 이 순간을 즐기자고. 조금만 더 기다려 봐. 협회의 벌레들이 기어 나올 테니까. 크크큭."

-크크크, 그런가? 역시, 마음에 드는 발언이로군.

10악마 중 7번째 악마, 아몬이 인간계에 본격적으로 등장한 순간이었다.

스르륵!

용인 시내 구석에 진도윤과 그의 동료들의 신형이 등장했다.

'여긴가……?'

우우웅!

그가 도착하자마자, 감응력을 넓게 펼치려 했지만.

'그럴 필요 없겠네.'

곧바로 감응력을 감췄다.

굳이 확인하지 않아도 주변에서 '나 엄청 세다!' 하는 강대한 기운이 느껴졌으니까.

차라리 이런 경우엔 감응력을 숨겨, 상황부터 파악하는 게 낫다.

'흠, 거리는 약 100m 정도.'

어찌 보면 길다 할 수도 있겠지만, 수준급 서머너에겐 공격 사정거리 안쪽이다.

'그나저나……. 힘이 상당한데?'

진도윤은 솔직히 놀랐다. 불안한 감정이 들긴 했어도, 단순한 프리덤 단원 중 하나일 거라 생각했는데 느껴지는 힘만 놓고 봤을 땐, 현재의 자신도 상대하기 힘들 정도의 압박감이었다.

"……무언가 으스스하면서 불안해."

유리아 역시 미간을 찌푸리며 중얼거렸다.

까닭 모를 공포심과 불쾌한 감정. 마치 뇌에서 이 자리를 피하는 게 좋겠다 신호 보내는 것 같은, 그런 느낌이었다.

진도윤이 저도 모르게 손아귀에 힘을 줄 찰나.

"마스터."

짧은 시간 내에 박쥐를 보내 정찰을 마친 제프리가 심각한 표정으로 입을 열었다.

"응?"

"……10악마다."

"뭐?"

"저주의 악마, 아몬. 그것도 마계 본연의 힘을 그대로 가지고 있어."

"미친……."

진도윤이 씹어내듯 읊조렸다.

그동안 조용하더니, 벌써 10악마 소환에 성공한 건가? 10% 힘을 지닌 마르바스와 싸운 이후, 10악마를 발견한 것은 이번이 처음이었다.

'우선 시야부터 확보하자.'

주변을 두리번거린 진도윤이 이내 땅을 박차 건물 벽을 올랐다. 동시에 그의 등 뒤에서 투명 날개가 돋아났다.

간만에 사용하는 '천사화' 스킬이었다. 그리고 그 뒤를 제프리와 유리아가 따라왔다.

"제프리, 정보는?"

"네비로스보다 상위 종이라 알 수 있는 방법이 없다."

"큰일이네."

진도윤의 손이 급하게 움직이기 시작했다. 현란한 움직임으로 벽을 타더니, 이내 인근 건물 옥상에 올라설 수 있었다.

"……저기 보이네."

그리고 보이는 커다란 늑대형 괴수.

"저게 아몬?"

진도윤의 낯이 왼쪽 눈가부터 서서히 일그러졌다.

콰앙! 콰지지직!

녀석이 시민들과 협회 지부에서 나온 서머너들을 무차별하게 학살하고 있었기 때문. 단박에 죽일 수 있음에도 불구하고 한 명, 한 명 찢어 죽이는 걸 보니…….

'살육을 즐기고 있어.'

과연 악마는 악마라는 건가? 굉장히 잔혹하면서도 끔찍했다.

"일단 막아야 하는 거 아냐?"

따라붙은 유리아가 물었다. 진도윤이 고개를 끄덕였다.

"막긴 해야지……."

문제는 저 섬뜩한 괴수를 과연 자신이 막아낼 수 있냐는 점.

제프리 역시 마지막으로 옥상에 발을 디뎠다.

"마스터, 현재 우리가 알 수 있는 정보로는 승산이 낮다."

"흠……."

진도윤은 고민했다.

제프리의 말에 부정할 수 없는 게 당장 보이는 저 섬뜩한 늑대 괴수를 쳐다보기만 해도 온몸이 다가가길 거부하는 느낌이었다.

'아몬, 아몬, 아몬…….'

하지만 지금은 생각할 시간이 없었다. 죄 없는 피해자들이 계속해서 죽어가고 있었으니까.

대단한 영웅 심리가 있어서가 아니다.

'어차피 싸워야 할 거라면…….'

피해를 최소화하는 게 낫지 않겠는가?

지금도 협회 서머너들은 제대로 된 저항조차 해보지 못하고 한 줌 재로 흩날리고 있었다.

"마스터! 혹시……!"

유리아가 말문을 연 것은 그때였다.

"왜?"

"걔 있잖아, 루시퍼! 그놈이 아몬에 대해 좀 알지 않을까?"

"그놈이?"

"천계 저주도 그렇고, 그 시커먼 날개도 그렇고……. 아몬이랑 밀접한 관계를 유지했던 것 같은데."

"호오?"

나름대로 일리 있는 말이었다.

만약 루시퍼가 알고 있다면, 정보를 뽑아내는 건 쉽다. 이미 완전한 갑의 위치가 된 상태였으니까. 아마 일정 기간 고문을 줄여준다고 하기만 해도 술술 불 거다.

둘 사이에 뭐, 의리 같은 게 있을 리도 없을 테고.

"좋아, 우선은."

우우웅!

진도윤이 곧장 팔을 떨쳐 감응력을 끌어올렸다. 기기묘묘한 에너지가 그의 몸을 감싼다.

"저 빌어먹을 학살 좀 멈춰보자고."

허공에 튀어나오는 다섯의 소환수와 함께 진도윤이 옥상을 뛰어 날았다.

"크크크큭."

기괴한 웃음소리를 내며.

푸확!

아몬의 발톱으로 소환수와 서머너 하나를 동시에 찢어발기는 미켈. 그의 주변으로 협회 서머너 20여 명 정도가 쭈뼛거리며 서 있었다.

그들은 미치고 환장할 지경이었다.

'제기랄, 저건 도대체 무슨 괴물이야?'

'A급 수준이 아냐. 공격이란 공격은 하나도 안 통하고 당할 수밖에 없으니.'

'이건…… 우리가 막을 수준이 아닌데.'

완전히 공격 의지를 잃어버린 서머너들. 하지만 그들을 자리에 붙잡고 있는 건, 서머너 협회의 일원으로서 민간인을 지켜야 한다는 그 마음이었다.

그런 그들을 바라보며 미켈이 시원하게 웃었다.

"크하하하, 도망치지 않는 모습도 나름 재미있구나. 그래, 좋은 선택이긴 해. 어차피 도망가는 놈 먼저 죽이려 했거든."

"이 간악한 놈!"

"간악하다고?"

그 순간 미켈의 눈빛이 서슬 퍼렇게 변했다.

스르륵!

동시에 강력한 기운으로 들어 올려지는 서머너.

"끄, 끄아아악!"

마치 대왕오징어가 감싸듯, 온몸을 옥죄는 그 힘이 고통스러웠는지 서머너가 비명을 질러댔다.

"입은 조심해야지. 혹시 알아? 우리 프리덤에 입단한다고 하면 살려줄지."

"……프, 프리덤?"

2장 113

"역시, 프리덤이었어!"

"제기랄……. 우린 다 죽은 목숨이야."

협회 서머너들은 낙담했다. 상대가 왜 저렇게 말도 안 되게 강한지, 납득해 버린 것이다. 세계 최고의 테러 집단, 프리덤은 전국 협회가 똘똘 뭉쳐도 뿌리 뽑기 힘든 조직이었으니까.

"……으으으, 어떻게 같은 인간으로서 이런 짓을……. 네놈은 나중에 꼭 천벌 받을 것이다!"

놀랍게도 묶여 있던 서머너가 목을 쥐어짜 외쳤다.

목숨을 구걸하는 것보다는 죽음을 택한 것이다.

"천벌이라……. 크크크, 하늘이 무너진 지 오래인데 천벌은 무슨 천벌."

그렇게 미켈이 기운을 더욱 옥죄려 할 찰나였다.

"거기까지."

펄럭!

살짝 투명해진 다섯 쌍 날개를 휘저은 진도윤이 내려섰다. 동시에 사라지는 천사 날개.

"오오, 네놈은?"

그 모습을 바라보던 미켈의 눈동자에 흥미가 가득 찼다. 그의 주변으로 보이는 검은 용과 불새, 그리고 물의 정령.

저 소환수들이 의미하는 바는 단 하나였으니까.

"네놈이 그 유명한 서머너 마스터로구나?"

미켈은 붙잡고 있던 서머너를 저 멀리 있는 건물을 향해 힘껏 던졌다.

쐐애애액!

총알처럼 날아가는 서머너였지만.

촤르륵!

엘라임의 보호막이 그를 감싸 안음과 동시에, 안전히 내려 두었다. 기절했는지, 도통 깨어나지 못하고 있었지만.

"서, 서머너 마스터다!"

"사, 살았어! 서머너 마스터가 나타났다!"

주변에 도망치지 못하던 시민들과 협회 서머너들이 열광했다.

벌써 소식을 들었는지, 공중에는 헬기까지 떠 있는 상태. 방송사 마크를 보아하니, 촬영하는 게 분명했다.

'……위험할 텐데.'

걱정되는 진도윤이었지만, 아몬은 더 이상 시민들을 공격하거나 하진 않았다. 오로지 미켈의 관심이 서머너 마스터에게 쏠려 있었기 때문.

"크크크, 더럽게도 운 나쁜 친구로구나. 하필 이제야 나타나다니."

미켈은 진도윤이 굉장히 불운하다고 생각했다. 만약, 어제 만났다면 당하는 건 자신이었을 테지만 이미 본인은 온전한 10악마와 함께하는 상태.

-요즘 들어 대악마께서 꽤 신경 쓰고 있는 인간이로군.

크르릉!

아몬 역시 이를 갈고 있었다.

"네놈의 목을 가져가면 노야께서 아주 좋아하겠어."

쿠구구구……

미켈의 목소리와 함께 아몬의 육체에서 엄청난 기운이 폭사했다.

거센 힘의 파동에 땅이 갈라졌고.

쿵! 쿵!

자동차가 밀려나 건물에 틀어박혔다.

"아몬."

-문제없다. 저 정도는.

"역시."

미켈의 입가에 호선이 그려질 찰나.

우웅!

아몬이 있던 방향에서 무형의 기파가 사방으로 쇄도했다. 동시에 진도윤의 눈빛이 뒤바뀌었다.

'저게 저주로군. 표적은 이곳에 있는 인간과 소환수, 전부인가?'

"끼루루루!"

기파를 향해 피닉스가 날아간 것은 그때였다.

펄럭, 힘찬 날갯짓과 함께.

화르르륵!

타올라 스러지는 기파.

"공격을 막았어?"

미켈이 눈살을 찌푸렸다.

"공격? 그딴 걸 공격이라고 한 거냐?"

진도윤이 빙그레 미소를 지으며 입을 열었다.

그가 다중 저주를 감응력으로 가볍게 막을 수 있는 이유는 전부 루시퍼 덕분.

"저주도 결국은 악마술의 일종. 그 공격하는 기파만 찾아낼 수 있다면 막아내는 건 쉽지."

더군다나 밀집된 공격도 아닌, 다중 공격이었다. 아몬의 다중 저주는 천계에서 미카엘이 유리아의 감응력으로만 푼 전적이 있었다. 무려 238의 감응력을 가진 진도윤에겐 식은 죽 먹기였다.

"그렇군."

미켈은 고개를 끄덕이며 납득했다.

'하지만.'

한 존재에게 집중하는 저주도 막을 수 있을까? 대답은 절대 불가. 아몬의 저주는 현존하는 모든 저주 중에서 가장 지독하고 악랄하니까.

미켈이 그런 판단을 내린 순간, 경고 없이 저주를 걸었다.

목표는 서머너 마스터. 살아 있는 모든 존재를 한 줌의 흙으로 되돌리는 강력한 술법이었다.

슈우우웅!

음속으로 날아온 저주가 순식간에 진도윤의 몸에 도달했다.

"……."

하지만, 진도윤은 굳이 피하거나 하지 않았다. 그저 편안한 표정으로 저주를 받아들일 뿐.

"……뭐지? 안 피한다고?"

미켈이 의문을 품는 순간.

-제기랄, 내 약점을 간파당했다.

"약점?"

-놈에게 영혼을 조종하는 술법이 있을 줄이야.

"뭐라고? 제대로 설명 좀 해봐!"

일이 뜻대로 풀리지 않자, 미켈이 역정을 냈다.

동시에 불안한 감정도 들었다. 지금껏 서머너 마스터를 만난 프리덤의 멤버들은 모두 죽었다고 알려져 있었다. 구 4 간부 리처드 브레드도, 구 5 간부 잭 폴탄도. 그게 자신이 될 거란 법이 없지 않은가?

미켈의 굳은 표정을 지켜본 진도윤이 피식 웃었다.

"저 늑대는 대충 알아챈 것 같네. 보아하니, 저주는 영혼에 새겨지는 거라지?"

"키이이이!"

옆에서 소울 콜렉터가 늠름하게 랜턴을 흔들었다.

"그런데 어쩌나? 나 대신 맞아줄 영혼이 수천만 개가 넘는데. 게다가 이 영혼들은 이미 죽어서 저주도 안 먹히는 것 같은데?"

"……그런!"

"미안하지만, 아몬인가? 네놈이 대단하다는 그 악마 있잖아……. 나랑 극 상성인 것 같네."

'제기랄.'

미켈이 입술을 깨물었다. 어쩐지 아몬이 약점을 간파당했다 했을 때부터 느낌이 이상하다 했다.

저주가 통하지 않는 존재라니. 심지어 녀석 옆 시커먼 용의 입가가 서서히 벌어지고 있었다.

저게 '파괴'의 힘으로 알려진 현(現) 서머너 마스터의 필살기라지?

-뭘 걱정하는가, 미켈.

그의 귓가에 아몬의 목소리가 들려온 것은 그때였다.

순간, 동요했던 게 무색할 만큼 심장을 차분하게 만드는 음성.

-저주는 그저 내 특수한 능력 중 하나일 뿐. 10악마의 힘을 의심하지 말라!

"크허헝!"

입을 벌리는 데몰리션을 향해, 아몬이 빠르게 달려들기 시작했다. 육탄전의 시작이었다.

쐐애애액!

순식간에 데몰리션 앞에 도착한 아몬이 앞발을 휘둘렀다. 목표는 데몰리션의 목.

"……!"

순간적인 컨트롤로 공격을 피해낸 진도윤의 표정이 굳어졌다.

'빨라.'

지금껏 상대해왔던 그 누구보다 빠른 속도에 긴장한 탓이다.

'과연 10악마라는 건가?'

우우웅!

진도윤이 본능적으로 감응력을 펼쳤다.

"뀨웅!"

곧바로 데몰리션이 발톱을 휘둘러 반격했지만.

"뀨웅?"

발톱이 지나간 자리에는 아몬의 잔상만이 남아 있을 뿐, 그 어떠한 것도 걸리지 않았다.

그 현상이 의미하는 바는 단 하나 자신의 시야가 아몬의 속도를 따라가지 못한다는 뜻이다.

"제길."

진도윤의 얼굴이 일그러졌다.

스르륵!

사라진 잔상은 진도윤과 약 10m 정도 떨어진 거리에서 다시 나타났다. 그와 동시에, 다시 자세를 고쳐잡는 아몬.

우우우웅!

어마어마한 양의 아지랑이들이 늑대 주변으로 뭉치기 시작했다. 그 힘이 얼마나 거대한지, 피부가 저릿해질 정도.

"저건……."

유리아가 눈살을 찌푸릴 찰나 화르륵! 불타는 소리와 함께 피닉스의 불줄기가 대기를 가로질렀다. 거리가 멀어진 것을 판단한 진도윤이 곧바로 원거리 공격을 감행한 것이다.

그러나 불줄기는 그 화려함이 무색할 정도로 손쉽게 늑대를 투과해 버렸고 아몬의 기운은 더욱더 거세게 불어나고 있었다.

"흐음."

이건 위험했다. 뇌가 위험하다고 미친 듯이 경종을 울리는 느낌.

진도윤이 주먹을 꽉 쥐며, 다시 한번 공격하려는 찰나.

"마스터!"

제프리가 외쳤다.

"왜!"

"저놈, 아무래도 광역기를 준비하는 것 같다!"

"광역기……?"

"일단 피해를 최소화해야 해! 다들 마스터 쪽으로 붙어!"

그의 명령에 각 소환수들이 진도윤 쪽으로 모이기 시작했다.

제프리의 말이 맞았다.

당장 녀석을 공격한다 해도, 먹힐 거란 보장이 없을뿐더러. 느껴지는 기세만 봐도, 막지 못하면 전멸에 가까운 피해를 볼 터.

"미카엘! 성스러운 방패!"

"알겠다, 주인."

유리아의 소환수, 미카엘이 태양처럼 빛나는 방패를 앞세웠고.

"엘, 부탁할게."

"응!"

엘라임의 '물의 방패'(S급)가 일행들 전체를 감싸 안았다. 짧은 시간 내에 판단한 것 치고는 실로 엄청난 속도였다.

-크크크, 눈치 하나는 빠르구나.

그리고 잠시 후, 아우우우! 허공에 힘차게 하울링 하는 늑대의 포효 소리와 함께 녀석의 앞발이 대지를 거칠게 내려찍었다.

콰아아아앙!

고막이 찢어질 듯한 굉음이 울려 퍼졌다.

쿠구구!

메마른 땅이 갈라졌고, 주변에 있는 건물들이 폭삭 주저앉았다.

"흐읍!"

엘라임의 보호를 받는 진도윤조차 중심을 잡지 못할 정도의 엄청난 흔들림이었다.

동료들도 마찬가지.

유리아는 이미 엉덩방아를 찧었으며, 제프리는 바닥에 엎어진 채로 중심을 잡고 있었다.

파즉!

또한, 그 힘이 얼마나 거센지 두 기의 헬기 중 하나가 추락

하고 있었고 나머지 한 기는 긴급히 머리를 돌리는 상황이었다.

'……미친.'

대규모 지진의 모습이 이러할까? 피어오르는 흙먼지로 뒤덮인 도시의 모습은 말 그대로 참담했다.

'쯧, 이거 큰일인데…….'

진도윤은 속으로 혀를 찼다. 고작 저주 하나를 막았다고 좋아할 일이 아니었다. 이대로라면, 제대로 된 공격을 펼쳐보기도 전에 당할 수도 있었다.

"지, 진도유운! 실드가 깨졌어!"

엘라임의 외침이 들려오기도 전에, 아몬이 사납게 울부짖으며 땅을 박찼다. 그러고는 엄청난 기세로 일행들 정면으로 들이닥쳤다.

"미, 미카엘! 막아!"

미카엘이 방패를 내세웠지만, 아몬은 돌진을 멈추지 않았다.

방패고 뭐고 상관없다는 듯 들이받는 몸통 박치기.

"끄윽!"

유리아가 새된 비명을 질렀다. 미카엘 역시 바닥에 족적을 남기며 뒤로 쭉 밀려났다. 찡그린 표정을 보니 고통이 상당한 것 같았다.

"데몰리션, 둠!"

"뀨웅!"

철그럭!

돌격을 마친 아몬의 양쪽 옆구리로 데몰리션과 둠 나이트가 튀어 나갔다. 진도윤은 그 두 공격수에게 무지막지한 감응력을 쏟아부었다.

그와 동시에.

[스킬, '망령 희생'(S급)을 사용합니다.]

"키이이이!"

소울 콜렉터의 망령 희생까지 사용했다. 자신의 움직임을 묶으면서 그 비례하는 힘만큼 상대의 육체를 속박하는 사기 스킬.

-으음?

살짝 멈칫하는 아몬이었지만, 그는 여유를 잃지 않았다. 어디 한번 다가와 보라는 듯, 눈빛을 번뜩이는 녀석.

동시에 늑대의 두 앞발이 움직였다.

'……뭐지?'

순간, 진도윤의 심장이 철렁했다. 데몰리션과 둠의 공격이 닿았다고 생각하는 순간 아몬이 잔상을 남긴 채, 옆으로 이동했고.

퍼억, 퍼어억!

앞발을 두 번 휘둘러 두 소환수를 밀쳐냈다.

-쓸데없는 짓을 하는구나.

놀랍게도, 소울 콜렉터의 비장의 무기가 통하지 않은 것이다.

진도윤이 눈살을 찌푸렸다.

뭐지? 뭐가 문제지? 10악마 하나쯤은 그래도 비벼볼 만하다 생각했는데. 어디에서 이런 격차가 나오는 거지?

-인간, 고작 이 정도였나? 그럴 리가 없을 텐데. 감히 나를 상대로 탐색전을 펼치는 것인가?

아몬 역시 이해할 수 없다는 표정으로 진도윤을 향해 으르렁거렸다. 아무래도 자신이 제대로 된 실력을 내지 않는 것으로 판단한 것 같았다.

-아그니와 발라크를 죽이고, 대천사 넷을 구했던 네놈의 실력이 이 정도일 리 없다. 그 본 실력을 어서 펼치지 못할까!

'후우.'

진도윤이 속으로 한숨을 내쉬었다.

'나도 그러고 싶긴 한데.'

곧이어 그는 이러한 심각한 격차가 왜 발생하는지 깨달았다.

그동안 전투는 마계 혹은 천계에서 이루어졌었다.

하지만 이곳은 인간계. 자신의 소환수들은 고작해야 5성(★★★★★)의 힘밖에 낼 수 없다.

그 말인즉슨, 소울이나 둠, 대천사들이 본연의 힘을 드러낼 수 있었던 환경에 비해서 열악할 수밖에 없는 상황이란 뜻.

-뭐, 그렇게 계속 당하고 있다가 뒈지든가!

콰앙!

아몬이 다시 한번 땅을 박찼다. 동시에 녀석의 육체가 시야에서 완전히 사라진다.

뭐지? 하고 주변을 두리번거릴 찰나.

"마스터, 뒤!"

다급한 유리아의 목소리가 들려왔다.

찰나의 순간.

"키이이이!"

진도윤 주변을 배회하던 소울 콜렉터가 '기습 베기'(S급)를 사용해 진도윤의 뒤로 붙었다.

후우웅!

동시에 낫을 힘차게 휘둘렀다.

주인을 지키기 위한 한 수.

-아세브라도 내부에 있는 오래된 영혼이라. 이게 망령을 조종하는 놈이었군.

하지만, 아몬은 낫의 사정거리 밖에서 급제동을 걸었다.

-이놈만 처리하면 저주도 쉽게 걸 수 있겠어.

다시 한번 늑대 주변으로 피어오르는 아지랑이와 함께 힘차게 소울 콜렉터의 옆구리를 가격했다.

-전략 병기여, 이제 그만 소멸하거라!

앞발에서 튀어나온 예리한 날이 볼드윈이 만들어준 갑옷 위로 떨어질 찰나였다.

콰앙!

후끈한 열기와 무거운 압력이 아몬을 짓눌렀다. 엄청난 속도를 자랑했던 늑대의 발이 완전히 묶일 정도로 거대한 압력이었다.

-으음?

살짝 당황한 아몬의 시야에 돌멩이 하나를 쥐고 있는 진도윤이 보였다.

[띠링!]
[정령왕의 돌을 사용합니다. 30분 동안 현세에 정령계를 소환합니다. 앞으로 한 달 동안 사용이 제한됩니다.]

"좋았어! 진도유운!"

짜릿한 감각과 함께 엘라임이 진도윤의 통제에서 벗어나, 아몬을 공격하기 시작했다.

[모든 정령들이 돌의 주인을 따릅니다.]

"오랜만이군, 진도윤."

어느새 허공에 생겨 있는 차원의 문에서 이프리트가 반갑게 인사했다.

"이번엔 주인은 없지만, 잘 부탁하겠다."

"끼루루루!"

피닉스 역시 전보다 훨씬 거대한 화력을 뿜어냈다.

-허어, 정령까지 다룬단 말인가. 드디어 제대로 해볼 마음이 생겼나 보군?

입꼬리가 씨익 올라간 아몬이 다시 한번 자세를 고쳐잡았다.

또 한 번 육체에 응축되는 녀석의 기운. 사정없이 쏟아지는 정령들에게 광역기를 선물할 심산이었다.

대한민국 서머너 협회 본부.

상황실의 분위기는 심각했다. 비상대책위원회가 열렸고 자리에는 협회 간부들과 빅3의 세 수장이 참석했다.

대월 회장 유중원, 은하 회장 박재웅, 그리고 일성 회장 정준철이었다.

"어찌…… 저런."

"저게 진짜 서머너의 힘이란 말이오?"

"서머너 마스터도 대단하지만…… 프리덤도 장난이 아니군. 우린 정말 우물 안 개구리였단 말인가."

그들의 눈앞에 떠 있는 커다란 화면에는 진도윤과 아몬의 모습이 담겨 있었다. 건물이 무너지고 땅이 갈라지는 와중에도 치열하게 맞붙는 그들.

"……정말 프리덤에는 저런 자들이 아홉이나 더 있단 말입니까……."

대월 회장이 눈을 질끈 감았다. 그들도 현재 용인에 지원군을 파견한 상태이긴 한데 솔직히 자신 없었다.

자신은커녕, 웬만한 A급 서머너들도 저 자리에 있었다간 순식간에 흙먼지로 화할 테니까.

"혀, 협회장님!"

그때, 상황실로 직원 하나가 들어왔다.

"세계 협회에서 지원할 수 있는 상황이 아니랍니다!"

"뭐라?"

콰앙!

유준태가 흥분한 듯 책상을 내려쳤다. 전투를 지켜보던 그는 10악마의 등장을 곧바로 알아챘고 동시에 세계 협회에 지원군을 요청했었다. 가능한 한 베테랑들만 뽑아서 일단은 보내놓으라고.

'10악마는 그만큼 위험한 존재니까. 그런데……'

그 대답이 지원 불가?

유준태는 어이가 없었다. 지금껏 대한민국 협회에서 도와준 나라가 몇인데 위급할 때 이렇게 발을 돌린단 말인가? 하지만, 이어지는 직원의 답에 유준태는 납득할 수밖에 없었다.

"그, 그게! 현재 총 다섯 곳이 동시에 습격받고 있다고 합니다!"

유준태는 직원이 건네준 서류를 받아 읽었다.

- 캐나다 협회 본부 습격!

- 이탈리아 협회 본부 습격!
- 러시아 협회 본부 습격!
- 중국 협회 본부 습격!
- 일본 협회 본부 습격!
- 현재 밝혀진 것만 이 정도 모두 10악마급으로 추정됨.

"미친……!"

입술이 절로 깨물어지는 상황이었다.

게다가 마치 기다리기라도 했다는 듯 전 세계 언론을 통해 뿌려지는 정보들.

[뉴욕 타임스, 정체불명의 존재로부터 메시지 도착. '프리덤의 전쟁 선포'.]

[속보! 충격적인 프리덤의 메시지! '입단하지 않는 자는 모두 척살 대상이 될 것!']

[세계 협회, 비상 소집령 발동. 모든 서머너들 각국 협회로 소집!]

[전국적인 테러 상황, 시민들은 안전을 위해 집 밖으로 나오지 않기를…….]

"제기랄."

화면에 띄워진 속보를 보며 유준태가 주먹을 꽉 쥐었다.

평소 우려하던 상황 마침내 프리덤이 본격적으로 움직이기 시작한 것이다.

'우리나라는 진도윤, 그 녀석이 있기에 망정이지.'

다른 나라 상황은 어떨까?

불 보듯 뻔한 일. 아마 처참할 것이다. 상식적으로 저런 존재를 일반 서머너들이 어떻게 막아낼까?

유준태의 머리가 빠르게 돌아갔다.

얼마의 시간이 흘렀을까. 직원에게 읊조렸다.

"……각국 협회에 전달하게. 협회 병력 전부 라스베이거스 세계 협회 본부 쪽으로 움직이라고."

"그, 그런……? 그들이 움직일까요?"

직원이 이해할 수 없다는 듯 고개를 흔들었다.

각국 협회의 존속 이유는 결국 자국의 보호다. 그런 자들이 과연, 자국을 버리고 미국으로 이동하려 할까?

"아니, 그곳으로 이동하는 게 오히려 안전할 거야."

"그, 그게 무슨 말씀이십니까."

"보아하니, 프리덤 그놈들. 협회만 치고 있어. 괜히 자국에 남아 있다 테러당하느니, 아예 병력을 타국으로 옮겨 관심을 지우는 게 나을 거란 말일세."

"아아……."

이해했다는 듯 고개를 끄덕인 직원이 튀어 나갔다.

'각개격파 당하는 것보다는 이게 나아.'

빠르게 대응하지 못하고, 넋 놓고 있는 순간 전 세계가 프리덤에게 잡아먹힐 것이다.

일단 뭉친 후 전선을 구축하고 프리덤의 움직임을 본 후 기민하게 대응한다. 그게 유준태의 생각이었다.

"이, 이거 장난이 아닌데."

용인 시내와 일정 거리를 둔 채 눈앞 상황을 바라보던 남성이 헛웃음을 흘렸다. 큰 키와 적당히 붙은 근육, 그리고 뿜어져 나오는 기운은 그가 꽤나 고등급의 서머너임을 알려줬다.

"저런 곳에 지원 가야 한다고? 저게 사람의 싸움이냐?"

"……들어가는 순간 온몸이 찢길 거예요."

이들은 빅3의 간부들. 협회의 명을 받고 오긴 왔는데, 차마 들어갈 엄두가 나지 않았다.

사방에 피어오른 흙먼지는 그렇다 쳐도 하나하나 A급 소환수를 가볍게 능가할 것만 같은 수천의 정령들은 뭐고 그걸 맞상대하는 정체불명의 괴물 늑대는 또 뭐란 말인가?

그사이에 껴 싸우는 서머너 마스터가 대단해 보일 지경이었다.

"어차피, 협회장님께서도 주변에서 대기만 하라 하셨어요. 민간인 보호만 하라고……."

"어어, 정말로?"

"대가리들도 뻔히 상황 보고 있을 텐데, 우리보고 자살하라고 하진 않겠죠."

"뭐……. 그건 그렇지."

남성이 고개를 끄덕일 때였다.

콰가강! 콰아앙!

찢어지는 굉음과 함께 천지가 뒤흔들렸다. 사내와 간부들은 신속하게 자세를 낮춘 채, 중심을 잡았다.

"뭐, 뭐야!"

"늑대가 무슨 수를 쓴 거 같아요!"

"늑대가 아니라 10악마!"

"어쨌든요!"

지진 속에서 어떻게든 중심을 잡으며, 그들은 전투 상황을 주시했다. 하지만 무너진 건물의 잔해들 때문에 잘 보이지 않는다.

"어, 어떻게 된 거죠?"

"……난들 알겠냐? 일단."

사내가 하늘을 쳐다봤다. 기이한 문양으로 새겨진 차원문이 아직도 존재했으며 그곳에는 아직도 살벌한 기운의 정령들이 쏟아져 나오고 있었다.

"저게 살아 있으니…… 기도나 해보자고."

3장

'이제 남은 시간은 10분 정도.'

진도윤이 입술을 깨물었다. 그러고는 눈앞의 아몬을 끔찍하다는 듯 쳐다봤다.

'이걸 버틴다고?'

황당했다. 정령계가 비록 인간계에 부속된 공간이라 하지만, 그래도 하나의 세계다. 자신 역시 정령계에 들어가 봐서 안다.

최상급 정령들과 두 거대한 정령왕의 존재. 그리고 수많은 정령. 그곳에서 버티고 있는 것만으로도 힘들었었는데 그들이 악다구니를 쓰며 덤벼드는 공격을 늑대는 단신으로 받아내고 있었다.

물론, 아몬의 상태도 그렇게 여유로운 건 아니었다.

깔끔하던 육체엔 생채기로 가득했고 새하얀 털도 시뻘겋게 물들어 있었으니까. 확실히 6성이 엘라임과 피닉스의 힘은 나쁘지 않았다.

'그러고 보니.'

정령왕들이 프리덤과 본래의 모습으로 싸웠던 게, 잭 폴탄 이후로 처음이던가?

화르르륵!

촤륵! 촤르륵!

정령들은 쉴 새 없이 몰아쳤다. 최전방에서 싸우다 상처 입은 녀석들은 뒤로 후퇴해 유리아의 치유를 받았으며 터져 나간 하급 정령들은, 차원문에서 새로이 충당됐다.

-조그마한 것이 귀찮게 하는구나!

결국, 아몬이 폭발했다. 정령들보단, 뒤에서 계속 힐링과 버프를 넣어주는 아묘와 페어리킹의 존재가 눈에 밟힌 것이다.

-크허헝!

한차례 울부짖은 아몬이 공격 방향을 뒤바꾼 것은 그때였다. 정령들과의 싸움을 피하고 서포터부터 처리하려는 속셈이었다.

진도윤이 다급히 정령들을 컨트롤해, 움직임을 막았지만.

"……!"

아몬의 속도는 가히 상상을 초월했다. 온몸을 던져 막는 정령들을 가볍게 피해내며 질주했다.

목표는 감응력을 다스리고 있는 유리아.

진도윤의 표정이 다급해졌다.

"유리아! 조심!"

"제기랄!"

타깃이 된 유리아가 거친 욕설을 내뱉으며 미카엘을 앞세웠다. 여섯 쌍 날개를 활짝 펼치며 다시금 '성스러운 방패'를 드는 대천사. 어차피 도망가지 못한다는 걸 알기에, 방어를 선택한 것이다.

이윽고.

콰아아앙!

화살처럼 쏘아져 나간 아몬이 미카엘의 방패를 우측으로 밀쳤다. 미카엘이 저항할 수 없는 힘에 옆으로 살짝 밀린 것. 그런 미카엘을 제친 후, 유리아의 가슴을 퍼억! 발등으로 후려친 것은 거의 동시에 이루어진 일.

"으아아아악!"

결국, 유리아가 가슴을 부여잡은 채로 허공을 날았다.

허공에 짙은 선혈이 흩뿌려졌으며.

쿵!

바닥에 내팽개쳐진 유리아의 입가로 피가 흘러내렸다.

"유리아!"

진도윤은 컨트롤하던 정령들을 내버려 두고 곧장, 데몰리션을 돌진시켰다.

땅을 박참과 동시에 입을 벌리는 녀석.

[스킬, '썬더 브레스'(S급)를 사용합니다.]

파지지직!

강력한 뇌전을 담은 벼락이 아몬을 향해 쏘아졌다. 비록 12시간 제한이 있는 스킬이지만, 일단은 급한 대로 사용해야 했다.

-흐음.

정령들과의 혈투에서 나름대로 상처 입은 아몬이 재빨리 뒤로 빠졌다. 파괴의 힘이 담긴 데몰리션의 스킬은 그로서도 부담이었으니까.

동시에 유리아 주변으로 정령들과 소환수들이 에워쌌다.

"유리아를 지키면서 천천히 바깥으로 몰아내!"

진도윤이 재빨리 유리아에게 다가갔다.

"유리아! 괜찮아?"

"끄으으, 진짜 정신없네. 뭐 저리 빠른 거야?"

"괜찮냐고!"

"응, 빌어먹게 아프긴 한데……. 생명에 지장 있을 정도는 아냐. 다친 건 치료하면 되니까. 우선 전투에나 집중해, 마스터."

유리아가 일그러진 얼굴로 외쳤다. 진도윤은 그녀의 말뜻을 이해했다.

'아몬은 자신의 목숨을 건 투쟁 중이야.'

즉, 봐주는 게 아닌 전력을 다해 싸우고 있다는 말이다.

상대의 약점을 공격하는 건 당연한 일. 그런 상황에서 다친 동료 때문에 자신의 발이 묶이는 건, 놈이 원하는 대로 끌려가겠단 말도 된다.

"그래. 내가 죽든, 저놈이 죽든……. 해보자."

진도윤은 유리아를 믿기로 했다.

그녀의 능력은 치유. 알아서 잘 회복하겠지.

그러고는 다시 온 정신을 아몬에게 집중했다.

"……."

유리아는 그런 진도윤의 등 뒤를 물끄러미 쳐다봤다.

'역시 마스터라면 알아들을 줄 알았어.'

"크흡, 퉤!"

그러고는 피 섞인 가래를 뱉어냈다. 괜찮은 척했지만, 상황은 심각했다. 장기가 손상된 듯, 자꾸 피가 역류하고 있었으니까.

쿠웅!

미카엘이 그녀의 위로 방패를 세운 채, 쪼그려 앉았다. 자신이 막아내지 못해 다친 것이 굉장히 미안하단 표정이었다.

"주인!"

"크흐읔…… 미카엘."

"괜찮나?"

"……나보단 저 빌어먹을 10악마, 진짜 상대할 방법이 없는 거야?"

"……."

잠깐 침묵을 지키던 미카엘의 입이 열렸다.

"희소식이 하나 있긴 하다."

"희소식?"

유리아가 의문 어린 표정을 지었다.

희소식이라면…….

"……세계수 점령이 끝나기라도 한 거야?"

대천사들이 말했었다. 세계수의 힘을 빌리면 인간계에 본연의 힘을 끌고 강림할 수 있을 거라고.

"아니, 그건 아직 멀었지만."

"그럼?"

"천계에서 우리엘이 급히 찾아낸 소환수가 하나 있다. 그 한 마리 정도는 보낼 여력이 있을 거야."

"……?"

그게 무슨 말이지? 도통 알 수 없는 말이었지만, 그녀는 더 이상 말을 잇지 못했다. 식도에 핏물이 가득 찼기 때문.

"우선 말하지 말고, 치유에 집중해라, 주인."

걱정스러운 말투로 말하는 미카엘의 표정이 유난히 씁쓸해 보였다.

싸움은 지속됐다.

-크크, 어디 한번 잘 막아보아라! 조금이라도 빈틈을 보이는 순간, 네 친우가 찢길 것이니!

아몬은 교활하고도 악랄했다. 직접 몸으로 부딪치기보다 몸을 요리조리 움직이며, 시간을 끌었다. 그러면서도 빈틈이 생기면 곧바로 돌진하는 등, 끊임없이 유리아를 노렸다.

'제기랄.'

진도윤이 입술을 깨물었다. 얼마나 강하게 물었는지, 혈향이 코를 가득 채울 정도.

'이제 1분 정도밖에 안 남았어.'

1분 후엔 정령계가 닫힌다. 그래도 옛날과 다르게 감응력이 많이 있는 상태라, 전신에 힘이 빠지거나 하진 않겠지만.

'정령계가 닫히는 순간, 승산은 더 줄어들어.'

무언가 이 상황을 타파할 방안을 떠올려야 하는데 머릿속이 텅 빈 것처럼 아무것도 떠오르지 않는다.

"악한 존재여! 소멸하라!"

콰아앙! 콰앙!

이프리트가 전력을 다해 불줄기를 뿜어냈지만 아몬은 정령계가 곧 닫힐 것을 알기라도 하듯, 얄밉게 피하고만 있었다.

"진도유운!"

엘라임이 안타까운 듯 외쳤다.

"곧 끝나! 어떡해?"

"됐어, 그냥 돌아와."

결국, 진도윤은 결심했다. 그러고는 차원문에 들어가는 감응력을 죄다 끊어버렸다.

'정령은 여기까지.'

어차피 지속해 봐야, 답도 없다. 한 톨의 감응력이라도 아끼는 게 더 나은 판단.

[현세의 정령계가 닫힙니다.]

쿠구구구…….

그 순간, 온 공간을 가득 채웠던 기운들이 녹아내리듯 사라지기 시작했다. 정령들 역시 점점 투명해지면서, 원래 그 자리에 없었던 것처럼 사라졌다.

"후우……."

감응력 절반이 빈 것을 느끼며 진도윤이 심호흡하자, 아몬이 비웃었다.

-크크크, 그게 끝인가?

"시끄러."

-아무래도 판데모니엄에서 큰 착각을 한 것 같군. 역시 대계가 시작되면 그 누구든 벌레에 불과할 거라는 대악마의 말씀이 맞았어.

"시끄럽다고 했다."

-시끄러우면 네가 어쩔 건가.

"나중에 뒈졌을 때 어떻게 되는지 보자고."

파앗!

눈을 부릅뜬 진도윤이 다시 한번 감응력을 펼쳤다.

쾅! 쾅! 쾅! 쾅! 콰앙!

아몬과 다섯 소환수가 주고받는 몇 번의 공방. 진도윤은 신들린 듯 소환수들을 컨트롤했다.

검술이 극의에 달한 둠 나이트가 검강을 머금은 채, 검을 휘둘렀고 아몬의 후방에는 지속적으로 소울 콜렉터가 낫을 휘둘렀다.

'피하는 궤도를 볼 수가 없으니.'

예측해야 한다. 일부러 빈틈 있는 공격을 만든 후, 녀석이 피할 거라 예측되는 곳에.

후우웅!

데몰리션의 발톱을 날린다. 그래도 피하면? 엘라임과 피닉스의 원거리 사격을 틈틈이 섞어 넣어준다.

-크하하! 제법이구나. 그러나 참 아쉽도다. 기술이 좋으면 뭐 하나, 통하질 않는데!

정령이 사라진 아몬은 물 만난 물고기처럼 날뛰었다. 여태껏 당했던 상처 따윈 아무것도 아니라는 듯.

'그래도 초반보단 많이 느려졌어.'

힘을 거의 다 써가는 와중에도 진도윤은 그것을 위안으로 삼았다.

원래 전투라는 게 심리전이다. 자신의 약한 모습이나 힘든 모습을 상대에게 보여주는 순간, 상대는 더욱 힘이 생기게 된다. 아마 녀석도 꽤나 대미지가 쌓였는데, 여유로운 척하는 것일 터.

"마스터!"

"말해!"

뒤에서 외쳐오는 유리아의 목소리에, 진도윤이 고개도 돌리지 않은 채 답하던 순간이었다.

"응?"

무언가 소환수들의 기운이 뒤바뀌기 시작했다. 자신 역시 힘이 무한정 샘솟는 느낌.

늑대의 움직임이 점점 더 굼떠 보였고 요리조리 피하던 녀석이 공격을 허용하기 시작했다. 아몬 역시 당황한 듯 읊조렸다.

-이건……. 이 기운은……. 고대 페어리족 왕의 힘?

황당할 수밖에 없는 노릇이었다. 사냥이 끝나가던 사냥감들이 갑자기 힘이 약 다섯 배 정도 증폭했으니까.

-게다가 페어리족의 왕이라면.

유일하게 자신의 저주를 전부 무효화할 수 있는 상극에 있는 존재.

-무슨 수작이냐!

아몬이 눈을 찢어지라 떴다.

그리고 그의 시야 앞 누워 있는 유리아의 옆에. 새하얗게 성스러운 빛을 뿜어내는 페어리가 보였다.

그 시각 진도윤의 시야엔 수많은 버프 메시지들이 화려하게 떠오르고 있었다.

[요정 왕 '페어리킹'(★★★★★★)이 '맹공'을 사용합니다.]
[모든 소환수의 공격력이 500% 강화됩니다.]
[요정 왕 '페어리킹'(★★★★★★)이 '의지'를 사용합니다.]
[모든 소환수의 방어력이 500% 강화됩니다.]
[요정 왕 '페어리킹'(★★★★★★)이 '가속'을 사용합니다.]
[모든 소환수의 공격 속도가 500% 상승합니다.]

[요정 왕 '페어리킹'(★★★★★)이 '면역'을 사용합니다.]
[S급 이하 저주에 100% 저항합니다.]

'미친.'

진도윤은 두 눈을 의심했다. 공격력, 방어력, 공격 속도 모두 5배로 뻥튀기되는 미친 버프. 거기다가 S급 이하 저주에 100% 저항한다는 말은, 아몬의 저주에도 완전 면역이라는 뜻.

"마스터!"

진도윤이 움찔했다. 등 뒤에서 유리아의 목소리가 들렸기 때문이다.

"아직 불완전하지만, 세계수가 힘을 빌려줬어! 천계 쪽에서 주시하고 있었나 봐!"

"세계수……?"

대천사들이 말했지. 세계수의 힘을 빌리면, 천계의 힘을 인간계에 가져다 쓸 수 있을 거라고.

버프 내용만 봐도 페어리킹이 S급으로 진화했다는 사실을 짐작할 수 있었다.

원래 진화하는 순간, 다시 1성(★)으로 바뀌지만 아직도 6성(★★★★★★)인 걸 보면, 페어리킹 본연의 버프를 받았다는 말.

즉, 이번 버프가 마지막 기회라는 말도 된다.

"풀 버프 시간은 10분이야! 그 안에 무조건 죽여야 해! 알겠지?"

"10분이라."

진도윤이 결연한 표정으로 고개를 끄덕였다.

"10분이면 충분하고도 남지."

버프도 어느 정도껏 수준이어야지. 진도윤 정도 컨트롤할 수 있는 서머너 입장에서, 이렇게 퍼주면 마치 헬 모드에서 노말 모드로 변한 것과 비슷한 느낌이다.

-갑자기 고대 페어리족 왕이라……. 저 빌어먹을 인간 여자가 결국 일을 저지르는구나.

지금껏 여유롭던 아몬의 표정이 잔뜩 일그러져 있었다.

-하지만, 그래 봐야 10분. 그 안에 날 무너뜨릴 수 있을 것 같으냐!

그러고는 땅을 벅벅 긁으며 투레질했다. 도망가는 것보다, 싸워보려는 것.

"……."

진도윤 역시 자세를 낮추고 감응력을 펼쳤다.

'여기서 무조건 저놈을 잡아야 해.'

그의 생각보다 10악마의 수준이 더욱 높았다. 지금은 하나지만, 저들이 두 존재 이상 뭉친다면? 그 난이도는 기하급수적으로 올라갈 터였다.

심지어 세 존재…… 아니, 열 존재가 한꺼번에 다 모이기라도 한다면……? 진도윤은 순간 토할 것 같은 느낌이 들었다.

고작 일곱 번째 악마가 저 정도인데 10악마 전부가 모여서 작정하고 합공하면 어떤 느낌일까?

절대, 무슨 수를 써서라도 기회를 잡았을 때, 한 마리는 잘라둬야 했다.

"간다."

순간, 진도윤의 눈동자에 힘이 들어갔다.

지금껏 아몬에게 애먹었던 이유는 놈의 스피드. 하지만 녀석은 현재 힘이 빠진 듯, 속도가 느려져 있었고 오히려 자신의 소환수는 공속이 다섯 배로 늘어난 상태다.

-들어오거라!

아몬은 피하지 않고 맞부딪혔다. 먼저, 날카로운 속도로 파고드는 둠 나이트의 검격을 앞발로 밀친 후 허리를 비틀어 뒷발 차기를 날렸다.

쾅!

뒤로 열 발자국 정도 밀리는 둠 나이트.

"뀨웅!"

동시에 측면에서 데몰리션이 질주하며 머리를 들이밀었다. 단단한 대가리를 통한 몸통 박치기였다.

하지만, 이번에도 아몬은 물러서지 않았다. 오히려 상체를 번쩍 들어 올린 채, 앞발 내려찍기를 통해 반격하려 할 찰나.

"키이이이!"

늑대의 등 뒤로 으스스한 그림자가 나타났다. 섬뜩한 옥빛 낫을 늑대의 목덜미를 향해 내리긋는 이는 다름 아닌 소울 콜렉터였다.

-귀찮게 하지 마라!

그 순간, 아몬은 발악이라도 하듯 몸을 비틀어 발톱을 360도로 그었다.

까앙!

옥빛 낫과 발톱의 부딪힘. 본래 같았으면 저 멀리 튕겨 나갔어야 할, 소울 콜렉터의 낫이 어쩐지 무겁다. 버프의 힘이었다.

-빌어먹을.

스르륵!

그 순간, 또다시 후방으로 은밀히 이동하는 소울 콜렉터.

녀석은 마치 잡히지 않고 얼굴 주변을 배회하는 날파리처럼 아몬을 계속해서 괴롭혔다.

-작작 좀 하란 말이다!

분을 터뜨린 아몬이 대놓고 소울 콜렉터만을 노리면.

"키이~ 키이이!"

녀석은 놀리기라도 하듯 기괴한 소리를 내며 달아난다.

그리고 그 공백을.

"뀨웅!"

"끼루루루!"

둠과 피닉스가 메꿨다.

-이익……!

이를 벅벅 갈던 아몬이 결심했다. 결과가 어떻게 되든, 저 빌어먹을 철갑 악령만은 꼭 갈기갈기 찢어놓겠다고.

쑤우우욱!

온 근육을 수축한 채로 몸을 웅크려 튀어 나가려 할 찰나.

-음?

아몬이 주춤했다. 우측 먼 거리에서 온 피부를 저릿하게 만드는 오싹한 기운이 느껴졌기 때문이었다.

다급하게 고개를 돌리자, 데몰리션이 입을 쩍 벌린 채 막대한 기운을 응축하고 있었다.

-파괴의 힘……?

늑대는 환장할 지경이었다. 한 놈을 잡으려 하면, 다른 한 놈이 문제가 되고 그놈을 막으려 하면, 또 다른 한 놈이 끼어든다.

정말 더럽고 치사한 컨트롤.

-일단, 저건 맞으면 안 되니…….

아몬은 본능적으로 데몰리션의 반대쪽으로 피신하려 했다. 최대한 거리를 벌리려는 속셈.

하지만, 온 신경이 데몰리션에게 쏠려 있느라.

그는 보질 못했다. 자신의 좌측 후방과 우측 후방으로 찔러오는 둠과 엘라임의 움직임을.

-아차?

푸욱!

촤르륵!

둠 나이트의 날카로운 검격이 아몬의 왼쪽 어깨의 살갗을 꿰뚫었으며 엘라임의 단단한 물줄기가 늑대의 오른 앞발을 칭칭 휘감았다. 움직임이 완벽히 봉쇄되는 순간이었다.

-무, 무슨?

아몬은 그제야 진도윤의 수를 파악했다. 소울 콜렉터로 자신을 도발한 틈을 타, 데몰리션의 브레스를 준비하고.

그걸 피하려는 동선을 완벽히 예측해서 자신의 움직임을 묶는다. 그다음 그 위로 브레스를 쏠 생각인 듯한데.

하지만 그렇게 되면…….

-이러면 너희들도 손해를 면치 못할 텐데?

"응, 네 걱정이나 하렴."

두두두두…….

거친 기운에 땅과 바위가 세차게 흔들렸다. 진도윤은 마지막 남은 감응력 한 톨까지 탈탈 털어, 데몰리션에게 보냈다.

'이거 한 방으로 끝낸다.'

데몰리션이 가진 최고의 기술, 뉴클리어 브레스.

이 기술의 장점은 높은 파괴력도 있지만 타격 범위를 최소화할 수 있다는 것에 있다. 오히려 범위를 좁히면 좁힐수록, 대미지는 배로 늘어난다.

아몬의 신체는 꽤나 거대한 편 정밀하게 컨트롤하면, 아군의 희생 없이 딱 녀석만 꿰뚫을 수 있을 터.

"잘 가라, 새끼야."

[파괴룡 '데몰리션'(★★★★★)이 뉴클리어 브레스를 사용합니다.]

모여들었던 에너지가 하얀빛과 함께 전방으로 폭사했다. 눈앞의 모든 것을 지워 버린다는 파멸의 광선.

슈아아아앙!

공기를 찢는 굉음과 함께.

두쿵!

심장을 한 번 툭! 건드리는 듯한 간결한 소리까지.

-끄아아아아아아아!

가슴 한복판에 커다란 구멍이 움푹 뚫려 버린 아몬이 끔찍한 비명을 내질렀다. 그 모습을 바라보던 진도윤이 질린 듯 내뱉었다.

"와, 이걸 맞고도 살아 있다고?"

빠른 속도를 장점으로 움직이길래 맷집은 약할 줄 알았는데, 의외였다. 심지어 페어리킹의 버프까지 먹은 브레스가 아니던가.

하지만.

"마무리하자."

이미 녀석은 회복할 수 없을 만큼의 큰 상처를 입었다. 그에 비해, 아직 진도윤의 소환수들은 멀쩡한 상태.

버프가 끝나기 전에.

"뒈져, 이 새끼야."

푸욱! 푸욱!

서걱! 화르륵! 촤륵!

다섯 소환수들의 공격이 비명 지르는 늑대 위로 폭풍처럼 쏟아졌다.

늑대의 얼굴과 피부가 뭉개지고 뚜두둑 소리와 함께 뼈가 아작났으며 시뻘건 피가 왈칵 튀었다.

-끄아! 끄아아아아! 끄아악!

비명을 리듬 삼아, 미친 듯이 공격했다.

한 방 한 방, 진심을 담아. 온 힘을 다해서.

진도윤은 그 모습을 바라보며, 조용히 가방을 뒤졌다.

'포션은 빨아야지.'

하마터면 잊을 뻔했다. 녀석을 잡으면 전례 없던 막대한 경험치를 줄 터. 추가 경험치를 포기할 순 없었다.

그렇게 몇 분이 흘러, 녀석의 비명이 들리지 않을 때쯤.

"후우, 후우……."

호흡을 가다듬은 진도윤이 소환수들을 물렸다. 피투성이가 된 늑대는 살짝 꿈틀거리더니, 쿠웅! 하며 옆으로 쓰러졌다.

그와 동시에.

"꾸에에엑!"

근처에 있던 미켈이 시커먼 피를 토하며 쓰러졌다. 움직임이 멎은 걸 보니, 즉사한 듯했다.

"잡았나……?"

감응력을 전부 쓴 터라, 온몸에 힘이 빠지는 것을 느끼는 진도윤의 시야 위로 승전보를 알리듯 메시지들이 떠올랐다.

[저주의 악마, '아몬'(★★★★★)를 처리합니다.]

[경험치 210,000,000,000exp를 획득합니다!]

"와……."

일단.

2,100억이라는 경험치가 들어왔다. 원래 경험치가 100억인데 각종 버프 효과로 2,100%의 추가 보너스를 받은 듯했다.

물론, 이 경험치로 5성 만렙을 달성하기엔 현저히 부족하다. 5등분 해서 각 소환수에게 420억씩 나눠질뿐더러 S급 5성의 요구 경험치 양을 봤을 때 420억이면 레벨 1~2 정도 증가하는 수준에 불과하니까.

'그래도 이제 얼마 남지 않았어.'

상태창을 펼친 진도윤은 각 소환수들의 레벨을 파악해, 머릿속으로 정리했다.

데몰리션 25레벨, 피닉스 24레벨, 엘라임 24레벨, 둠 나이트 20레벨, 소울 콜렉터 13레벨.

만렙이 30이니 데몰리션 같은 경우는 이제 다섯 번의 레벨 업만 남았다.

'거기까지 가는 데의 요구 경험치가…….'

대충 합산해 보니 데몰리션만 따지고 봤을 때 2,550억 정도.

'끔찍하긴 하네.'

다른 사냥 없이, 10악마만 잡았을 때 앞으로 6마리는 더 잡아야 6성화를 달성할 수 있다는 것이다.

'뭐, 어차피 사냥은 계속할 거니까.'

그것보단 빨리 6성에 도달할 수 있겠지.

단순 사칙연산을 하는 그의 시야로 또 하나의 메시지가 뜬 것은 그때였다.

[띠링!]
[축하합니다! 최초로 '10악마'급 악마의 본체를 처리했습니다! 위대한 업적을 달성합니다!]

"오."

이런 메시지가 뜨는 걸 보면 과거 마르바스 때와는 달리 마계에 존재하는 10악마급 악마의 본체 자체가 소멸하는 것 같았다. 인간계에서 본연의 힘을 쓸 수 있는 대신, 그 위험 부담 역시 공유한다는 뜻.

[업적 보상 도착!]
[감응력이 두 단계 성장합니다.]

"나이스!"

진도윤이 만족스러운 듯 입맛을 다셨다. 딱 필요하던 보상이 나와줬다.

왜냐.

[감응력이 240에 도달합니다. 신체에 변화가 일어납니다. 서머

너 전용 스킬의 성능이 대폭 향상됩니다. 상태창을 확인해 주세요.]

[Tip/감응력의 만렙은 250입니다.]

감응력 10단위로 서머너 전용 스킬이 개방되니까.
진도윤이 스킬창을 펼쳤다.

[보유 스킬:4/4]
- 연공법
- 감응
- 천사화
- 차원 관리

"흐음······."
아쉽게도 이번엔 새로운 스킬이 개방되거나 하진 않았다. 다만, 성능이 대폭 향상되었다는 말 그게 궁금했다.
'연공법'이면 감응력을 좀 더 잘 컨트롤하게 된다는 말일 테고 '감응'의 경우에는 가이아와 만날 수 있는 시간이 대폭 증가한다는 말인가?
"나중에 다 확인해 봐야지."
어쨌든, 성능이 향상되었다는 건 비소식이기보다 희소식일 확률이 높았다.
'게다가······.'

오랜만에 등장한 팁 상태창이 말하고 있었다. 감응력의 만렙이 250이라고.

상태창 내용 자체가 가이아가 보내는 거라 생각해 볼 때 빨리 250을 달성하라는 말일 터.

"후."

가벼운 한숨을 내쉰 진도윤이 다시 늑대의 사체를 바라봤다.

"키이! 키이!"

동시에 옆에서 울부짖는 소울 콜렉터. 무언가를 갈구하는 울음이었다.

"그래, 아몬. 저 녀석의 영혼도 뽑아봐야지."

싸움 도중에 분명 아몬에게 말했었다. 나중에 뒤졌을 때 어떻게 되는지 보자고. 이제 그 약속을 지킬 차례였다.

이탈리아의 수도 로마.

그 중심부에 있는 이탈리아 협회 본부에서는 한바탕 난리가 벌어지고 있었다.

"마, 막아!"

"실드! 서포터 뭐 해! 실드 치라고!"

"끄아아악!"

고함과 비명으로 가득 찬 거리에서 수많은 소환수들을 꺼내놓고 전쟁을 치르는 약 50여 명의 사람들. 그들은 놀랍게도, 전부 이태리 협회와 소속 길드의 날고 긴다 하는 A급 서머너들이었다.

그 외에도 B급과 C급까지 합치면, 총 300명이 넘는 대규모 전력 거의 하나의 국가와 전쟁을 치를 수 있을 정도의 규모였다. 하지만 그런데도, 그들의 표정은 썩 좋지 못했다.

"미친, 이건 말도 안 되잖아!"

"어떻게⋯⋯ 이렇게 격차가 심하단 말인가!"

그에 비해, 상대는 단 하나. 시커먼 다섯 쌍 날개에 독수리 얼굴을 가진 괴물은 엄청난 기량을 선보이고 있었다.

슈웅, 슝! 슝!

들고 있는 칠흑의 활에서 쏘아지는 바람의 화살은 무자비했다.

일발필중(一發必中). 쏘면 반드시 맞는다. 건물 뒤로 숨든, 실드를 겹겹이 두르든 아무런 소용이 없었다.

쐐애애액!

바람 소리가 들려올 때면, 그들은 눈을 질끈 감을 수밖에 없었다.

퍼어억!

여지없이, 소환수 하나가 공중에 뜬 채로 기절해 나갔으니까.

그중 몇몇은 의문을 가지기도 했다.

'왜, 죽이지 않고 기절만 시키는 거지?'

'……분명 압도적으로 다 쓸어버릴 수 있으면서도 천천히 싸우고 있어.'

'마치…… 봐주는 것처럼.'

하지만, 이들은 공격을 멈출 수 없었다. 눈앞의 상대는 분명 자신의 정체를 밝혔으니까.

'프리덤의 8 간부랬지…….'

'이탈리아 협회를 해산시키기 위해 왔다고.'

'저자의 목표를 안 이상, 무슨 수를 써서라도 막아야 해!'

그랬다. 협회와 단신으로 싸우고 있는 사내. 아니, 꼬마는 바로 프리덤의 8 간부, 한만식이었다.

"후우."

전방을 바라보던 꼬마의 입에서 옅은 한숨이 흘러나왔다.

안타까운 한숨이었다.

'이미 전쟁은 시작됐어.'

노야는 인류를 향해 선전 포고했고 모든 협회의 붕괴를 명했다.

'그리고…… 그 명이 현실이 될 확률은…….'

거의 99.9%겠지.

이변이 없었다. 바르바토스를 길들이는 그 순간, 꼬마는 깨달았다. 자신이 싸워왔던 상대가 얼마나 거대하면서도 강한 집단이었는지.

판데모니엄의 10악마 중 여덟 번째 권좌, 바람의 악마 '바르바토스(★★★★★)'만 해도 끔찍할 정도의 기운을 가지고 있었다. 세상 모든 A급 서머너가 모여도 지지 않을 자신이 있는 정도?

한데, 그런 개체가 아홉이나 더 있다.

그뿐이랴? 그중 첫 번째 권좌, 대악마 바알(Baal)의 힘은 그로서도 측정조차 힘든 상태.

-그래도 네놈의 그 꿈을 포기할 건 아니지 않느냐?

꼬마의 머릿속에 바르바토스의 녹슨 음성이 들려온 것은 그때였다.

'내 꿈이라 하면······.'

오직 프리덤에 대한 복수.

"물론."

한만식이 당당하게 고개를 끄덕였다. 옆에서 설렁설렁 화살을 날리던 바르바토스가 피식 웃었다.

-큭, 어쩌다 판데모니엄을 배반하겠다는 놈이랑 계약을 맺게 되었는지.

"······."

꼬마는 바르바토스의 자조적인 음성을 들으며 자신의 목 아래를 내려다봤다.

김제하가 준 '화살촉 목걸이'는 이미 빛이 바랜 상태. 바르바토스를 컨트롤하며, 꼬마는 악마를 길들였던 그 당시 기억을 떠올렸다.

쿠구구구…….

땅이 흔들리고 광풍이 부는 지대에서 불어오는 바람의 기운을 육체에 전부 받아들일 찰나.

-호오, 놀랍구나.

머릿속에 거친 쇳소리가 울려 퍼졌다.

"네가…… 바르바토스?"

-크크크, 재밌구나, 재밌어. 이처럼 순수한 복수의 욕망이라니…….

엄청난 기운이 담긴 목소리에 꼬마는 자신의 모든 밑천이 털리는 기분을 받았다.

즈으웅!

자신의 정신을 보호한다는 화살촉 목걸이는 이미 마(魔)의 기운에 노출되어 검게 물들었으며 가슴은 생전 처음 느껴보는 살욕과 파괴욕으로 가득 차고 있는 상태.

그야말로 정신이 아득해지는 기분이었다.

'역시…… 무리였나?'

한만식은 입술을 깨물었다. 아무리 어린 나이라 해도 지금 느끼는 감정들이 어떤 의미인지 모를 리 없었다.

'악마에게 정신을 먹히는 것만큼은 피하고 싶었는데.'

고작 십여 년짜리 인간의 연약한 정신력으로 수천 년 이상 존재해왔을 10악마에게 대항하는 것 자체가 사실, 어불성설이었다.

꼬마가 할 수 있는 거라고는 속으로 자신의 욕망을 되뇌는 것뿐.

'안 돼. 싫어. 강해질 거야. 복수해야 해. 강해질 거야. 복수해야 해.'

그는 끓어오르는 살욕을 억제하며, 정신을 부여잡으려 노력했다.

꽈아악!

주먹을 얼마나 꽉 쥐었는지, 손톱이 손바닥을 파고들 정도.

'만약 여기서 정신을 유지하지 못한다면……'

꼬마는 어깨에 힘을 주어 손목을 그었던 단검을 이번엔 목 위, 경동맥에 위치시켰다.

'차라리 그냥 죽는 게 나아.'

어린 나이에 하기 힘든 엄청난 각오였다.

하지만 꼬마는 진심이었다. 자신은 프리덤과 싸우기 위해 잠입한 거지 프리덤에게 이용당하기 위해 입단한 게 아니었으니까.

원수의 검이 될 바에, 생을 포기하는 게 더 낫다는 판단이었다.

-어린 계약자여.

그런 그의 뇌 속으로 바르바토스의 의지가 파고들었다.

-너무 걱정하지 말고 그 칼을 내려놓거라.

-나 역시 목표를 위해 너의 몸을 빌리는 것뿐인데, 서로 상부상조하면 좋지 않겠느냐?

-그대는 힘을 가지고, 나는 인간계를 거닐고.

'……상부상조? 지랄. 이 빌어먹을 감정들로 날 물들이려 하지 마라.'

-허어, 이것 참……. 당돌한 꼬마로구나.

'시끄러. 내 의지 없이 사는 건 죽은 거나 마찬가지야. 정말로 상부상조하고 싶다면…… 헛수작 부리지 않는 게 좋을 거야.'

잠깐의 침묵.

그 이후, 꼬마의 가슴속에 미약한 바람이 불었다.

-하여튼……. 참 운이 좋은 녀석이구나. 하필 그 많은 10악마 중에 나를 선택하다니.

꼬마는 바르바토스가 자신의 제안을 받아들였음을 깨달았다. 미치도록 이는 살욕 충동이 갑작스레 사라졌으니까.

다만, 자신의 운이 좋다는 말은 이해하기 힘들었다.

'운이 좋다고……? 그게 무슨 말이지?'

꼬마가 속으로 읊조렸다.

바르바토스가 곧바로 응답했다.

-네가 판데모니엄을 적으로 둔다 해도 상관없다는 말이다.

-나 역시 판데모니엄에 그리 큰 소속감이 있지는 않으니.

'……뭐?'

의외의 대답에 꼬마의 두 눈이 부릅떠졌다.

-나는 바람을 다루는 자.

-바람은 자유로워. 어디에나 있으며, 어디로든 흐르지.

-고작 천계나 마계 따위의 집단이 날 구속할 수 없다는 뜻이니라.

'하면……?'

꼬마는 놀랐다. 판데모니엄의 10악마라는 작자가, 판데모니엄을 비하한다고?

-수천 년간 천계를 누볐고 마계도 누벼봤으니, 이제는 인간계를 자유롭게 누빌 차례.

-네 몸을 빌려 내 염원을 이루는 대신, 나 역시 네 소원을 들어주도록 하겠노라.

-그것이 집단을 배신하는 일일지라도.

이 악마가 무슨 소리를 하는지 모르겠다. 다만, 하나 확실한 건 자신을 물들이는 것보다, 지켜주려 하고 있다는 것.

'이유는 모르겠지만.'

그 마음 하나는 확실히 느껴졌다.

'으, 어지러워.'

그렇게 얼마의 시간이 흘렀을까. 바깥으로 이는 광풍이 모조리 꼬마의 심장 속으로 흡수되었을 때.

-크크크, 어린 인간이여.

-고작 그대의 경험으로 날 이해하려 하지 말거라.

귓가에 울리는 소리와 함께 꼬마는 의식을 잃었다.

그게 그날 기억의 끝이었다.

회상을 마친 꼬마가 눈을 떴다.

슈웅, 슝! 슝!

바르바토스의 첨예한 화살은 이미 이탈리아 서머너들 전부를 바닥에 눕게 한 상태.

-네가 원하는 대로, 죽이진 않았노라.

"고마워, 바르바토스."

꼬마가 감사의 뜻을 표했다.

사실, 그가 이탈리아 협회를 친 이유는 간단했다.

'벌써 속을 드러내는 건 바보나 하는 짓이니까.'

아직 노야나 서동희는 자신의 배반을 모른다. 바르바토스 또한 제 뜻을 굳이 다른 악마와 공유하지 않았다.

'그 말은.'

이제 정말 완벽히 첩자로 자리 잡았다는 뜻.

천운으로 잡은 그 기회를 놓칠 수 없었다.

그러기 위해서는 일종의 모션을 보여주기 위해, 협회를 공격할 필요성은 있었다.

'게다가.'

사실, 할 수 있는 것도 딱히 없었다. 바르바토스 하나로 남은 10악마와 싸우는 건 미친 짓이었으니까.

'저들을 죽이지 않은 게 좀 걸리긴 하지만.'

그것 역시 빠져나갈 구멍이 있다.

프리덤 집단의 이념은 완벽한 자유. 저들을 죽이는 것도 살리는 것도, 온전히 자신의 마음이다. 이걸로 뭐라 꾸짖는 건, 노야가 외쳐왔던 자유의 이념과 동떨어지는 일일 터.

주먹을 꽉 쥔 꼬마가 한 사람을 떠올렸다.

'누나.'

로즈 케미칼에서 자신의 복수를 대신했던 여자, 유아린을.

그녀가 말했지. 힘을 기르라고. 그때의 심정을 잊지 않고 살다 보면, 언젠가 기회는 올 거라고.

'드디어 기회를 잡은 거 같네.'

생각보다 자유로웠던 10악마, 바르바토스의 상부상조 제안. 꼬마는 그 제안을 받았다. 오직 프리덤의 파멸을 위해서.

닉스의 은신처, 훈련장.

"후우."

땀을 줄줄 흘리며, 명상하던 유아린의 눈이 떠졌다. 하루에 2시간씩 수면하면서 훈련해 온 그녀의 감응력은 어느새 178.

물론, 훈련만으로 올린 것은 아니었다.

가끔 진도윤이 사냥을 떠날 때 마계와 천계 곳곳을 방문시켜, 여분의 감응력까지 끌어올려 줬으니까.

사실, 감응력 200을 찍은 후에, 방문하는 게 더 효율적이겠지만.

차라리 그것보단 빨리 200을 찍는 게 더 낫겠다는 그녀의 판단 때문이었다.

'이제…… 2만 더 올리면 180이야.'

그녀는 감개무량할 수밖에 없었다. 180이면, 유리아나 제프리가 미궁에서 100년이라는 기간 동안 간신히 찍었던 수치이기 때문.

물론, 그들은 순수 노력으로 찍은 거고 자신은 정령계부터 해서 여러 업적 보상을 받았다는 차이가 있긴 했다.

'게다가, 이것도 있지…….'

유아린이 품속에서 물약 하나를 소중히 어루만졌다.

무려 20의 감응력을 올려주는 희대의 사기템. 오직, 자신만 받는 특혜이기도 했다.

'다 오빠 덕이야.'

자신이 비교적 편하고 쉽게 감응력을 올릴 수 있는 건, 전부 서머너 마스터 때문이었다.

물론, 그렇다고 자신이 해온 노력이 마냥 쉽고 편하다는 말은 아니었지만.

'그만큼…… 도움이 되어주면 되는 거니까.'

지금도 자신이 통제하던 이프리트가 잠깐 떠나는 것을 허락했다. '정령왕의 돌' 사용으로 인해, 이프리트가 허락을 구해왔었기 때문.

'그 자리에 내가 있어야 했는데.'

그녀는 마음이 급했다. 훈련하면서도 여러 뉴스를 접하고 있기에 프리덤이 본격적으로 움직이고 있다는 사실을 잘 알고 있었다.

그런 그녀의 마음이 하늘에 닿았을까.

"응?"

휴식하고 있던 그녀의 시야 위로 메시지가 떠 오른 것은 그때였다.

[축하합니다! 최초로 '10악마'급 악마의 본체를 처리했습니다! 위대한 업적을 달성합니다!]

"이게 뭐야……?"

유아린의 눈이 휘둥그레졌다. 자신은 분명 가만히 있었는데 왜 이런 메시지가 뜨는 걸까?

[감응력이 두 단계 성장합니다.]

설마…….

이프리트의 활약이 기여도로 산정된 것이라도 한 걸까?

피로하던 유아린의 두 눈이 생생해지기 시작했다.

왜냐 이로써 감응력 180을 달성했기 때문.

이제 가이아가 준 특수 물약만 마시게 되면.

"드디어 나도……."

그녀가 감격한 듯 중얼거렸다.

꿈만 같았던 수치, 감응력 200. 물론 유아린은 그 사실보다 드디어 서머너 마스터의 여정에 함께할 수 있다는 사실이 더 기뻤다.

프리덤의 협회 습격은 전 세계를 충격에 빠뜨렸다.

캐나다, 이탈리아, 러시아, 중국, 일본.

총 다섯의 서머너 강대국이 무너져내린 데 걸린 시간이 고작 한나절뿐이었던 것이다.

프리덤의 행보는 거침없으면서, 또한 당당했다.

[프리덤 선전포고 후, 거침없는 폭격. 다음은 또 누구 차례?]

[각국 시민들 불안 수치 극대화, 이러다 정말 종말이 오는 건 아닐까?]

[민주주의와 사회주의의 붕괴, 정말로 제국주의 시대 돌아오나.]

기사를 읽던 거구, 더 문(The Moon)이 천천히 고개를 끄덕였다.

"잘들 하고 있군."

"잘할 수밖에 없겠지. 10악만데."

일본인 여성, 요미 또한 만족스러운 표정이었다. 그리고 그 둘의 옆, 회의실 탁자에는 서동희가 벌렁 누워 있는 상태였다.

닭 잡는 데 소 잡는 칼 쓸 수 없다는 생각에서일까? 프리덤의 1, 2, 3 간부 셋은 전쟁에 직접 나서지 않은 채, 여유를 부리고 있었다.

더 문이 다시 말을 이었다.

"첩자 정보에 의하면, 대다수 서머너들이 라스베이거스로 모이고 있다더라."

"흠, 뭉치면 상대할 수 있다고 판단하는 건가?"

"우리가 협회만 골라 치는 걸 염두에 둔 거겠지."

"흥, 완전 멍청이들이네."

요미가 코웃음을 치더니, 이내 고개를 절레절레 흔들었다.

"지들이 알아서 편하게 죽어주겠다고 모이는 꼴이잖아?"

어차피 협회만 무너지면, 프리덤의 세상이다. 인간이 만든 화기는 소환수에게 통하지 않기 때문.

"모여봐야 뭐 해? 여기 있는 우리 셋만 가도 다 정리될 텐데."

"흠."

요미의 말을 듣던 더 문이 고개를 꺾은 건 그때였다.

"그나저나, 왜 다섯 국가지?"

"응? 뭐가?"

"이번에 뽑은 신입은 여섯 아니었나? 한 명이 남는데."

"아……. 그러네?"

요미가 고개를 갸웃했다. 그러고는 계산해 봤다.

이번에 뽑힌 신입 간부는 총 여섯. 그중 해당 국가에 갔던 인원들을 제하면…….

"7 간부, 미켈이 남는데. 걔는 서동희 네 담당 아니야?"

그녀의 시선이 누워 있는 서동희에게 향했다.

"미켈은 소환 의식을 좀 늦게 하는 바람에, 아직 전달 못 하긴 했죠."

그가 대수롭지 않게 답했다.

"연락은?"

"아직 없던데요? 뭐, 별일 있기야 하겠어요?"

"소환 의식은 어디서 했는데."

"대한민국이요."

"대한민국이라……."

요미가 눈살을 찌푸렸다. 대한민국은 현존하는 국가 중 서머너에 있어서 최강 대국이라 불린다. 다른 이유 없이, 오직 서머너 마스터라는 존재 하나 때문에.

그녀는 괜히 불안한 생각이 들었다. 구(舊) 4, 5 간부도 그렇고 저번 네비아레 마을에서도 소환 의식을 방해받지 않았던가.

"어?"

여유롭게 다리를 꼬고 있던 서동희가 벌떡 일어난 것은 그때였다. 항상 여유롭던 그의 표정에는 분명 놀라움이 섞여 있었다.

"왜, 뭔데, 뭔데!"

깜짝 놀란 요미가 재촉하자, 그가 입을 열었다.

"……미켈, 아니, 아몬의 기운이 사라진 것 같은데요?"

"뭐? 그게 무슨……!"

"정확히 말해봐라."

가만히 지켜보던 더 문 역시 나섰다.

"미켈한테 바사고의 기운을 심어뒀었거든요. 분명히 아몬을 얻어내는 것까지 확인했었는데. 왜, 지금은 없는 거지? 흐음, 기운이 사라졌다는 건……."

바사고의 기운은 생명의 온도를 감지한다.

즉, 그러한 기운이 사라졌다는 건. 자신의 오른팔 미켈이 죽었다는 뜻.

"그리고 미켈이 죽었다는 말은…… 아몬도 소멸했다는 말인데……."

아몬이 살아 있다면, 미켈을 죽게 내버려 둘 리 없을 테니까.

"뭐? 아몬이 소멸해? 누가 감히 10악마를……!"

말도 안 된다는 표정을 짓던 요미가, 이내 혹시나 하는 표정으로 뒤바뀌었다.

"서, 설마?"

'대한민국'과 '서머너 마스터'. 아까부터 왠지 모르게 거슬리던 두 단어. 그녀는 왠지 그럴 확률도 있겠다는 생각이 들었다. 그리고 그것은 서동희 역시 마찬가지였다.

"……설마 형인가?"

"형이라면?"

"네, 서머너 마스터요. 젠장……. 느낌이 맞는 것 같은데."

서동희는 프리덤 초창기부터 서머너 마스터를 인정하곤 했다. 게다가 이번에 노야께서도 말하지 않았던가. 한 개체로는 버거울 수 있으니, 둘 이상 가서 죽이라고.

"노야께 보고해야 하는 거 아냐?"

요미가 묻자, 더 문이 고개를 저었다.

"노야께서는 이미 폐관에 들어가셨다."

"폐관?"

"이번에 대악마 바알의 힘을 끌어오게 되면서 본격적으로 천신의 기운을 흡수하시려는 것 같다."

"아……."

서동희가 눈살을 찌푸렸다.

왜 본인이 안 나서고 굳이 자신에게 서머너 마스터를 맡겼나 했더니 그런 사정이 있었는지는 몰랐기 때문이었다.

'물론, 누가 뭐래도 형은 내 거지만.'

자신이 프리덤에 들어올 수 있었던 욕망은 오직, 형에게 대가를 치르게 하는 것. 아무리 노야라 할지라도, 자신의 사냥감을 빼앗아 갈 순 없었다.

"그럼 어떡하지? 우리끼리 합심해서라도 처리해야 하나? 이젠 내버려 두면 안 될 것 같은 느낌인데."

무려 10악마를 처리할 수 있는 사람이다. 더 큰 후환이 되기 전에 완전히 짓밟아놓아야 했다.

"아니, 그럴 필요 없어요."

하지만, 서동희는 고개를 절레절레 저었다.

"그 새끼, 내가 죽일 거니까요."

"그러다가 하나하나 각개격파 당할 수도 있으니까 그러는 거 아냐!"

요미가 답답한 듯 역정 냈다.

"혼자 간다는 건 아니에요."

"그럼?"

"8 간부, 한만식……. 그놈도 서머너 마스터에게 빚이 있는 것 같더라고요."

"둘이 간다고?"

"아뇨, 걔랑 누님이 뽑은 간부 하나 더 해서 셋이 갈게요. 그 정도면 충분하죠?"

서동희가 담담하게 말했다. 노야께서 둘만 가도 괜찮다 했지만 그는 형의 무서움을 잘 알았다.

불가능도 가능케 만드는 사람, 마치 소설 속 주인공같이 빛나는 사람.

원래라면 1, 2 간부도 데려가야 했겠지만.

'형을 잡는 데 주가 되는 사람은 무조건 나여야지.'

어차피 10악마 셋을 동시에 막을 수 있는 사람은 없다.

"흠……. 셋이면 안전할 거 같긴 한데. 더 문, 네 생각은 어때?"

요미가 떨떠름한 표정으로 1 간부를 바라봤다.

그가 고민했다. 물론, 고민은 짧았다. 아무리 서머너 마스터가 뜨거운 감자라 한들 10악마 전부가 몰려가는 건 소위 폼 떨어지는 일.

"서머너 마스터는 3간부가 처리하라. 그리고 우리는……."
더 문의 목소리가 낮게 가라앉았다.
"곧바로 라스베이거스를 친다."

"후, 이거…… 하루아침에 답이 없는 상황이 되어버렸어."
닉스의 은신처 회의실.
유준태가 심각한 표정을 지으며, 입을 열었다.
"프리덤이 움직였다는 건, 판데모니엄의 준비가 끝났다는 거겠지?"
"그렇겠지. 아마 10악마 전부 소환됐을 거야."
진도윤은 아몬을 죽인 후, 곧바로 리스트릭트 멤버들을 소집했다.
백지장도 맞들면 낫다고 앞으로의 계획에 대해 조언을 구하기 위해서였다.
"흐음. 은인이여, 천계는 아직 시간이 필요하다. 저주는 문제없긴 한데…… 세계수가 깊은 잠에 빠져 있거든."
안색이 부쩍 어두워진 미카엘이 옅은 한숨을 내쉬었다.
세계수는 거대하다. 그렇기에 정상화되는 데 꽤 시간이 걸릴 수밖에 없다. 특히나, 인간계와 천계 사이의 경계를 무너뜨리기 위해서는 더 많은 시간이 필요하겠지.
"오케이."

진도윤이 고개를 끄덕였다.

"천계는 최대한 빠르게 움직여 주기로 하고. 문제는 프리덤이 벌인 전쟁에 내가 꼭 참여해야 하냐는 거야. 너희도 봤다시피, 아몬 하나 상대하는 데 거의 전력을 소비했어."

아몬 하나 상대하기 벅찬 상황에서 10악마 둘 이상을 마주했다간 어찌 될지 모른다.

"적어도 6성화는 이루고 싸워야 할 거 같긴 한데……."

진도윤의 고민은 단순했다.

지금 당장 싸울까? 아니면, 조금 더 성장한 후 싸울까?

"흐음, 하지만 네 녀석이 없으면 협회는 순식간에 무너질 거야."

유준태가 불안한 듯 손을 꼼지락거렸다.

"그건 그렇지."

"그렇다고 네 녀석이 위험할 게 뻔한 곳에 무작정 보낼 순 없어. 실수는 한 번으로 충분하거든."

그는 자신의 부탁으로 인해, 미궁에서 100년을 썩었다. 이미 인류를 위해 충분히 노력한 셈.

솔직히 진도윤이 싸우지 않는다고 해도, 유준태는 할 말이 없었다.

"영감, 실수라니. 그때 선택은 내가 한 거였다니까? 그리고 이번에도 분명히 말해줄게."

진도윤이 유준태를 응시했다.

"이번 싸움도 내가 먼저 건 거야."

어느새 뒤바뀐 그의 목표는 프리덤의 섬멸. 물론, 궁극적인 목표는 동료들과 함께 남은 생을 편히 보내다 죽는 거지만 프리덤이 그 목표를 방해하는데 어쩌겠나. 어떻게든 부숴 버려야지.

"……."

잠깐의 침묵이 흘렀을 때 털보가 나섰다.

"일단, 형님."

"응?"

"천계 상점이 가진 아이템들 세계 협회에 무상 대여해 주는 것은 어떻습니까?"

"그것들을?"

"네, 형님이 천계에서 얻어 온 거다 보니, 항마용 아이템들이 많습니다."

"나쁘지 않네."

진도윤이 고개를 끄덕였다.

어차피 돈은 의미가 없다. 많이 모으기도 했을뿐더러 세상이 프리덤 손아귀에 들어가면, 화폐 따위는 종이 쪼가리가 될 확률이 높으니까.

"이참에 세계 협회가 우리에게 빚을 지게 만드는 것도 나쁘지 않을 것 같습니다."

"빚?"

"네, 나중에 이걸 빌미로 각종 협회에 지점을 내는 거죠. 게다가 이번 전쟁에 유명 서머너들이 우리 아이템을 사용해 보지 않겠습니까? 쓰는 즉시, 아! 삼대 공방 위에 천계 상점이 있었구나! 하는 간접 홍보 효과도 얻을 수 있죠. 흐흐."

"……넌 이 상황에도 장사 생각이냐?"

진도윤이 못 말린다는 듯 고개를 저었다.

"네가 알아서 해. 천계 상점은 이제부터 오로지 네가 맡는다. 나한테 결재 올릴 필요 없어."

"알겠습니다, 형님."

"그리고 유아린."

진도윤의 부름에 소파 가장 구석에 다소곳이 앉아 있던 얼음 공주가 휙! 고개를 돌렸다.

"이번에 감응력 200 찍었다며?"

"네."

"좋아, 너도 이제부터 다시 우리 파티에 참여해."

"가, 감사합니다."

무표정이었던 그녀의 입꼬리가 살짝 올라갔다.

"후, 아무래도 여기서 의논해 봐야 답 없는 상황 같다."

"그럼 어쩌려고?"

진도윤의 한숨에 영감이 되물었다.

"물어봐야지."

"누구한테?"

"누구긴, 오랜만에 가이아 좀 만나고 와야겠다."

생각해 보니, 우매한 인간들끼리 떠들면서 시간 축낼 필요 없었다. 그에겐 '신'과 소통할 수 있는 능력이 있었으니까.

이번 감응력 240을 달성하며 서머너 전용 스킬이 대폭 상승했다고 했다.

진도윤은 확실히 체감할 수 있었다. '연공법'은 기존보다 다섯 배 정도 상향되어 더 강한 물리력을 행사할 수 있을뿐더러, 감응력 또한 더 세밀하고도 정교하게 뽑혔다.

과거엔 그냥 소환수를 컨트롤하는 느낌이었다면 이제는 소환수의 근육 하나하나의 움직임이 보이고 느껴질 정도?

'이것만으로도 큰 성과야.'

그는 감응력의 총량보다 컨트롤 실력이 더 중요하다고 생각하는 사람이었다. '천사화' 스킬은 원래 다섯 쌍 날개였는데, 여섯 쌍으로 증가했다.

'……이게 뭘 의미하는 건지는 아직 모르겠지만.'

한 구역을 통치하는 천사에게만 달리는 게 여섯 쌍이라 했는데 뭐, 특별한 능력치의 증가는 없었다.

'그리고 차원 관리.'

이게 굉장히 든든하게 상향됐다. 원래는 동료들의 신체와 접촉해야 함께 차원으로 끌고 갈 수 있었는데 이제는 일정 범위에만 있으면 자신의 의지에 따라 함께 이동하는 게 가능했다.

위기일 때, 몸을 빼는 게 훨씬 더 쉬워진 느낌?

'그리고.'
이제 스킬, '감응'을 확인할 시간이었다.

[감응을 사용합니다.]
[대자연, 가이아와 감응을 시작합니다.]

의식이 멍해졌고 곧이어 세상이 바뀌었다. 새하얀 홀과 후드의 여인이 있는 단순한 세상으로.

[감응 레벨에 따라 머무를 수 있는 시간이 산정됩니다.]
[제한 시간 - 00:12:00]

"호오, 12분이나?"
마지막 만남이 4분이었으니 무려 3배나 증가한 셈. 예전과 비교하면 충분히 넉넉한 시간이었다.
"잘 있었어? 오랜만이지?"
저벅, 저벅.
진도윤이 안부를 물으며 당당하게 걸어 나갔다. 이제 꽤나 본 만큼 편한 느낌으로다가.
하지만, 몸을 돌리는 가이아의 표정이 무언가 다급해 보였다. 기존에 항상 반갑게 맞이하던 것과 사뭇 다른 모습이었다.
"용사여……!"
"뭐야? 왜 이리 급해 보여. 혹시 프리덤 때문에?"

"그런 것도 있지만……. 일단 자리에 앉아보세요."

그녀가 손을 떨치며 말했다. 그러자 바닥에서 새하얀 원목의 의자가 등장했다.

"흠, 평소 같지 않게 왜 그래? 갑자기 이러니까 괜히 불안하잖아."

살짝 투덜거린 진도윤이 자리에 앉았다.

"잘 오셨어요, 용사여. 안 그래도 할 말이 대단히 많았거든요."

"그 할 말, 어디 들어나 보자고."

진도윤이 양 팔꿈치를 허벅지에 올린 채, 깍지를 꼈다.

"그대도 예측하셨겠지만, 현재 10악마 전부가 인간계로 넘어온 상태예요."

역시 프리덤 때문이었나?

피식, 웃은 진도윤이 고개를 끄덕였다.

"그중 하나는 내가 처치했지."

"맞아요, 그건 고무적인 상황이긴 하지만……."

"근데 왜?"

"그렇다고 상황이 좋아진 건 아니에요. 대악마는 천신의 기운을 흡수하기 시작했고, 나머지 10악마들도 아몬의 죽음으로 경계심을 가지게 됐거든요."

"……그렇게도 하지, 그거 때문에 내가 널 만나러 온 거고."

"하지만, 그것보다 더 큰 문제가 있답니다."

"더 큰 문제?"

진도윤이 고개를 갸웃했다. 판데모니엄의 습격보다 더 큰 문제가 도대체 뭐란 말인가.

그는 본능적으로 느꼈다. 그녀가 다급해 보이는 원인이 저것에 있을 거라고.

"며칠 전…… 파괴룡의 봉인에서 균열이 발견되었어요."

"……엥?"

그의 눈이 휘둥그레졌다. 파괴룡이면 데몰리션 아니던가?

"균열은 예전부터 미세하게 갈라지고 있었어요. 하나, 지금은 언제 튀어나올지 모를 정도로 틈이 벌어진 상태고요."

"그게 프리덤보다 더 중요하다는 소리야?"

"……파괴룡은 끔찍한 존재예요. 그의 목적은 단 하나……. 지구의 파괴죠. 완전한 상태일 때의 저와 천신, 에로스, 그리고 대악마 바알이 힘을 합쳐 엄청난 희생을 치르고서야 겨우 막는 것에 불과할 정도로 막강한 존재이기도 하답니다."

"……"

진도윤은 일단 말없이 그녀의 이야기를 들었다. 비록 원수지간으로 만났던 데몰리션이지만 지금은 자신이 정을 준 어엿한 소환수인데 굉장히 오묘한 느낌이었다.

"파괴룡의 봉인이 풀리는 것에 비하면, 10악마의 습격은 애들 장난 수준일 거예요. 막말로 10악마 같은 경우는 인류가 조금만 희생하면서 버티면 어떻게든 해결될 수준이거든요."

"……그렇긴 하지."

10악마는 인간계의 점령을 원할 뿐 인류의 말살을 원하지 않는다.

 선전 포고 후 협회만 공격하고, 민간인을 학살하지 않는 것도 그런 이유에서일 터.

 일단 당해주는 척하다, 제대로 성장해서 한 마리씩 격파하겠다고 생각하면 완전히 절망적인 상황은 아니란 뜻이다.

 게다가 세계수, 천계, 정령 등등. 힘을 빌려올 곳도 많지 않던가.

 '하지만.'

 데몰리션의 경우는 다르다. 가이아의 말에 따르면, 그는 지구 자체를 붕괴시키려 한다는 거니까. 게다가 그게 가능할 만큼의 압도적인 힘이 있다면?

 "그게 풀리면…… 악마고 천족이고 인류고. 전부 끝장날 거예요. 파괴룡 앞에 한낱 먼지처럼 쓸려가겠죠."

 "후, 그 정도라고?"

 진도윤이 옅은 한숨을 내쉬었다.

 조언을 구하러 들어왔는데 오히려 걱정거리 하나가 추가된 느낌.

 문득 예언의 대천사, 가브리엘이 했던 말이 떠올랐다.

 일 년 안에, 삼계(三界)는 필히 무너질 것이다.

 그때 당시에는 의심만 하고 넘어갔지만 이제 점차 확신이 들기 시작했다. 저 예언의 주역이 판데모니엄이 아닌 데몰리션일 거라는…….

"흠……. 그래서."

잠깐의 침묵 후, 진도윤의 입이 떨어졌다.

"그건 그냥 천재지변일 뿐이잖아? 뭐 해결책이 있는 것도 아닐 테고."

"……해결책이 있긴 해요."

"뭐? 그게 뭔데?"

진도윤이 궁금 어린 표정을 지었다.

"그대가 더 이상 레벨 업을 하지 않으면 돼요."

"뭐?"

벌떡!

진도윤이 자리에서 일어났다.

레벨 업을 하지 말란 것은 앞으로도 쭉 5성(★★★★★)인 상태여야 한다는 건데 그거로는 10악마 전부를 상대하는 데 큰 무리가 따른다.

"이유는?"

"……사실 처음에 그대가 다루는 파괴의 기운을 봤을 땐 별다른 생각을 안 했었어요. 그냥 떨어져 나온 파괴룡의 잔재이려니 했죠."

"그런데?"

"봉인의 균열이 벌어지는 이유가 데몰리션에게 있었어요."

"……?"

"데몰리션의 성장과 비례해서…… 파괴룡의 봉인이 풀리고 있다는 뜻이에요."
"······그 말은."
"네, 아무래도 데몰리션이 파괴룡의 매개체 같아요. 봉인된 세상과 그 바깥세상을 연결하는······."
"허."
청천벽력 같은 소리였다.
10악마를 잡기 위해선 성장을 해야 하는데 본인이 성장하면 세상이 멸망한다니?
"마음 같아선······ 그대를 계속 이곳에 묶어두고 싶지만······."

[제한 시간 - 00:05:30]

"아쉽게도 저에겐 그럴 힘이 남아 있지 않죠."
"결국, 세상의 흥망이 내 손에 달려 있다는 거네."
진도윤이 눈을 질끈 감았다.
혼란스러웠다.
'솔직히.'
매번 자신 앞에서 '뀨웅, 뀨웅'거리는 데몰리션이 그렇게 끔찍한 존재로 재탄생할 거라는 게 믿어지지 않았다.
"만약······. 내가 데몰리션을 끝까지 키우겠다면?"
"그를 통제할 수 있을 거라 생각하시나요?"
"······혹시나 모르는 거잖아."

만약, 그렇게 강대한 힘을 자신이 통제할 수 있다면 현재로서 답이 없는 10악마 문제가 단번에 해결될지도 모른다.

"승률이 0%에 수렴하는 도박이에요."

"……."

"신도 통제할 수 없는 파괴룡이 인간의 명에 따르는 건……."

"사람이 치킨의 명을 따르는 느낌인가?"

"……비유가 좀 그렇지만. 그런 느낌일 수도 있겠네요."

"후."

진도윤의 한숨에 가이아 역시 속으로 깊은 한숨을 내쉬었다. 용사를 뽑은 신으로서 대안을 제시해 줘야 하는데 그녀로서도 마땅한 방법이 떠오르지 않았기 때문이다.

'완전히 꼬여 버렸어.'

물론, 그녀는 용사의 선택을 강요치 않는다. 그가 데몰리션을 키우고 싶다면, 막을 명분도 없었다.

'어차피…… 나는 힘을 잃었고.'

지금까지 인류를 지켜온 것도, 눈앞의 사내였으니까.

[제한 시간 - 00:03:00]

처음으로 시간이 많이 남았지만 가이아와 진도윤은 말없이 바닥을 응시할 뿐이었다.

부비적, 부비적.

진도윤이 손등으로 제 눈을 비볐다.

가이아와의 만남이 끝난 후 침대에 멍하니 누워 있는 중.

'음……?'

곧이어 진도윤은 무언가 이질감을 느꼈다. 본래 '감응' 스킬을 쓰고 나면 맥이 빠진 듯, 힘이 없어야 하는데.

'생생하잖아?'

감응력의 손실이 하나도 없었다. 즉, 기존 '감응' 스킬을 쓰기 전 상태와 동일하다는 뜻.

아무래도 스킬 상향의 효과인 듯했다.

"후, 문제는 그게 아니지."

한숨을 내쉰 진도윤이 목을 가다듬었다.

"데몰리션?"

거실에 누워 있는 녀석을 부르자.

"뀨웅!"

귀엽게 응답하며 다가온다. 누가 보면 애완견이라 해도 이상하지 않을 상황.

"후, 이런 네가 세상을 파괴할 최강 빌런이라고?"

"뀨웅?"

무슨 말 하는지 모르겠다는 듯, 고개를 갸웃하는 녀석. 그 모습이 가증스럽기보다는 귀여워 보인다.

문득, 녀석과의 첫 만남이 떠올랐다.

끔찍한 봉인기로 제프리와 유리아를 봉인한 이후. 1개월 동안 쉬지 않고 지속했던 전투.

'힘들었었지.'

그게 불과 1년도 채 지나지 않은 일이었다.

영혼의 혈투를 벌인 후, 자신은 패했고 녀석이 재미있었다고 말하며, 발톱으로 자신을 찍어 내리려 할 찰나.

'감응력 200이 되었어.'

히든 조건이 발생했고 녀석을 테이밍하게 되면서, 자신은 살아남았다.

이 모든 게 과연 파괴룡의 계획이었을까?

"후우."

자동으로 한숨이 나왔다.

사실 서머너와 소환수의 관계는 굉장히 끈끈하다. 서로의 감정을 공유하고 서로의 목숨 또한 공유한다. 보통 던전에서 소환수를 잃으면 서머너가 죽게 되니까.

그 반대의 경우도 있고.

'만약 봉인이 풀리면…… 녀석은 날 공격할까?'

아무렴, 모르겠다. 해보지 않은 일이니까.

그렇게 잡생각을 하고 있을 때였다.

"진도유운! 진도유운!"

거실에서 TV 보던 엘라임의 목소리가 들렸다. 저게, 답답한 주인의 마음도 모르고 한가롭게 TV를?

"어떡해? 우리 나가봐야 할 것 같은데?"

"응?"

일어난 진도윤이 스트레칭을 한번 한 후, 거실로 나갔다. 커다란 최신식 TV 화면에는, 한창 뉴스 속보가 송출되고 있었다.

"쟤…… 개 맞지? 서동희인가 뭔가! 저번에 진도윤 찾아왔던 프리덤 간부!"

"동희?"

눈살을 찌푸린 진도윤이 화면을 바라봤다.

[(속보) 프리덤 간부들 서울역에서 횡포, 사상자 벌써 127명.]

수많은 건물이 불타거나 무너져 내리고 있었고 사람들은 정신없이 도망치기 바빴다.

이리저리 박혀 있는 자동차와 긴급히 울리는 사이렌 소리와 폭음 소리. 마치, 아포칼립스의 한 장면을 보는 것 같았다.

"저게…… 뭐야?"

황당한 듯 바라보는 진도윤의 시야로.

"꺄아아악!"

카메라를 들고 있던 여기자가 머리채를 잡힌 채, 비명을 내지르고 있었다. 당연하게도, 그녀의 머리를 붙잡고 있는 건 3간부, 서동희의 모습. 녀석의 표정은 전형적인 악당의 그 모습이었다.

"서머너 마스터, 보고 있다면 당장 이곳으로 튀어 와라. 크호호."

"꺄아악, 사, 살려주세요! 살려주세요, 제발!"

"안 그러면 죄 없는 시민들이 죽어 나간다. 크하하하!"

"제발……. 제발."

"아, 그리고 이 방송국 생중계하는 놈들아, 잘 들어라. 혹시나 이거 끊으면…… 거기부터 폭파하러 갈 거야."

서동희가 여성의 머리를 거침없이 흔들었다. 허공에 동동 뜬 채로, 눈물을 흘릴 수밖에 없는 기자.

"제발, 으흐흑!"

하지만, 녀석은 그녀의 기도를 들어주지 않았다.

푸확!

여기자의 목이 떨어져 나갔고 순간적으로 목 부분이 모자이크 처리되어 나갔다. 화면에도 붉은 핏자국이 튀었다.

"……"

웃지 못할 상황.

지이잉! 지이잉!

휴대폰으로 유준태의 전화가 울려오고 있는데도, 진도윤은 말없이 화면을 응시했다. 분노의 감정을 담아서.

"진도유운!"

엘라임이 외쳤다.

'지금……'

저들을 잡으면, 데몰리션의 레벨이 오를지도 모른다.

만렙까지는 아니더라도, 포션을 빨지 않더라도 경험치가 쌓이는 건 분명하겠지.

'경험치가 쌓일수록, 틈이 벌어진다 했으니까.'

어찌 됐든, 세상의 파멸이 더욱 빨리 다가올 수도 있다는 말이다.

'하지만.'

세상이 무너지지 않는다 한들 저런 세상에서 살아가는 게 무슨 의미일까?

게다가 가브리엘 말마따나, 파괴룡이 풀리는 게 정해진 운명이라면? 굳이 저 장면을 보고 본인이 참아야 할 이유가 있을까?

"바로 간다."

진도윤은 유준태의 전화를 받지 않았다. 눈을 번뜩임과 동시에, 그저 차원문을 열 뿐이었다.

불과 몇 시간 전만 해도 평화로웠던 서울역에 짙은 피바람이 몰아치기 시작했다.

"끄아아악!"

"도망쳐!"

"다, 다리가 뭉개졌어! 살려줘!"

"엄마……."

곳곳이 불타오르며 괴성과 비명이 터져 나왔다.

무너진 건물에 하체가 끼인 시민들, 부모를 잃은 아이. 소환수를 꺼낸 채 용감하게 덤비는 서머너들까지.

"……."

꼬마, 한만식은 굳은 표정으로 주변을 훑었다.

판데모니엄의 10악마 중 무려 셋이 대한민국을 침범한 지 벌써 1시간이 흐른 상태였다. 서동희가 이끄는 예언의 악마, '바사고'를 필두로 한 무차별적인 테러.

협회나 길드 소속 서머너들이 막아섰지만, 10악마를 막아낼 수는 없었다. 먼저, 거대한 악어 형상을 한 '바사고'는 그 커다란 이빨로 건물을 우걱우걱- 씹고 있었으며.

화르륵!

아름다운 여성이 손을 한 번 떨칠 때마다 주변의 산과 수많은 나무가 불타올랐다.

'저건……'

한만식의 눈살이 찌푸려졌다.

인간 여성 같아 보이는 저 괴물은 사실 10악마다.

그것도 아홉 번째 권좌로 불을 다스리는 악마, '파이몬'(★★★★★)이라 불리는 자. 그리고 저 끔찍한 악마를 컨트롤하는 여성은 요미가 뽑았다는 9 간부다.

'미나미라 했나……?'

2 간부와 똑같은 국적의 일본인이었다.

"3 간부님?"

"응?"

"서머너 마스터인가 하는 그놈은 도대체 언제 오는 거예요?"

미나미는 서동희의 옆을 지키며, 살짝 지루하다는 표정을 지었다. 그 모습을 바라보던 한만식의 주먹에 힘이 들어갔다.

'잔인한 연놈들.'

죄 없는 사람들이 죽어가고 있는데 어떻게 저렇게 태연한 표정들을 짓고 있단 말인가. 과연 저들을, 같은 사람이라 부를 수 있을까?

퉁! 투웅! 투웅!

한만식 옆에 위치한 바르바토스 역시 활을 쏘고 있긴 했지만 쏘아진 화살은 교묘하게 비틀려, 사람을 깔고 있는 건물들을 치워내고 죽기 일보 직전의 민간인들을 구해내고 있었다. 물론, 들키지 않게.

강한 공격들로 빈 건물들을 때리는 것도 잊지 않았다.

"……."

솔직히 피가 토하는 심정이었다. 당장에라도 저 두 악마와 싸우고 싶었지만.

'아직은 속셈을 드러내기엔 애매해.'

파이몬은 그렇다 치더라도 서동희가 컨트롤하는 바사고는 정말 강하다. 지금 반기를 들어봐야 개죽음만 당할 뿐.

'그래도……'

참기가 힘들었다.

지이잉!

멍한 상태에서 의식이 굴러가는 소리가 들렸다. 잊을 수 없었던 기억의 파편들이 맞춰지는 소리였다.

고약한 약품 냄새와 썩은 내가 풍겨오는 실험실. 그 속에 널브러져 있는 시체와 각종 실험 기구. 그리고…… 인큐베이터 속에 눈을 감고 있던 아버지의 모습.

한만식의 머릿속에 떠오른 것은 로즈 케미칼, 키메라 연구실의 모습이었다.

-축하합니다. 오늘부로 본사로 발령 나셨답니다.
-그러게 꼬마야. 본사로 떠났다고 했을 때 믿었어야지. 꼭 이런 꼴을 봤어야 했니?

인간을 실험체로 써놓고 당당하게 히죽거리던 김춘식의 모습. 그때 그놈과 저 둘의 다른 점이 뭐란 말인가?

그때는 힘이 없었다. 하지만 지금은 힘이 있다. 힘이 있음에도 나서지 못하는 건, 결국 비겁한 자기합리화 아닐까?

'형만 와준다면……'

해볼 만할 텐데. 승산이 있을 텐데.

서머너 마스터가 저주의 악마, 아몬을 잡았단 소식을 들었을 땐 솔직히 많이 놀랐다. 인간의 힘으로 10악마를 잡았다는 건 그에겐 달걀로 바위를 깼다는 소리와 별 다를 바 없는 소리였으니까.

'하지만……'

서동희가 저 난리를 치는데도 서머너 마스터는 나타나지 않았다.

'많이 다친 건가?'

그럴 수도 있었다. 아몬이 평범한 던전의 몬스터도 아니고 무려 10악마인데, 형이라고 타격이 없었겠는가.

'그럼…… 어떡해야 하지?'

그의 내적 고민은 길게 이어지지 못했다. 한 여기자의 머리를 부여잡은 채, 카메라를 향해 협박하고 있는 서동희의 모습이 보였으니까.

"아, 그리고 이 방송국 생중계하는 놈들아, 잘 들어라. 혹시나 이거 끊으면…… 거기부터 폭파하러 갈 거야."

그리고 이내.

푸확!

힘을 주며 목을 뜯어내는 그의 모습이 시야에 잡혔다.

한만식의 눈앞이 붉게 물들었다. 머리에 피가 화끈하게 쏠렸다.

'이건…… 너무하잖아.'

더는 인내할 수 없었다. 이미 분노는 한계치를 넘어섰고 이성적인 사고의 흐름이 감성적으로 변하기 시작했다.

-크크, 꼬마야, 괜찮겠느냐?

옆에 있던 바르바토스의 웃음소리가 들려왔다.

-여기서 본심을 드러내면, 너나 나나 소멸을 면치 못할 텐데?

'난 괜찮은데, 넌?'

한만식은 오히려 되물었다. 바르바토스가 원하는 건 자유롭게 인간계를 누비는 것. 하지만, 자신으로 인해 그가 원하는 바를 이루지 못할 수도 있다.

-물어 뭐 하겠느냐. 당연히 내키지 않지. 난 원래 이기는 싸움만 하거든.

"……."

역시나 바르바토스는 거부 반응을 드러냈다.

-하지만, 어쩌겠나? 계약자가 시키는 대로 해야 하는 게 소환수의 운명인 것을.

그래서 악마는 소환 당시, 인간의 성품을 교묘하게 바꾼다. 온갖 부정적인 욕망이 내면에 가득 차도록.

하지만 바르바토스는 자살 소동으로 인해, 한만식의 성품을 바꾸지 못했다.

'도와줘. 만약 이 모든 상황을 끝낼 수만 있다면……. 내 영혼이라도 팔 수 있으니까.'

-크큭, 영혼은 무슨. 꼬마야, 네 영혼이 무슨 대단한 가치라도 지닌 줄 아느냐?

"……."

-뭐, 그래도 재미있긴 하겠구나. 어디 네 욕망이 가리키는 방향대로 한번 움직여 보거라. 난 상관없으니.

감정을 숨기는 것보다 솔직하게 드러내는 것. 그렇지 못할 바에 죽음을 택하는 것. 그것이 자유로운 영혼, 바르바토스의 이상이었다.

'고마워, 바르바토스.'

속으로 감사를 표한 한만식의 눈빛이 번뜩였다.

투웅!

그러고는 또 다른 희생자를 찾는 서동희에게 화살을 날렸다.

'그동안 많이 참았어.'

약 100여 명의 희생자가 생길 동안 지켜보고만 있어야 하는 현실이 불편했다.

'네놈의 악행을 잠깐이나마 막을 수 있다면.'

한만식은 죽음이라도 마다하지 않을 생각이었다.

4장

"키륵?"

건물을 우적우적 씹던 악어, 바사고가 기묘한 소리를 냈다. 움직이던 턱이 멈추고 고개를 살짝 기울였다.

-흐음?

찰나의 순간 자신의 계약자를 향한 바르바토스의 살기를 느낀 탓이다.

우우웅!

그는 사악한 기운을 뿜어내며, 서동희의 주변으로 보호막을 둘렀다.

투웅!

쏟아진 바람의 화살은 보호막을 뚫지 못한 채, 허공으로 스러졌다.

"……?"

서동희의 표정에 의문이 떠올랐다. 그러고는 이내, 한만식의 변화를 알아챘다. 무형의 기운으로 자신을 공격한 것은 분명 저 꼬마였다.

"8간부, 뭐 하는 짓이지?"

"……."

말없이 자신을 노려보는 녀석 그 눈빛에는 분명 적대감이 있었다.

"하? 같은 간부끼리 공격하지 않는다는 노야의 명령은 잊었나? 아니, 그전에 날 공격한 이유가 뭐냐고."

서동희가 뱉어내는 말에, 분노의 감정이 담기기 시작했다.

한국인이라는 이유로 서머너 마스터에 대한 적대감이 있다는 이유로 기껏 뽑아줬더니, 바로 배반을 때려?

심기가 굉장히 불편했다. 그의 물음에 한만식이 곧바로 대꾸했다.

"이렇게까지 할 필요는 없었잖아."

"이렇게? 뭘 이렇게까지라는 거지? 아, 설마…… 쟤네 죽이는 거?"

서동희가 어처구니없다는 듯 픽- 웃었다.

"이거 웃긴 놈일세? 약육강식의 세계, 너도 동의해서 프리덤에 들어온 거 아니었나?"

"웃기지 마. 아무리 약육강식이라 해도, 자연의 모습이라 해도. 이런 학살은 안 해."

맹수들이 초식동물을 사냥하는 이유는 생존을 위해서지

무차별적인 학살을 위해서가 아니다.

"게다가…… 프리덤에 입단하겠냐는 물음조차 없었잖아?"

노야는 분명히 말했다. 프리덤에 입단하지 않겠다는 자만 척살하라고.

"그것 때문만은 아닌 거 같은데."

으드득!

씹던 건물을 아래로 뱉어낸 바사고가 몸체를 틀었다.

"8간부 저거, 3간부님이 뽑은 거 아니에요? 완전 배은망덕한 인간이네."

사방에 불 지르던 파이몬 또한, 한만식과 바르바토스 쪽으로 공격 태세를 갖췄다.

꼬마가 침을 삼켰다.

'이제 진짜 싸워야 해.'

자신이 무엇을 위해 프리덤에 입단했는가. 이러한 학살을 막기 위함이었다. 자신의 아버지와 같은 또 다른 희생자를 막기 위함이었다.

분명히 자신보다 강한 상대들이지만.

'이미 알고 있었잖아?'

서머너 마스터 역시 아몬을 죽일 때 자신이 불리한 걸 알았음에도 싸웠을 거다. 그리고 결국, 승리를 쟁취해 냈겠지.

"후우우."

한만식은 길게 심호흡하며, 긴장감을 털어냈다.

자신이 당하는 순간, 피해자는 더욱 늘어날 터.

어깨 위에 무거운 압박감이 느껴졌지만.

'오히려……. 편해졌어.'

민간인들의 죽음을 지켜볼 때보다는 지금이 훨씬 마음이 가벼웠다.

꼬마, 한만식이 호기롭게 서동희를 응시했다.

"가타부타 무슨 말이 필요하겠어? 생각이 다르면 싸워보면 되는 거 아냐? 그게 우리 방식이잖아."

그의 목소리가 사방에 낮게 깔렸고.

후우우웅!

동시에 그의 몸 주변으로 바르바토스의 광풍이 일기 시작했다. 부서진 건물들의 잔해가 허공으로 소용돌이치며 치솟을 만큼 강한 바람이었다.

-호오, 바르바토스. 또 배신을 택한 거냐?

바사고의 입꼬리가 올라갔다. 의외의 상황에 오히려 재미있다는 반응.

바르바토스 역시 마주 웃었다.

-배신으로 뭐라 하기 없기. 어차피 배신 또한 악마들의 전유물 아니던가.

-그건 그렇지……. 다만.

바사고의 시뻘건 눈이 부릅떠졌다.

-그건 이길 수 있다는 확신이 있을 때 하는 것 아니었나!

쿠과가가가!

거대한 악어의 주변으로 땅이 갈라지기 시작했다. 그와 동시에 엄청난 압박감이 한만식을 옭아맸다.

"……."

한만식은 입을 꾹 다물었다. 몸속에 모든 신경이 강한 기압에 눌리는 기분이었다.

마치 심해 속에 들어온 기분.

-버텨내라. 설마 이 정도 각오도 없이 일을 벌인 건 아니겠지?

'물론.'

한만식의 눈동자에 두려움은 없었다.

참, 웃기는 일이다. 생을 포기하니, 공포가 사라지고 후련함뿐이다.

'저런 쓰레기들에게 복종할 바에.'

꼬마의 마음속에 찬 것은 오직 프리덤, 그리고 10악마에 대한 분노뿐.

'차라리 죽는 게 낫지!'

-좋구나, 계약자여!

강한 압박 속에서도 바르바토스는 활을 들었다. 그리고 이내 까마귀를 연상케 하는 칠흑의 활에서 나간 무형의 화살이 허공을 찢어발겼다.

쐐애애애애액!

하나로 방출되었던 그 기운은 자유롭게 움직이며 두 갈래로, 다음은 네 갈래로 종국에는 열여섯 갈래로 나누어졌다.

-자유로운 바람을 피할 수 있는 생명체는 없느니라.

나뉜 기운들이 정신없이 움직이며 바사고와 파이몬의 육체 위로 향하더니, 이내 정확히 틀어박혔다.

파바바바박!

콰아아앙!

우박 쏟아지는 소리와 천지를 진동하는 굉음. 과연, 10악마 중 하나의 자리를 차지하고 있는 바르바토스 다운 위력이었다.

'생각보다…… 세잖아?'

그 모습에 한만식의 눈빛에 희망이 돌았다.

콰아아앙!

엄청난 폭음 속에서 한만식은 신중하게 시위를 당기는 바르바토스의 모습을 넋 놓고 바라봤다.

-왜, 놀랍냐?

'……응, 놀랍긴 하지.'

바르바토스의 말에 한만식은 인정했다. 설마, 저 거대한 악어에게 저 정도의 공격을 먹일 줄은 몰랐다.

낮은 서열이라 걱정했는데, 조금 의외인 느낌?

'하긴.'

바르바토스를 길들인 이후 제대로 된 상대와 싸워본 적이 없긴 했다. 고작 이탈리아 협회와 부딪힌 게 다였으니까.

'이게…… 진짜 10악마의 힘인 거야?'

-크큭, 10악마의 서열에 네가 생각하는 것만큼의 큰 의미는 없느니라. 뭐, 대악마 바알은 논외로 둬야겠지만…….

'그래?'

-대계를 꿈꾸기 시작한 이후로, 다들 겨뤄본 지 오래됐거든. 뒤죽박죽이지.

'아……'

한만식이 고개를 끄덕였다.

악마든, 사람이든 꾸준한 훈련만 한다면 시간이 지날수록, 성장하는 건 매한가지다.

아무리 낮은 서열이라도, 싸워본 지 오래됐으면 몇 단계의 서열은 큰 의미가 없다는 뜻이다. 한 번 패자(覇者)가 영원한 패자가 아닌 것처럼.

몽게몽게 피어오르는 먼지 속에서.

-크으으으…….

바사고의 낮은 비명이 새어 나오고 있었다. 분명히 고통받는 생명체의 음성이었다.

두근!

그 순간 한만식의 심장이 불안하게 뛰기 시작한 것은 그때였다.

'음?'

민간인들의 비명과 여기저기 들려오는 폭음으로 시끄러웠던 세상이 갑자기 조용해진 기분이었다. 그의 온 신경이 전부 어딘가에 쏠려 있다는 방증.

이윽고.

먼지 속에서 거대한 악어의 시뻘건 눈빛이 서서히 드러나기 시작했다.

"아아……."

한만식의 입에서 자연스레 신음이 나왔다.

마치 심연에 빠진 것 같은 무저갱 속에 떨어지는 것 같은 공포가 육체를 서서히 잠식하는 기분이었다.

"바, 바르바토스?"

-정신 차리거라, 꼬마. 우선, 저것보다 파이몬이 먼저다. 왼쪽을 보거라!

"헉?"

한만식의 고개가 좌측으로 돌아갔다.

"무, 무슨?"

화르륵!

갑작스럽게 튀어나온 파이몬이 힘차게 손을 떨쳤고 그녀의 손에서 살벌한 화염 줄기가 빙그르르- 소용돌이치며 다가오고 있었다. 육체뿐만 아니라, 영혼까지 불태울 것만 같은 그 염화가 눈앞에 다가온 순간.

-폭풍신의 눈.

투웅! 바르바토스의 활시위가 당겨졌다. 기존의 것들과는 다른, 무언가 조금 더 무거운 소리를 내면서.

"오오?"

한만식의 눈이 휘둥그레졌다. 다가오던 화염 줄기가 힘을 잃고 바르바토스가 쏘아낸 방향으로 끌려가고 있었기 때문.

"힘을…… 빨아들이는 스킬?"

-크크, 그래. 이 세상에 바람의 폭풍을 피할 수 있는 속성은 없지. 기압의 변화를 통해 원하는 것을 흡수하는 기술이니라.

"대단한데?"

한만식은 본능적으로 스킬의 메커니즘을 이해했다. 공중에 한 지점을 진공에 가깝게 만들어, 모든 공격을 문답무용으로 흡수하는 스킬.

'거기에다.'

진공은 한 곳에 가만히 있지 않았다. 공격 성향까지 있었다.

쐐애애액!

파이몬의 불을 흡수한 바람의 폭풍이 그대로 바사고를 향해 쏘아졌다. 타인의 힘을 역으로 이용하는 바르바토스만의 특수 스킬.

-흥, 허튼짓일 뿐. 우습기만 하구나.

불과 바람의 속성 연계를 본 바사고가 코웃음 쳤다. 동시에 온몸을 좌우로 비틀며 돌진하기 시작했다.

쿠과가가가!

'미, 미친. 공격을 그냥 씹는다고?'

바르바토스의 화력에도 불구하고 바사고는 개의치 않았다. 당황한 한만식은 바르바토스와 함께 측면으로 이동하는 반면, 계속해서 화살 세례를 퍼부었다.

파바바바밧!

손가락이 보이지 않을 정도로 무차별하게 쏟아지는 화살. 하늘로 쏘아진 수많은 기운이 악어의 위에 폭우처럼 쏟아지기 시작했다.

-……!

아까 신음을 들었다시피 바르바토스의 화살 공격은 분명 녀석에게 통한다. 하지만, 그런데도 바사고의 질주는 거침없었다. 시멘트로 포장된 도로가 강물이라도 되듯, 땅을 파고들었으며.

이내.

콰드드드득!

한만식의 바로 밑. 땅속에서 악어가 거대한 아가리를 쩌억- 벌리며 솟구쳤다.

"히엑?"

한만식은 기겁했다.

아무리 죽음에 초연하겠다 다짐했거늘 저 모습을 보며 놀라지 않으면 그게 평범한 사람이겠는가?

-크크, 역시 재미있군, 바사고.

바르바토스의 왼팔이 한만식을 휘감았다. 그러고는 바닥을 향해 통통! 화살을 쏘며 허공으로 튀어 올랐다. 그가 달고 있는 시커먼 날개도 쉼 없이 퍼덕였다.

-날파리 같은 놈!

바사고의 외침과 동시에.

콰드드득!

녀석의 이빨이 엄청난 속도로 닫혔다. 얼마나 빠른지, 총알처럼 날아오르는 바르바토스의 종아리에 살짝 닿을 정도.

"크윽!"

심장이 아릿했다. 소환수가 직접적인 타격을 받은 탓이었다.

'……괜찮아?'

-물론.

'살짝 충격이 있는 거 같은데?'

-조금만 느렸으면 다리 한 짝을 잃었겠지.

'그런 무서운 소리를 아무렇지도 않은 것처럼 말하지 말라고!'

한만식이 질린 표정을 지었다.

이대로라면 안 된다. 바사고의 튼튼한 가죽을 뚫을 수 있는 수단이 필요한데 계속 이렇게 공격만 받다가는, 정말 아무것도 못 해보고 죽을 수 있었다.

'게다가.'

-어딜 정신 팔고 있느냐!

잊을 만하면 튀어나오는 파이몬까지 있으니.

"후우."

그야말로 정신없는 상황이었다.

'일단, 악어의 갑각을 뚫는 건 현실적으로 힘들어 보여.'

수백 발의 화살을 명중했음에도 아직 움직임이 생생했다. 뼈와 가죽보다 취약한 곳을 찾아야 한다는 뜻이다.

하지만, 그러기엔 시간이 없다.

'우선은 파이몬부터!'

-안 그래도 그러려 했느니라.

바람을 밟고 날아오른 바르바토스가 미나미의 미간을 향해 정확히 조준했다. 10악마를 노리는 것보다, 서머너를 노려 단번에 끝낼 심산이었다.

투우웅!

화살이 쏘아졌지만, 금방 사그라들었다. 강력한 화(火) 속성 기운 때문.

파이몬 역시, 공격보단 방어에 치중하고 있었던 탓이다.

'둘 다 수비적으로 전환하면 어떡하지……?'

-흠, 상황이 좋지는 않군.

콰가가강! 화르륵!

이어지는 두 악마의 공격에 바르바토스가 순식간에 코너로 몰렸다.

아무럼 바르바토스의 전투력과 센스가 대단하다 하더라도 비슷한 능력의 두 악마를 홀로 상대하는 건 쉽지 않았다.

'여기서 정해야 해.'

-무얼 말인가?

'내가 굳이 불리한 상황에서 싸우려 했던 이유는 저들의 학살을 막기 위해서였어.'

-그런데?

'그 피해를 그나마 최소화하기 위해서는…… 적어도 한 놈은 데려가야지.'

-훙, 잘도 그런 말을 하는구나.

바르바토스가 퉁명스레 말했다. 결국, 최선을 다해 한 놈을 데려가는 대신에 죽자는 말 아니던가.

하지만 말과 다르게 그의 입가에는 미소가 지어져 있었다. 이렇게 자유롭게 자기 뜻대로 싸워본 적이 언제였던가?

자신이 천계를 나왔던 이유도, 지금 마계를 떠나려 하는 이유도 온갖 빌어먹을 이유들로 자신을 통제하려 했기 때문이었다.

'역시, 무소속이 최고지.'

그는 현재의 그 전투를 진심으로 즐기고 있었다.

-좋아, 그 소원. 못 들어줄 것도 없지.

바르바토스는 손바닥으로 부드럽게 활을 감쌌다.

동귀어진하는 방법은 간단하다. 자신의 내부의 힘을 몽땅 터뜨려, 화살에 담으면 된다.

어차피 자신의 궁술은 일발필중(一發必中). 비록 계약자는 희생되겠지만, 저 파이몬 정도는 데려갈 수 있을 터.

-다만, 네 목숨이 위태로울 수도 있다.

'각오했어.'

-정말인가?

'응.'

꼬마의 눈빛은 흔들림 없었다. 그 진심은 바르바토스에게 그대로 전해졌다.

-좋군.

바르바토스가 씨익 웃었다.

생사의 갈림길에서 주저함이 없는 것. 것이 생명이 가질 수 있는 최고의 자유 아니겠는가?

그는 자신의 계약자가 마음에 들었다.

-폭발하라, 바람의 힘이여.

슈우우우우웅!

그 순간.

일대에 엄청난 광풍이 일기 시작했다. 돌진하던 바사고와 파이몬마저 멈칫할 정도의 강대한 바람이었다.

-바르바토스! 뭐 하는 건가……. 설마?

상대가 뭘 하려는지 알아챈 파이몬이 경악했다.

-크큭, 고작 이런 추잡한 짓을 하려고 배신한 건가?

바사고 역시 경멸 어린 목소리로 중얼거렸다.

드높은 창공의 노래.

그리고 모를 리 없었다.

전설로만 전해져 오던 과거 천계의 대천사였던 바르바엘의 최종 궁극기이자, 본인의 생명을 담보로 하는 기술이었으니까.

-바르바토스! 도대체 그 인간이 뭐길래, 그렇게까지 한단 말인가!

하지만, 파이몬의 외침에도 바르바토스는 천천히 시위를 당길 뿐이었다. 그러고는 자신이 가진 궁극의 스킬명을 천천히 읊었다.

-드높은 창공의 노…….

아니, 읊으려 하던 순간이었다.

-음?

바르바토스의 눈살이 먼저 찌푸려졌다.

-뭐지?

-이 기운은?

다음으로 바사고, 파이몬의 고개가 돌아갔다. 현재 일대를 장악하고 있는 10악마의 기운이 아닌, 생소한 기운,무언가가 아주 강하게 응축된 공포스러운 기운.

그때였다.

슈아아아앙!

멀리서 공기를 찢어발기는 굉음과 함께, 새하얀 광선이 도달했다.

-자, 잠깐?

그 대상은 허공에 멀뚱히 떠 있던 파이몬.

두쿠우웅!

굉장히 둔중한 소리와 함께 사방으로 빛이 폭사했고.

-꺄아아아아아!

일대에 파이몬의 고통스러운 비명이 울려 퍼졌다.

-이건…….

바사고의 얼굴에 당혹감이 서릴 찰나 보호막과 함께 몸통에 자리 잡고 있던 서동희가 고개를 끄덕였다.

"마침내 왔구나……."

으드득!

그의 하얀 이가 갈렸다.

"형."

바르바토스 옆에 있던 한만식 역시 고개를 쳐들었다.

광선이 쏘아진 방향에 있는 커다란 시커먼 용.

'저것은 분명.'

자신이 존경해 마지않는 서머너 마스터의 소환수였다.

"……."

데몰리션 위에 올라탄 진도윤이 굳은 표정으로 일대를 바라봤다.

이미 처참하게 망가진 도시와 산을 뒤집을 정도로 거창하게 싸우는 세 존재.

급히 오느라, 일행들을 데리고 오진 못했지만 메시지는 넣어놨다. 서울역 쪽으로 최대한 빨리 지원하러 와 달라고.

그러고는 세 존재 중 가장 약해 보이는 상대에게 냅다 '뉴클리어 브레스'를 갈겼다.

기세로 끊어놓지 않으면 왠지 돌이킬 수 없는 상황이 벌어질 것 같았기 때문.

그리고, 그 판단은 나쁘지 않았다. 세 존재 중 하나의 모습이 굉장히 익숙하고도 반가운 모습이었으니까.

"꼬마, 너였구나?"

김제하에게 들었던 한만식의 모습.

녀석은 굉장히 성장한 모습이었다. 예전에는 그냥 독기만 가득 찬 눈빛이었다면, 이제는 조금 어른이 된 느낌?

"형……."

"어찌 된 상황인지는 들어봐야겠지만."

녀석은 분명 10악마 중 하나를 통제하고 있었다. 그 10악마 또한 상대와 싸워주고 있었고.

나쁘지 않았다. 아니, 굉장히 좋았다.

'2:2가 성립되니까.'

남은 아홉 마리를 어떻게 처리해야 하나 고민이었는데 이번 사건만 잘 넘기면 상대 진영엔 6개체의 10악마만 남는다.

"고생했다, 꼬마."

진도윤이 대견한 표정으로 고개를 끄덕였다. 한만식 역시 그를 마주 보며 결연한 표정을 지었다.

인사는 나중에 일단 저들부터 처리하자는 의미.

역시 성장한 서머너다운 판단이었다.

하지만, 전투는 바로 진행되지 않았다. 그보다 선행될 대화가 있었기 때문.

"서머너 마스터. 아니, 형이라 불러야 하나? 오랜만이네?"

진도윤의 시야 아래 서동희가 진도윤을 올려다보고 있었다. 입가에 짙은 미소를 이고서.

"크큭."

서동희는 자신의 시야 위. 오연한 자세로 자신을 내려다보는 진도윤을 바라봤다.

'사상 최강의 서머너.'

저 위의 남자는 전 세계의 인정을 받고 있는 서머너였다. 길 가는 아무나 붙잡고 물어봐도 으뜸으로 뽑는 데 주저함이 없는 사람.

'최강……'

서동희는 그 단어의 의미를 곱씹었다.

그 누구나 원하지만, 아무나 가질 수 없는 수식어. 그 이름이 가진 힘이 얼마나 위대한지 분명, 자신의 '바사고'가 훨씬 더 강한 힘을 가지고 있음에도 진도윤에게만 느껴지는 범접할 수 없는 어떠한 아우라가 있었다.

서동희는 그걸 이해할 수가 없었다. 왜 항상 자신은 형만 보면 작아지는 느낌일까?

'심리적인 거겠지.'

10악마의 힘을 빌리고 있는 이상, 노야께 완전한 악마의 사용을 승인받은 이상. 형은 그냥 야생의 먹잇감일 뿐이다.

서동희는 한껏 여유로운 척 입을 열었다.

"후후, 형, 또 보네?"

"……글쎄, 난 너 같은 동생 둔 적 없는데."

진도윤이 픽 웃으며 대꾸했다.

툭- 내뱉은 말이지만, 진심이었다. 저번에 한 번 마주쳤을 때도 생각했던 건데 진짜로 얼굴이 가물가물했으니까.

이름이야 기억에 있다 쳐도, 무려 100년도 더 지난 인연이다. 그의 입장에선, 기억도 안 나는 사람이 자신에게 서운하다고 덤벼드는 꼴.

'뭐, 내가 진짜 상처를 줬을 수도 있겠지만……. 그거랑 지금은 별개의 문제.'

저 녀석은 프리덤의 간부다. 그리고 자신의 눈앞에서 민간인의 목을 뽑았다.

그 외, 수많은 악행을 저질러 겠지.

'다 떠나서.'

자신과 적대하고 있다는 것. 그거 하나만으로 죽일 이유는 충분했다.

진도윤의 두 눈이 차갑게 빛났다.

"크큭, 그 눈빛. 참 마음에 안 든단 말이야. 형, 그거 알아?"

문득 서동희가 물었다. 진도윤이 고개를 갸웃했다.

"그거? 뭔데. 들어나 보자."

그러고는 쿨하게 대꾸했다.

시간을 끄는 거라면, 오히려 이쪽에서 환영이다. 급하게 오느라 아직 동료들이 도착하지 않았기 때문. 10악마 중 둘과 싸우기 위해서는 유리아의 버프가 필수다.

"나 원래 형 팬이었던 거. 서머너 초짜일 때, 형 따라다니면서 이것저것 배웠었지."

"그런 적이 있던가? 뭐, 그랬었던 것 같기도 하고."

진도윤은 대충 대답하면서도 주변을 면밀하게 응시했다.

언제 어떤 상황이 오든 즉각 대응할 수 있도록 긴장을 유지하는 것도 잊지 않았다.

"참 대단했단 말이야. 그때 당시엔 해결책도 없는 고난도 던전들이었거든. 근데 형은 항상 약한 힘으로도 죽지 않고 살아남았어. 과감한 판단력이랑 소환수 컨트롤도 일품이었지."

"흠, 점점 듣기 역해지는데."

칭찬은 고래도 춤추게 한다지만 저 녀석에게 듣는 건 하나도 달갑지 않았다.

"크큭, 난 그 모습에 반해 소속 길드를 탈퇴하고 형 파티에 들어갔었지. 나름 활약도 했었어. 목숨까지 걸어가면서 형을 살린 적도 있었고."

"……?"

파티? 기억이 나지 않는다.

아니, 나지 않더라도 서동희를 동료라 생각해 본 적은 없다.

그냥 나름 실력이 있어서, 던전 몇 번 같이 다녀줬겠지.

"근데, 어느 순간 형이 날 찾지 않더라고. 크큭, 그때 내 기분이 어땠는지 줄 알아?"

"으음……."

굳이…… 그거까지 알아야 하나? 하는 기분이었지만, 진도윤은 일단 계속 들어줬다.

"난 형이랑 꽤 친밀한 관계를 유지하고 있다고 생각했는데, 크큭. 낙동강 오리 알이 된 기분이더라고. 뭐, 형은 모르겠지. 항상 제 잘난 맛에 살았으니까."

"부정하진 않을게."

듣던 진도윤이 고개를 끄덕였다. 제 잘난 맛에 산 건 맞으니까. 근데 어쩌나 실제로 잘난걸.

'원래 시간 좀 끌어보려고 했는데.'

도대체 무슨 이야길 하고 싶은지도 모르겠고 솔직히 들어주기도 힘들었다.

"그래서 하고 싶은 말이 뭐냐?"

진도윤이 귀를 후비적거리며 물었다.

"크큭, 그냥…… 내가 왜 이런 꼴이 됐는지, 알아두라고."

"물어본 적도 없고, 궁금하지도 않은 쓰레기의 푸념이네."

"……뭐라?"

"핑계 좀 대지 마라."

"핑계라고?"

"지금 네가 그 꼬락서니가 된 걸 내 탓을 하는 거냐?"

"……."

"옛날에, 너 말고도 던전 갔던 서머너들 수두룩 빽빽이야. 그리고 그들 중 중2병 걸린 것처럼 흑화해서 지랄하는 놈은 너밖에 없지."

뭐, 자신의 행동에 상처받을 순 있었다. 하지만, 그걸로 본인의 악행을 정당화하려 하는 건 말 그대로 핑계일 뿐이다. 수많은 민간인에게 피해 주는 거랑 자신에게 상처 입은 거랑 도대체 뭔 상관이란 말인가?

'그리고 다 떠나서.'

지금은 적일 뿐인데 상대에게 이해를 바라는 것 자체가 난센스 아니겠는가.

물론, 악마를 소환하는 과정에서 인성에 문제가 생겼을 수도 있다. 하지만 진도윤은 그거까지 생각해 줄 정도로 착하진 않았다.

 "크큭, 뭐, 형 말도 맞아. 어차피 우린 결국 싸워야 하는 사이니까."

 "오, 이제야 정신 차렸냐?"

 "응, 굉장히 흥분되는 순간이라고. 그날 이후로, 내 손으로 형을 무너뜨리는 날만 꿈꿔왔거든."

 -크륵!

 서동희의 말과 함께 바사고가 꿈틀거리기 시작했다.

 "……또 헛소리하는 걸 보니, 아직 정신 차린 건 아니구나."

 우우웅!

 진도윤 역시 가진 기운을 폭발적으로 끌어 올렸다. 240의 감응력으로 증폭된 압도적인 기운이었다.

 "데몰리션, 준비됐지?"

 전투의 기본은 선빵. 괜히 더 시간 끌다가, 한 대 맞고 시작하느니 선공하는 게 낫다.

 "뀨웅!"

 동시에 파괴룡의 입이 쩍 벌어졌다. 숨을 잔뜩 들이켠 데몰리션은, 잠시 후 바사고에게 그대로 뱉어냈다.

 '파이어 브레스!'

 화르르르륵!

 이글거리는 화염의 호흡이 눈앞의 모든 것을 녹일 것처럼 쏟아져 나갔다.

위력도 약하지 않았다. 거대한 바사고가 살짝 움찔할 정도?

-이 개자식들이이이!

안부 인사로 쐈던 '뉴클리어 브레스' 한 방에 부르르 떨고 있던 파이몬이 포효한 것은 그때였다.

-감히 내 앞에서 화(火) 속성 공격을?

곧바로 정신 차린 그녀가 쏟아지는 브레스를 향해 뛰어들었다. 그 모습을 본 순간, 진도윤의 눈살이 찌푸려졌다.

'……브레스의 통제권이 점점 사라지고 있어?'

놀랍게도 파이몬은 브레스의 기운을 자신의 것으로 받아들이고 있었다.

'캔슬해야 하는데.'

아쉽게도 브레스는 한 번 쏟아내면 끝. 도중에 멈출 수 있는 종류의 스킬이 아니었다.

'별수 없지.'

지나간 일을 아쉬워 해봐야 답도 없다. 브레스는 포기하고 다른 공격을 준비하려 할 찰나였다.

-폭풍신의 눈.

투웅!

옆에 있던 바르바토스가 활시위를 당겼다.

허공에 생긴 진공은 통제권을 잃은 브레스를 다시금 끌어당겼고.

화르르륵!

광선이 아닌, 폭풍의 모습으로 바사고에게 다시 쏘아졌다. 불과 바람의 힘이 더해진 연계 공격.

-내 앞에서 허튼수작은 통하지 않는다, 파이몬.

"이야, 대단한데?"

진도윤은 감탄했다.

그러고는 깨달았다. 10악마급 존재 하나가 아군으로 있다는 게, 얼마나 큰 도움이 되는지.

-뭐, 적의 적은 아군일 테니. 잘 부탁하겠다.

"아무렴."

고개를 끄덕인 진도윤이 본격적인 컨트롤을 시작했다.

자신과 한만식을 보호하는 엘라임을 제외하고 모든 소환수를 사방으로 퍼뜨렸다.

"그럼 어디 한번 제대로 놀아보자고."

그의 눈빛이 낮게 가라앉았다.

라스베이거스 세계 협회 본부.

높이 솟아 있는 빌딩과 넓은 정원 앞에, 수많은 A급 서머너들이 모여 있었다. 그리고 건물 중앙에 설치된 커다란 화면에는 멀리서 찍고 있는 서머너 마스터의 모습이 송출되고 있었다.

"아니, 미친, 저게 우리랑 같은 서머너라고?"

"가벼운 공격 하나로 건물 무너지는 거 실화냐?"

"큰일 났네……. 저런 존재만 10개체랬지? 어떻게 싸우라는 거지?"

"진짜 답도 없네."

그들은 넋 놓고 화면을 바라보고 있었다.

짧지 않은 서머니 인생임에도, 처음 보는 압도적인 전투 장면. 그 상대가 자신들이 곧 마주칠 재앙이라 생각하니, 멘탈이 흔들릴 수밖에 없었다.

"젠장."

"난 오래 살고 싶다고."

서머니들이 욕지거리를 뱉어내는 순간.

"여기 아이템 하나씩 받아 가세요!"

누군가가 서머니들의 시선을 한 몸에 끌었다.

"천계 상점에서 대여해 주는 초특급 아이템입니다! 등록증 보여주시고 하나씩 골라가시면 돼요!"

"……저 새낀 또 뭐야?"

"웬 잡상인?"

"여기 A급 이상만 모이는 곳 아니었나?"

"근데 천계 상점? 어디서 들어본 이름이긴 한데."

"흠, 요즘 뜨고 있는 공방 아니었나?"

서머니들이 긴가민가한 표정으로 홍보하는 사람을 주시했다.

온 얼굴을 수염으로 가린 듯한 남자, 털보가 외쳤다.

"하하하, 걱정하지 마십시오! 세계 협회장님께 승인받은 사항입니다."

"협회장님 승인을 받았다고?"

"진짜야?"

어차피, 그들에게 떨어진 명령은 방송이 끝날 때까지 무한 대기. 서머너 마스터의 싸움을 보면, 마음만 답답해지는 터라 그들은 하나둘 털보의 앞으로 모여들었다.

"우선 제 소개를 드리자면, 전 서머너 마스터께서 설립한 길드, '리스트릭트'의 간부 털보라 합니다."

"……리스트릭트?"

"흠, 그런 길드도 있었나?"

"서머너 마스터가 길드를 만들었다고?"

"이야, 그럼 천계 상점의 배후가 서머너 마스터라는 소문이 사실이었단 말이야?"

그의 어그로에 모여드는 서머너들의 수가 점차 증가했다. 털보를 잡상인으로 보던 몇몇 서머너들의 눈빛도 돌변했.

'서머너 마스터'라는 이명이 가진 위력이었다.

"서머너 마스터께서는 수많은 던전을 탐험하시면서 획득해 온 아이템을 저를 통해 판매하고 계셨습니다. 대한민국의 털보 하면 아시는 분도 있으시겠지요."

"마, 맞다! 털보!"

"털보가 누군데?"

"암시장에서 꽤 유명한 거상이야. 기억 안 나? 최초의 S급 아이템 팔렸던 거?"

"아! 그게 털보야?"

"비, 비켜봐! 나도 볼래!"

"너무 가까이 붙지 말자고."

이제 서머너들의 관심이 극에 달했다. 계속 몰려들더니, 이젠 털보를 중심으로 원을 그린 채 기다렸다. 과연, A급 서머너다운 질서였다.

털보가 고개를 끄덕였다.

"프리덤에 맞서기로 하신 여러분들을 위해, 막강한 아이템을 지원해 드리려 합니다."

"아까 대여라 했지? 가격은 얼만데?"

"무상 대여입니다. 원래는 높은 가격에 판매되는 상품들이지만, 여러분 역시 인류를 위해 희생하고 계시니까요."

"오, 무상 대여라……."

"성능은 확실해?"

"우리도 목숨 걸고 싸우는 거라, 아무리 공짜라도 후지면 안 써."

서머너들의 말에 털보가 씩 웃었다.

"밑져야 본전 아니겠습니까? 원하는 사람만 가져가시면 되는 겁니다. 대신 조건이 있긴 합니다."

"조건?"

"분실이나 사망 시 회수를 못 할 수도 있기에 일정량의 보증금을 받고 있습니다. 좀 가격이 세긴 해도 A급 서머너가 충당하기엔 무리 없을 겁니다."

털보는 장사꾼이다. 아무리 인류를 위하는 일이라 해도 할 건 확실히 해야 했다.

"보증금이라……."

"큥."

물론, 몇몇은 탐탁지 않아 하는 분위기였으나.

그럴 때 써먹는 방법이 있다.

"수량이 넉넉하지는 않으니, 먼저 오시는 분부터 받겠습니다."

선착순. 자신에게 기회가 오지 못할 거라는 두려움은, 판단력을 흐리게 만든다.

"나! 일단 나부터 줘봐!"

"나도!"

지켜보던 몇 명이 호기롭게 나섰다. 털보의 말마따나, 받아보고 안 좋으면 쓰지 않으면 되는 것 아니겠는가? 천계 상점이면 나름 유명하니, 보장도 될 테고.

머뭇거릴 이유가 없었다.

"흐흐, 줄 서서 차례차례 등록증 꺼내주시면 되겠습니다."

털보가 기분 좋게 웃었다.

이번 전투만 잘 끝나면 천계 상점은 급속도로 유명세를 탈 터. 세상이 멸망하기 직전에도, 장사 생각만 하는 그였다.

후우우웅!

진도윤의 등 뒤, 펼쳐진 날개 위로 시원한 바람이 불었다.

바르바토스가 조종하는 '자유의 바람'은 바사고와 파이몬의 집요한 공격을 쉽게 벗어나도록 해줬다.

콰드드득!

무너진 건물의 잔해를 들추며, 바사고가 육중한 꼬리를 휘두름에도.

후웅! 후우웅!

속이 뻥 뚫리는 바람 소리가 들렸다 하면, 몸이 절로 공격을 피해냈다. 그의 옷깃을 붙잡고 있는 엘라임이 환호했다.

"우와아아, 진도유운! 대단해! 언제 이렇게 비행 실력이 는 거야?"

"……내가 하는 거 아냐."

다 바르바토스 덕분이다.

'바르바엘이라 했었나?'

과거 대천사 출신답게 바람이 어떻게 불어야 비행이 잘되는지, 누구보다 잘 알고 있는 듯했다.

자신이 하는 거라곤, 그 바람에 몸을 맡기는 것뿐.

그것만으로 완벽한 탈압박이 이루어진다.

"형……."

자신에게 매달려 있는, 한만식이 걱정스러운 표정으로 쳐다봤다.

"꽉 잡고 있어."

그는 하늘을 날며, 무감정한 얼굴을 들어 전장을 살폈다. 바르바토스 역시 반대편을 날며, 속사를 펼치고 있었고 진도윤의 소환수들은 각기 펼쳐져, 10악마에게 딜을 넣고 있었다.

바사고와 파이몬 또한 가만히 있지 않았다. 각종 스킬들과 기운들을 뿜어내며, 소환수들을 지속해서 압박했다.

'나름 박빙처럼 보이고 있긴 하지만……'

이렇게 가다가 누가 이길지 결과는 뻔했다.

자신의 패배. 아무리 바르바토스가 돕는다고 해도 버프도 없고 6성화도 이뤄내지 못한 상태니까. 게다가 '뉴클리어 브레스'와 '정령왕의 돌'의 쿨이 돌지 않은 상황이다.

'빨리 동료들이 와줘야 하는데.'

잡생각을 하면서도, 진도윤은 계속 컨트롤했다.

'데몰리션, 혹한의 지배자!'

후우웅!

냉기가 휘몰아치며, 10악마의 이동속도를 낮췄으며.

'피닉스, 플레임 노바!'

그 위로 압축된 화염의 기운이 폭발했다. 물론, 방꺆(화마술)을 거는 것도 잊지 않았다.

'그리고 소울 콜렉터, 기습 베기!'

적들의 공격을 하나하나 피하면서, 세밀하게 컨트롤까지 하려니 여간 힘든 게 아니었다.

게다가.

'……집요하게 서머너만 노리고 있어.'

녀석들은 영리하게 싸웠다. 소환수들의 공격을 일부 허용하면서까지 집요하게 자신을 노렸다.

10악마쯤 되면 아는 거다. 본인이 죽으면, 나머지 소환수들도 전부 방생된다는 것을.

그렇게 얼마나 시간이 흘렀을까.

"진도유운!"

엘라임의 외침과 함께 묘한 위화감이 일어난 순간 진도윤은 날개를 활짝 펴, 황급히 허공을 날았다.

후우웅!

그 아래쪽으로, 거대한 악어의 꼬리가 아슬아슬하게 스쳤고.

"흐읍!"

콰아아앙!

바로 뒤에 있던 건물의 잔해들이 다시 한번 조각나, 사방으로 튀었다.

그 위로 뭉게뭉게 피어오르는 흙먼지들 거대한 크기답지 않게 엄청난 속도였다.

-크크크.

바사고가 아쉽다는 듯 입맛을 다셨고, 진도윤은 눈살을 찌푸렸다.

'미치겠네.'

시간이 흐를수록 힘이 빠져야 정상인데 바사고는 조금 특이

했다. 오히려 시간이 지날수록 더 빨라지고 강력해지는 느낌. 이대로라면 녀석의 공격에 직접적인 타격을 받는 것도 머지않은 일일 거다.

'그렇게 된다면……'

최소 부상이고 잘못하면 즉사할 수도 있다.

아무리 엘라임이 보호막을 펼치고 있다지만 저 공격은 콘크리트와 철골들을 종잇장처럼 찢어버릴 만큼 강하니까.

'마땅한 답이 안 보이는데.'

점점 느껴지는 격차.

진도윤이 느끼는 답답함이 극에 달할 찰나.

"키이이이!"

전투하던 소울 콜렉터가 후방에 나타났다.

'기습 베기'(S급)를 자신에게 쓰는 녀석만의 이동술.

녀석의 랜턴에 녹색 빛이 번쩍인 것은 그때였다.

"끄응."

답답한 천년한철 속. 오늘도 고통받고 있던 아몬이 침음성을 흘렸다.

'도대체 언제까지 이런 고통을 받아야 한단 말인가.'

사실, 예전부터 죽음에 대해 큰 의미를 부여하지 않던 아몬이었다.

하지만 지금은.

'살고 싶어.'

이렇게까지 생존욕이 올라온 적은 처음이었다.

아니, 사는 것보단 이 빌어먹을 고통을 끝내주기만 한다면 뭐든 할 작정이었다.

"끄아아아, 그만해! 그만 좀 하라고! 이 악독한 놈!"

아몬은 옆에서 울부짖는 루시퍼의 영혼을 힐끔 쳐다봤다.

판데모니엄에 합류해 천계를 등쳐먹은 놈.

바알께서 내리신 명령으로 동참하긴 했지만 원래는 별 관심도 없는 놈이었다. 하지만, 지금은 괜한 동질감이 일었다.

"끄으으……."

아세브라도, 아니, 아세브라도를 통제하고 있는 고대 영혼 '소울 콜렉터'는 진짜였다. 고문을 즐기고, 남에게 고통 주는 걸 낙으로 여기는 존재.

그에게 아무리 그만해 달라 얘기해 봐야, 소통될 리 없었다. 배고픈 호랑이에게 노루가 그만 좀 먹어달라 하면 그게 먹히겠는가?

'진짜 미친 새끼.'

끊임없는 작열통(灼熱痛)을 느끼며 아몬이 욕지거리를 내뱉었다.

자신과 루시퍼는 특별 취급이었다. 영혼의 공간에 따로 분류해 둔 다음에, 쉴 새 없이 괴롭혔다.

어느 정도냐고?

-키이! 키이이!

지금, 전투하는 와중에도 신경 써서 괴롭히는 중이다.

'제기랄, 적어도 전투할 땐, 전투에 좀 집중하라고.'

자신을 잡은 빌어먹을 인간은 현재 바사고, 그리고 파이몬과 싸우는 중이다.

'대단하긴 하네.'

본연의 힘을 가진 채로 인간계에 도착하면 그 누구도 감히 덤비지 못할 줄 알았다. 하지만, 저 소울 콜렉터의 주인이라는 인간은 확실히 특별했다.

당연히 옛날 같았으면 10악마를 응원했겠지만.

'누가 이기든, 그게 무슨 상관이야?'

이미 자신은 이곳에 빠져 버렸는데.

지금은 그저 고통에 벗어나기만을 바랄 뿐이었다.

'잠깐?'

그러던 순간, 문득 머릿속에 한 가지 방법이 떠올랐다.

"이봐! 소울 콜렉터!"

-키이이, 뭐냐.

아몬의 귀로 영혼의 소리가 들려왔다.

"바사고랑 그렇게 싸우면 결국 지는 건 너희야."

-뭐?

"악어는 전투가 시작되고부터 시간이 흐를수록 더 빨라지고 강해지거든. 버티면 버틸수록, 승산이 떨어진다."

-키이, 어쩐지······.

후웅!

바사고의 앞다리를 향해 낫을 휘두르던 소울 콜렉터가 답했다. 그러고는 생각했다.

'놈이 이런 정보를 말해주는 이유는?'

협상을 하려는 거겠지. 고문을 걸고.

'……흠, 고문은 해야 하는데.'

하지만 그것보다 더 큰 문제가, 자신의 주인이 지는 거다.

주인이 죽으면 자신 역시 이 세상에서 사라진다. 더 이상 고문도 하지 못하게 되겠지.

소울 콜렉터의 고민은 짧았다.

-키이이, 10악마의 영혼이여, 바사고의 약점을 말해라.

"그전에 약속 먼저 해라."

-어떤?

"풀어달라고는 하지 않겠다. 대신 나도 다른 영혼들처럼 똑같은 취급을 해달라!"

본래, 아세브라도 속에 갇혀 있던 망령들 그들은 소울 콜렉터를 도와 전투에 직접 참여한다. 그렇기에 따로 고문을 받지 않는다. 아몬은 그렇게만 되도 어느 정도 숨통이 트일 것 같았다.

-고문을 멈춰달란 소리군. 키이이! 뭐, 그 정도야 허락해 줄 수 있지!

소울 콜렉터의 입가가 기괴하게 틀어졌다.

어차피 이곳 내부는 자신이 장악한 상태다. 적어도 아세브라도 안에서의 자신은 '신'과 다름없는 상태.

일단 약점을 얻어내고 이후에 다시 고문해도 아무도 뭐라 할 자가 없을 테지.

"……신뢰가 가지 않는 목소리로군."

-나야 손해 볼 거 없다, 키이이!

"잘 생각하는 게 좋을 거다. 바사고나 파이몬 말고도 다른 10악마와 전투할 때도 도움을 얻고 싶다면. 특히 바사고에 대한 정보는 저 바르바토스도 몰라."

자신은 상위 서열에 도전하느라 악어와 붙어봤지만 바르바토스는 딱 10악마까지만 든 이후. 그다음 전투에 별 관심이 없었었다.

아마, 바사고와는 싸워본 적도 없겠지.

-그래서, 알려줄 테냐?

"그 인간에게 직접 약속을 받아내겠다."

-키이! 주인 말인가?

"그래, 약점도 그 인간에게 직접 말하겠다."

-…….

소울 콜렉터는 잠깐 고민했다.

자신은 소환수. 혹여나 진짜 주인이 고문하지 말라 하면, 자신은 명을 따를 수밖에 없는 존재다.

-키이이, 똑똑한 놈이로군.

"거래는 확실히 해야지."

-…….

소울 콜렉터가 고민하는 이유는 단 하나였다. 혹여 자신의 소중한 장난감 하나를 잃을까 봐.

"잘 생각해 봐. 이번 전투에서 이기면 괴롭힐 영혼 두 개를 더 얻을 수도 있어."

-키이! 키이이이!

소울 콜렉터의 눈빛이 흥분으로 물들었다.

-좋다, 주인에게 데려다주지.

그러고는 곧바로 주인의 후미로 이동했다.

"그래서, 아몬이 약점을 말해주겠다 했다고?"

-키이! 키이이이!

엘라임에게 상황을 전달받은 진도윤이 고개를 끄덕였다.

'생각해 보니 그러네?'

판데모니엄은 마계 중앙에서 악마들끼리 전투를 통해 서열을 가린다. 그렇기에 상위권끼리는 서로 몇 번씩 싸움을 주고받았을 터. 여기서 아몬만큼 10악마를 잘 아는 존재는 없을 테지.

"불러내."

-키이이!

이미 꺼내놨다는 듯 소울 콜렉터가 랜턴을 내밀었다.

스킬, '영혼 추출'(S급)을 통한 영혼과의 소통 시스템.

[소울 콜렉터가 '영혼'을 뽑아냅니다.]
[약, 10분간 영혼과 대화할 수 있습니다.]

-인간!

바깥 냄새를 맡은 아몬의 영혼이 다급하게 외쳤다.

-혹시 느끼고 있지 않은가? 바사고는 시간이 흐를수록 단단해지고 빨라진다!

"잘, 느끼고 있지."

-녀석에겐 약점이 있다!

"그래서 조건은? 더 이상 고통받지 않게 해달라고?"

-그렇다!

"그건 좀 무리일 것 같고, 딱 말할게. 네 조언으로 전투에서 이기면, 녀석에게 딱 1년간 고문하지 못하도록 해줄 순 있어.

-일 년……?

아몬의 영혼이 황당한 듯 중얼거렸다.

고문 동지, 루시퍼에게 듣기로 그는 10억 년 동안 고문 형에 처해졌다 들었다. 거기서 1년을 빼는 게 무슨 의미가 있단 말인가.

"싫으면 말고. 그냥 싸워보지 뭐. 소울아, 다시 넣어 놔. 어차피 약점 같은 거 몰라도 여태껏 잘 싸워왔잖아?"

-자, 잠깐!

아몬이 다급하게 외쳤다.

왜 저러는진 모르겠지만 이대로 협상이 종결되면 다시 고통 속에 빠져야 한다. 다음부터는 협상의 여지조차 없을지 모른다.

'저런 조건을 건다는 건.'

그래도 약속은 지키겠다는 것.

'게다가.'

인간의 수명은 짧다. 저 인간이 죽으면 소울 콜렉터가 어찌 될지도 모를뿐더러.

'오래 살기도 힘들겠지.'

아무리 대단한 인간이라지만 확실히 장담할 수 있는 것, 하나.

'바알께는 안 돼.'

괜히 대악마가 아니다. 10악마 하나도 버거워하는 녀석에게 대악마는 그야말로 재앙.

-좋다! 1년으로 협상하지!

1년 동안, 좀 편하게 지내다가 그전에 인간이 객사하면?

풀려날 수도 있는 것 아니겠는가.

-바사고의 약점은 단순해. 악어의 등은 단단하지만, 배는 연약하지. 아무리 시간이 지나도, 그곳만큼은 단단해지지 않아!

"호오."

아몬의 답에 진도윤이 씩 웃었다.

'어쩐지.'

지금껏 싸우면서도 녀석은 배를 드러내지 않았다.

'막상 공략하려 하면 힘들겠지만.'

그래도 약점을 아는 것과 모르는 것은 천지 차이.

"약속은 지킬게."

진도윤의 무감정한 얼굴에 미소가 지어졌다.

"만약 그 약점이 진짜라면 말이야."

소울 콜렉터 덕분에 해결책을 찾았다.

이제, 저 거대한 악어 놈의 배를 가르기만 하면 될 일.

"후."

진도윤이 숨을 내뱉었다.

'문제는 어떻게 가르냐는 거지.'

현재는 하늘을 날고 있는 터라 보이는 것은 바사고의 등껍질뿐이다. 게다가 녀석은 아까부터 바닥에 배를 깐 채, 절대 약점을 보여주지 않고 있었다.

콰가가가! 쿠구궁!

땅이 흔들리는지, 하늘이 흔들리는지 모를 정도로 사나운 진동 위에서.

"흐음."

진도윤은 아래를 물끄러미 내려다봤다. 그 아래에는 어느새 완전히 폐허가 돼버린 흑색 도시가 보였다.

"으아아, 진짜 엉망이네."

엘라임이 머리를 내저었다. 질린 듯한 표정이 그녀의 낯빛을 물들였다.

"진도유운."

"응."

"무슨 방법이 없을까?"

"흠……. 배가 바닥에 깔려 있는 거면, 내려가서 싸우면 답이 보일 것도 같긴 한데."

"허얼, 저기에?"

엘라임이 말도 안 된다는 듯 되물었다.

한만식의 안색도 푸르딩딩하게 변했다.

"하늘에서도 버티기 힘든데, 바닥으로 내려간다고? 순식간에 뭉개질걸?"

"그렇다고 계속 무의미하게 싸울 순 없잖아."

시간이 흐를수록, 바사고의 힘은 강해진다.

퉁! 투웅!

허공을 누비며 싸우는 바르바토스도, 꿋꿋하게 덤벼드는 자신의 소환수들도 버티기 힘든 듯, 점점 더 힘든 기색을 내비쳤다.

"그래……. 할 거면 빨리해야겠다. 어차피 방법이 있는 것도 아니구."

엘라임이 한숨을 내쉬었다.

[서머너 스킬, '천사화'를 해제합니다.]

판단은 빨랐다.

진도윤은 날개를 해제한 채 엘라임이 띄운 물방울의 도움을 받아 바닥에 내려섰다. 바사고의 붉은 시선이 그에게 향한 것은 그때였다.

-호오, 날파리같이 도망치더니, 웬일이냐?

놈의 보호막과 함께, 머리 쪽에 앉아 있는 서동희 역시 진도윤 일행을 바라봤다.

"크큭, 어때, 형? 해보니까 안 되겠지? 혹시 항복 선언이라도 하려는 거야?"

굉장히 여유로워 보이는 어투. 표정을 보아하니 승리를 확신하고 있는 듯한데.

"닥쳐! 이 인류의 배신자 새끼야!"

받아친 것은 진도윤이 아닌 꼬마, 한만식이었다.

녀석은 입술을 깨문 채, 서동희를 노려보고 있었다.

"오, 이거 봐라? 간부로 뽑아줬더니. 곧바로 배신 때려 버린 우리 한만식이 아냐?"

"개만도 못한 새끼. 너 때문에 이곳 도시에 거주하던 수많은 사람이 죽었어!"

"……?"

"무슨 큰 대의가 있는 것도 아닌, 그냥 네놈의 그 속 좁은 피해의식 때문에."

하긴, 꼬마의 말이 맞긴 했다. 보통 영화나 드라마에 나오는 악당들 같은 경우 뒤틀렸지만, 그래도 멋들어진 사상이나 이념 같은 게 있는데 이놈은 뭔가 멋이란 게 없다.

'고작 한다는 말이.'

과거, 낙동강 오리 알 된 상황에 대한 복수라니.

서동희의 입가가 비틀렸다.

"그래서. 뭐, 나보고 어쩌란 거지? 크크. 꼬마야. 내가 뭐 하나 알려줄까?"

그가 말하자, 한창 진행되던 전투가 잠깐 중단됐다.

"어차피 내가 아니었어도, 여기 있는 애들은 다 죽었어. 누군가는 바사고의 주인이 됐을 테니까."

"웃기지 마!"

"크크큭, 뭐가 웃긴다는 거지?"

"으으윽, 그 재수 없는 웃음. 곧 지워지게 해줄게."

지금껏, 가만히 있던 꼬마가 주먹을 꽉 쥐었다.

후우웅!

그의 주변으로 거센 돌풍이 일었다.

진도윤이 눈을 빛냈다.

'오, 힘을 모았어?'

그러고 보니, 바르바토스도 초반에 스킬 몇 번 사용한 것을 제외하고는 그저 도망 다니며, 활질만 했던 것 같다.

그 말은 비장의 무기를 아끼고 있었다는 소리.

"……형."

"응."

꼬마의 속삭임에 진도윤이 답했다.

"잘 들어. 지금부터 저 녀석을 띄울 거야."

"저 큰 놈을?"

"응. 바르바토스랑 얘기해 봤는데, 모든 힘을 퍼부으면 잠깐은 올릴 수 있을 거래."

"잠깐?"

"응, 잠깐."

"흐응, 그렇단 말이지."

진도윤의 입가에 미소가 지어졌다.

'나쁘지 않은 생각이야.'

배를 깔고 있으면, 저 몸뚱어리를 들면 될 터.

사실, 당연한 논리이긴 했지만 저 악어 놈이 너무 거대해 버리는 바람에 떠올리지 못했다.

"꼬마야."

"응?"

한만식이 진도윤을 바라봤다.

"너, 빛의 성녀 버프 받아본 적 없지?"

"버프?"

"마침, 딱 적절한 순간에 도착해 준 것 같은데. 한번 원하는 대로 해봐."

"……응?"

갑자기 무슨 생뚱맞은 소리인지.

꼬마가 고개를 갸웃할 찰나.

"마스터어어어어!"

저 멀리 들리는 여성의 목소리와 함께 꼬마의 시야가 메시지로 어지럽혀졌다.

[요정 왕 '페어리킹'(★★★)이 '맹공'을 사용합니다.]
[모든 소환수의 공격력이 250% 강화됩니다.]
[요정 왕 '페어리킹'(★★★)이 '의지'를 사용합니다.]
[모든 소환수의 방어력이 250% 강화됩니다.]
[요정 왕 '페어리킹'(★★★)이 '가속'을 사용합니다.]
[모든 소환수의 공격 속도가 250% 상승합니다.]
[요정 왕 '페어리킹'(★★★)이 '면역'을 사용합니다.]
[S급 이하 저주에 100% 저항합니다.]

"으어?"

한만식의 입이 떡 벌어졌다. 바르바토스의 힘이 순간적으로 증폭한 게 느껴졌기 때문.

"이게 무슨 말도 안 되는 버프야?"

그뿐만이 아니었다.

[숲의 고양이 '아묘'(★★★)가 골골거립니다.]
[서머너의 감응력 회복 속도가 500% 증가합니다.]

"……미, 미친. 이게 뭐야."

"뭐긴, 사기 서포터의 도착이지."

진도윤이 씩 웃었다.

과연, 아몬의 경험치가 상당했는지 둘 다 S급임에도 3성까지 찍어낸 희대의 서포터들.

진도윤이 손가락으로 후미를 가리켰다.

"저길 봐라."

"……."

세 인영이 네 쌍의 '천사화' 날개를 달고 날아오고 있었다.

제프리, 유리아, 그리고 유아린까지 든든한 리스트릭트의 멤버들이었다.

"마스터어어! 여기! 쳐다봐!"

"오케이."

파앗!

허공에 떠 있는 유리아로부터 숲의 고양이, 아묘가 수직 낙하하기 시작했다. 녀석의 트레이드마크인 푸른빛 아지랑이를 사방으로 뿜어내면서.

[숲의 고양이 '아묘'(★★★)가 '눈키스'를 사용합니다.]
[해당 당사자가 가졌던 기운이 100% 회복됩니다.]

"크으, 역시."

한 달에 한 번밖에 사용하지 못하는 유리아의 비기.

진도윤의 심장 속으로 그동안 사용했던 모든 감응력이 용솟음치듯 채워지기 시작했다. 힘겨워하던 소환수들도 다시 활기를 되찾고 있었다.

-천계와 마계의 영물인가? 어이없는 기술이로군.

당황한 바사고가 다시 전투를 준비할 찰나.

투욱!

하늘에서 바르바토스가 내려섰다.

-인간이여, 솟구치는 이 힘은 뭐지? 지원군인가?

"지원군? 군인은 아니고, 그냥…… 친구."

진도윤이 어깨를 으쓱이며 답했다.

-그렇군.

"그나저나 저놈. 띄울 수 있다 했지?"

-긴가민가했었는데. 이 정도 힘이면 충분하고도 남을 테지.

"좋아, 정신 못 차릴 때 바로 시작해 버리자고."

갑작스러운 힘의 증진을 느낀 탓일까? 바사고가 뒤로 물러나고 있었다.

-도망친다고 될 듯싶으냐? 바람은 그 어떤 상대도 놓치지 않느니라.

후우웅!

바르바토스의 주변으로 기운이 몰려들었다. 시원한 역전의 바람이었다.

그 시각.

라스베이거스 협회 본부, 커다란 정원은 한창 시끌벅적했다.

"우와, 이거 성능 실화냐?"

"등급 표기 잘못된 거 같은데? A급이 아니라 S급 성능이잖아!"

"……이거 꼭 대여만 됩니까? 그냥 지금 사면 안 됩니까?"

털보에게 아이템을 받아 상태창을 확인한 서머너들의 외침이었다. 부정적이라고는 하나 없는, 전부 긍정적인 반응.

"지, 진짜야?"

"장난치는 거 아니고?"

"나도 받아볼래!"

"선착순이랬지? 여기! 나도 받는다!"

"이봐! 새치기하지 말고 줄 서!"

원래 심리라는 게 그렇다.

여기 모인 이들은 하나같이 각국에서 이름을 날리던 서머너들. 그런 자들이 앞다투어 칭찬하고 있으니, 관심이 없다가도 생길 수밖에 없었다.

비싼 보증금? 그런 건 하등 문제 될 게 없었다. A급 서머너 돈 걱정하는 것만큼 바보 같은 게 없다는 말이 있으니까. 게다가 던전이 만무하는 세상에서, A급 서머너의 가장 큰 자산은 바로 높은 성능의 아이템이다.

돈보다는 목숨이 먼저 아니겠는가?

'호호호.'

털보는 그 광경을 바라보며 속으로 신나게 웃었다.

'역시 장사치는 기회를 잘 잡아야 한다니까.'

이번 사건만 무사히 넘어가면 천계 상점은 세계적인 브랜드로 성장할 터였다.
　그렇게 얼마나 시간이 흘렀을까. 준비했던 모든 아이템이 다 나뉘었을 때였다.
　쿠구구…….
　멀리서부터 미세한 진동이 느껴지기 시작했다.
　"음?"
　"뭐, 뭐지?"
　"지진인가?"
　"나, 나만 느낀 거 아니지?"
　그 순간, 살짝 당황한 서머너들이었지만 그들은 A급 베테랑 서머너들. 이내 대다수가 각자의 소환수를 꺼낸 채, 혹시 모를 사태에 대비했다.
　"저, 저기!"
　그런 그들 중 누군가의 시야에 무언가가 잡혔다.
　"보인다!"
　"어디?"
　"저 앞에! 사자 괴물 안 보여?"
　"사자?"
　"그래, 엄청 큰 수사자! 갈기 보이잖아!"
　어떤 서머너가 가리키는 건물 위, 휩싸인 안개 속으로 사자 형상의 무언가 거대한 형체가 어렴풋이 보였다.
　쿵! 쿵!

형체가 가까워질수록, 진동과 흔들림은 더욱 거세졌다.

꿀꺽!

누군가가 침을 삼켰다. 시끌벅적했던 공간이 순식간에 적막에 휩싸였다. 묘한 긴장감이 주변을 맴돌았다.

건물 내부에 있던, 세계 협회장을 비롯해 모든 간부들도 이미 바깥으로 나온 상태.

"……."

"프리덤인가?"

"다, 다들 전투 준비해!"

"……이미 하고 있어."

그들의 머릿속은 이미 저 사자를 프리덤의 10악마라 단정 짓고 있었다.

그럴 수밖에 없었다. 느껴지는 기운이 숨이 턱 하고 막힐 정도로 압도적이었으니까.

"……괴물."

"너무 크잖아……."

"악어보다 더 큰데?"

"저런 게 몇이나 더 오는 거라고?"

그들도 정보를 들어서 알고 있었다.

프리덤의 총 간부 숫자는 노야를 포함해 열 명.

그중 서머너 마스터가 하나를 잡았고 지금 둘을 상대하는 데다가 하나가 우리 쪽으로 붙었으니.

"그, 그럼 여섯이 오는 건가?"

"저만 존재가 여섯이나 있다고?"

"……살 떨리는군."

하지만 그들의 기우와는 달리 분명 보이는 것은 한 마리뿐이었다. 거대한 사자 한 마리.

녀석의 속도는 재빨랐다.

스르륵!

미처 인지하기도 전에, 협회 건물 앞에 나타나 서머너들을 거만하게 내려다보고 있었으니까.

-크하하하하, 벌레들이 잘도 모여 있구나!

쩌렁쩌렁 울리는 포효.

서머너들은 그 끔찍한 소리에 가슴이 서늘해짐을 느꼈다. 마치 내면 깊숙한 곳에서부터 올라오는 공포가 온몸을 꽁꽁 옭아매는 느낌.

사자는 그들 앞에 서서, 오연하게 자신을 알렸다.

-나는 10악마 중 마지막 권좌에 있는 재생의 악마, 부에르.

녀석의 머리 위에는 서머너로 보이는 남자 하나가 앉아 있었다.

그는 이번에 뽑힌 10간부 중 한 명. 사내는 묵묵하게 지켜볼 뿐, 부에르에게 모든 소통을 맡겼다.

-너희 세계 협회 정도는 나 하나로도 충분할지니, 어디 덤벼 보거라!

그렇다 놀랍게도 라스베이거스에 등장한 10악마는 고작 부에르 하나뿐이었다.

대한민국 협회 본부, 상황실.

널따란 공간에 설치된 수많은 컴퓨터와 모니터 주변으로 직원들이 열심히 현 상황을 분석하고 있었다.

사방에서 들어오는 정보를 취합하고 그것에 따른 전략 판단에 도움을 주는 것. 그것이 이들이 하는 일이었다.

'으음……'

협회장 유준태는 뒷짐을 진 채, 두 상황을 동시에 보고 있었다.

라스베이거스의 상황과. 서울역의 상황.

'세계 협회 쪽에 단 한 놈만 보냈다라……'

유준태는 눈을 감은 채, 생각을 정리했다.

'세계 협회 서머너들 정도는 10악마 하나로 정리할 수 있다는 자신감인가?'

진도윤, 그 녀석에게는 세 마리나 보내놓고 세계 협회엔 한 마리라니 프리덤이 협회를 얼마나 무시하는지 알 수 있는 대목이었다.

'그럼 나머지는?'

아몬은 죽었고 서울에 셋, 라스베이거스에 하나.

총 네 존재가 나타났으니 이제 다섯 존재가 남아 있다.

유준태는 그게 좀 꺼림칙했다. 혹여, 이렇게 묶어놓고 다른 곳에서 민간인 학살이라도 한다면……. 엄청난 피해를 볼 테니까.

'사실 의미 없는 고민이긴 하지.'

열심히 대책을 마련해 보려 했지만 유준태는 잘 알았다. 힘의 밸런스가 맞지 않는다는 것을.

막막한 상황이었다. 마치 지구에 떨어지는 대형 운석을 바라보며 그저 순응할 수밖에 없는 그런 느낌?

'하지만.'

그는 희망을 버리지 않았다. 진도윤, 그 녀석이 전해줬던 말에 따르면 서머너의 힘은 곧 분산된 가이아의 힘이라 했다.

그렇다면 모든 서머너가 단합할 수 있기만 한다면, '신'에 근접한 힘을 낼 수 있지 않을까?

'불개미 수천 마리가 방심한 인간을 죽일 수 있는 것처럼 말이지.'

물론, 엄청난 피해는 감수해야 하겠지만 말이다.

"……회장님, 협회장님!"

한참 상념에 빠져 있던 순간 어디선가 달려온 직원 하나가 급한 표정으로 불렀다.

"음?"

유준태가 상념에서 깼다.

이곳은 상황실 라스베이거스와 서울역에 관한 정보는 이곳에 다 모일 텐데, 직원이 자신을 찾을 이유가 있을까?

있다면 하나다. 다른 곳에서 일어난 사건. 혹시, 또 다른 나라에 10악마가 등장이라도 한 걸까?

유준태의 시선이 직원을 향했다.

"이, 인천공항에 확인되지 않은 항공기가 도착했다고 합니다."

"뭐?"

의외의 보고에 그가 눈살을 찌푸렸다.

대한민국은 10악마가 침범한 국가다. 이러한 시국에 굳이 입국하는 자가 있을 리 없을 터.

"신원은?"

"……입국 수속도 밟지 않고 다 사라졌습니다. 협회 관리관들이 확인했을 땐, 텅텅 비어 있었다고 합니다."

"……"

순간, 유준태의 등골이 서늘해졌다. 인지하고는 있었지만, 애써 부정하고 있었던 것.

'설마……?'

혹여 나머지가 진도윤을 잡기 위해 온 거라면?

'사실…… 내가 프리덤이라도!'

자신이 프리덤이라 해도 진도윤, 그 녀석부터 잡고 대계를 시작할 것 같았다. 현 인류에 10악마를 처리할 수 있는 인물은 오직 하나. 서머너 마스터뿐이니까.

무언가 퍼즐처럼 딱딱 들어맞는 상황에 유준태의 심장이 철렁였다.

"……제기랄. 국내 예비 병력들 지금 당장 모이라 해!"

대한민국은 미국에 지원을 가지 않은 상태다. 이미 10악마의 침공을 받는 국가였으니까 예비 전력으로 빼둔 것이다.
"예비 병력 말입니까?"
"빅3든 소형 길드든 전부 소집해! 비상이다!"
　프리덤의 간부 단체가 대한민국에 떨어진다는 것. 그야말로 재앙이라 할 수 있는 상황이지만, 그렇다고 손가락만 빨 순 없었다.
　국가적인 테러로부터, 국민을 보호하는 것은 협회에 등록된 서머너들의 의무. 비록 질 확률이 99%의 육박하겠지만.
"우리도 전쟁이다."
　협회장은 결단을 내릴 수밖에 없었다. 그런 그의 목소리가 유난히 떨려왔다.

-이런······?
　당했다!
　휘몰아치는 바람에 그 육중한 몸체가 떠 오른 바사고가 입을 찢으며 경악했다. 중심이 잡히지 않은 몸뚱어리 밑으로, 자신의 연약한 약점인 배가 드러나고 만 것이다.
-바르바토스! 이노오오옴! 당장 멈추지 못할까!
　악어는 시뻘건 눈으로 바르바토스를 노려봤다.
-지금이라도 멈춘다면 대악마께 보고하지는 않겠다!

한껏 윽박지른 바사고가 막무가내로 발톱을 휘둘렀다. 녀석들이 다가오지 못하도록, 최대한 발버둥 치는 거다.

하지만 유리아의 버프로 모든 감응력을 회복한 진도윤의 움직임은 재빨랐다.

스르륵! 푸욱!

순식간에 배 밑 부근으로 이동한 소울 콜렉터가 옥빛 낫을 쑤셔 넣었으며.

서거거걱!

둠 나이트와 데몰리션도 그 밑을 질주하며 각자의 무기들을 꽂아 넣었다.

-끄아아아아아!

아래에 느껴지는 통증에 악어가 포효했다. 하얀 배가 시뻘건 피로 물드는 것은 순식간이었다.

-이런 개 같은! 파이몬, 뭐 하는 건가! 빨리 막아!

급기야 파이몬을 재촉하기까지 했다.

아까부터 존재감 없이 싸울 때도 본인이 잘하면 되니까, 신경 쓰지 않았었는데 이제는 다급하다는 방증이었다.

후웅! 후웅!

바사고의 기다란 꼬리가 활처럼 휘었다.

그러고는.

쐐애애액!

배 밑을 향해 힘차게 휘둘러 댔다.

정확히 조준할 정신도 없었다. 어떻게든 하나 얻어걸리면,

꽤나 큰 타격을 받겠지.

-…….

그런데 어째서일까. 공격이 맞질 않는다. 빈 곳만 마구잡이로 휘두르는 느낌.

반면에, 자신의 배는 계속해서 꿰뚫리고 찢어지고 상처 나고 있었다.

"바, 바사고! 뭐 해! 힘을 줘서 누르면 되잖아!"

-닥쳐라! 그게 말처럼 쉬우면 당장 했지!

급기야 서동희에게까지 화를 냈다. 그만큼 아프고 괴로운 탓이었다.

이미 머릿속으로는 자신의 몸이 수천 갈래로 찢어지는 상상을 하고 있었다.

-이런 빌어먹을!

얕봤다. 얕봐도 너무 얕봤다.

아무리 바르바토스가 배신했다 해도 자신과 달리 여덟 번째 권좌라 확실히 이길 수 있을 거라 생각했는데.

설마 자신의 몸뚱어리를 띄워 버릴 정도의 힘이 있을 줄은 상상도 못 했다.

'게다가.'

자신의 약점을 어떻게 안 거지? 지금으로선, 대악마와 아가레스 말고는 그 누구도 모를 텐데.

아몬도 알고 있긴 했었는데, 녀석은 이미 죽었으니까.

-끄아아아, 서동희! 뭐라도 좀 해결책을 가져와 봐라!

바사고가 몸을 무작정 비틀었다. 갈라진 배에서는 피가 폭포처럼 쏟아지고 있었고, 몇 가지 장기들도 흘러나오고 있었다. 시간이 흐를수록 강해졌던 힘도 다시 초기화된 상태.

당황한 서동희가 외쳤다.

"파, 파이몬! 아니, 미나미!"

미나미는 요미가 뽑은 9간부. 현재, 어딘가에 은신한 채로 파이몬을 통제하고 있을 게 분명했다.

-……?

고독한 싸움을 펼치던 파이몬이 고개를 갸웃하자 서동희가 냅다 소리 질렀다.

"파이몬! 일단 바사고 배 좀 지져봐!"

-뭐, 뭣이?

바사고가 경악했다.

해결책을 마련하라 했더니, 뭐? 자신의 배를 지지라고?

"장기 다 튀어나오잖아! 임시방편으로 상처 부위만 좀 해결하자고!"

-이 미친놈이 뭐라는 거냐!

바사고가 흥분했다. 누구든 위급한 상황일 때 본모습이 드러난다더니 자신의 동반자가 이렇게 멍청한 존재였을 줄이야.

-내 배는 약점이다! 거기다 10악마급 불을 쏘게 되면 어찌 될지 모른단 말이냐?

"그럼 나보고 어떡하라고!"

-미치겠…… 끄아아악!

서동희와 다투던 바사고의 눈동자가 순간적으로 커졌다. 그의 배 밑으로 엄청난 전류가 들이닥쳤기 때문.

엄청난 감응력을 담은 데몰리션의 '썬더 브레스'(S급)였다.

파즈즈즉!

-끄악! 끄아아악!

얼마나 강했는지, 이미 배 부분이 검게 물들어 버린 녀석이 바람을 벗어나 주변 폐허에 처박혔다.

쿠콰가가가가!

마치 지구 자체가 흔들리는 것처럼, 엄청난 굉음이 공간을 떨쳐 울렸다.

-후우.

바람의 기운을 회수한 바르바토스가 심호흡을 하며 진도윤 옆에 내려섰다.

-이거로 끝, 난 더는 무리다. 힘을 다 썼어.

"그걸로 충분해."

진도윤은 여유롭게 걸으며, 상황을 바라봤다.

약점 하나로 바사고가 거의 전투 불능 상태에 빠졌으며 파이몬 역시 초반에 뉴클리어 브레스를 맞춘 게 유효했는지, 죽을 쑤고 있었다.

꾸욱!

진도윤이 주먹을 꽉 쥐며 중얼거렸다.

"약속한다, 너희들은 내가 치매 걸리는 그 순간까지 고통받게 해줄게."

무너진 서울역. 이제는 비명조차 들리지 않는 이 도시에서 죽어간 사람이 몇이나 될까? 녀석들은 대가를 치러야 했다.

아무리 모르는 누군가의 죽음에 무심한 진도윤이라 해도 그도 사람이다. 타 종족에 의해 억울한 죽임을 당한 민간인들에게 안타까운 마음이 드는 건 당연했다.

'특히 서동희.'

이놈을 어떻게 해야 할까?

바로 죽이기엔 그 죄가 너무 괘씸하고 그렇다고 영혼 흡수를 하면 감응력으로 화할 게 뻔한데.

"끄악, 끄아악!"

어떻게 살아남았는지. 폐허 틈 사이에 끼어, 비명을 지르는 서동희의 모습이 잡혔다.

전류에 지져진 바사고는 몸을 움찔거리며, 떨고만 있을 뿐.

-죽어!

화르르륵!

소환수들과 싸우던 파이몬이 방향을 틀어 진도윤에게 다가온 것은 그때였다.

바사고가 당한 이상, 그녀도 전세가 역전됐다는 걸 인지한 상태. 마지막 회심의 공격으로, 진도윤을 직접 타격할 속셈이었다.

"진도유운!"

"어딜……."

진도윤이 재빠르게 감응력을 끌어올렸다.

이윽고 썰물처럼 빠져나가는 기운.

총 다섯의 소환수가 버프를 받은 채 합심하니.

-으윽!

파이몬의 경로가 순식간에 막혔고 이내 재빠르게 이동한 데몰리션이 꼬리로 힘차게 후려쳤다.

퍼억! 쿠당탕!

-끄아아악!

파이몬은 느꼈다. 더 이상 상대가 안 된다는 것을.

이미 오랜 전투로 힘이 빠져 있었고, 상대는 그에 비해 풀 컨디션이다.

-…….

문득, 파이몬은 어떠한 감정을 느꼈다.

거의 천 년 만에 마주하는 감정. 그것은 두려움이었다.

고작 인간에게 벌레보다 못한 존재라 생각했던 종족에게.

-그럴 리가 없다!

화르르륵!

어떻게든 상대해 보려고 안간힘을 써봤지만 자신의 손에서 뿜어져 나온 염화가 그대로 피닉스에게 먹힌다.

-…….

완전히 패색이 짙은 상황.

"이미 힘 빠진 주제에, 그만 발악해라."

진도윤이 피식 웃으며 걸었다.

그리고 꼴사나운 두 10악마를 바라봤다.

"빨리 마무리해 줄게. 어차피 너희는 죽어서도 고통받아야 하니까."

"키이이익!"

과연 주인답다는 듯, 옆에서 소울 콜렉터가 신나게 포효했다.

진도윤이 다시 감응력을 끌어 올렸다. 승기를 잡았을 때, 확실히 마무리해야 한다.

'물약은……'

그냥 빼지 말자.

가이아가 당부하지 않았던가. 악(惡)을 잡으려고 욕심부리다 세상이 무너질 수도 있다고. 가브리엘도 예언으로 경고하기도 했고.

아직, 자신이 없었다. 데몰리션의 본체가 세상에 드리워졌을 때, 녀석을 완전히 통제할 수 있을 거란 자신이.

우우웅!

그렇게 휘몰아치는 감응력과 함께 데몰리션이 날카로운 발톱을 세울 찰나였다.

"마스터!"

뒤에서 제프리가 뛰어오고 있었다. 굉장히 심각한 표정으로.

"왜?"

"……진조의 정찰에, 다른 놈들의 기운이 잡혔다."

"다른 놈?"

"10악마로 파악되는 놈……. 넷이 엄청난 속도로 이곳으로 오고 있다! 피해야 해!"

"……뭐?"

청천벽력 같은 소리였다.

"……."

진도윤의 표정이 복잡해졌다.

여기서 10악마, 넷을 더 상대해야 한다고?

말 같지도 않은 소리. 제대로 싸워보기도 전에 죽을 게 분명했다.

'그렇다고 도망갈 수가 있나?'

진도윤이 고민하는 이유는 단 하나. 자신이 없으면, 그들을 막을 수 있는 존재가 없기 때문이다.

혹여 저들이 홧김에 대한민국을 초토화하기라도 하면 어쩐단 말인가? 전부 다 죽은 후에, 혼자 살아 남아봐야 사는 것이 의미가 있을까?

"지, 진도유운! 고민할 게 뭐 있어! 자기 목숨이 제일 중한 거지! 저놈들 빨리 처리하고 튄 다음 후일을 도모하자!"

진도윤의 옆으로 엘라임이 불쑥 날아올랐다. 고민을 무색하게 하는 단호한 얼굴.

그녀를 잠시 쳐다보던 진도윤이 고개를 흔들었다.

"아니, 목숨이 아깝진 않아."

만약, 세상에서 제일 중요한 것이 목숨이었다면 프리덤과 싸우는 일도 없었을 것이며, 애초에 최후의 미궁에도 들어가지 않았을 거다. 적당히 자신과 타협해 가며 살았겠지.

그가 조용히 중얼거렸다.

"흠, 어차피 부딪힐 일이긴 했거든?"

"그, 그게 왜 하필 지금이냐는 거지! 못 들었어? 10악마 둘도 이렇게 고생했는데, 넷이 온다고 넷이!"

엘라임이 답답하다는 표정으로 외쳤다. 자신의 주인이 승산 없는 싸움을 하려 하니, 그럴 수밖에. 게다가 남은 다섯의 악마는 순위들도 높지 않던가.

"네 마음은 이해해. 무슨 말인지도 잘 알겠어. 다만, 누군가에게 도망치는 건 역시 내 스타일이 아냐. 기억하지? 미궁에서도 답도 없는 상황들 많았는데. 결국은 잘 헤쳐나갔었잖아?"

"이번엔 달라! 다르다고! 이 답답아!"

엘라임이 뾰로통한 얼굴로 허리춤에 양손을 짚었다.

그러고는 유리아를 바라봤다.

"유리아, 너도 뭐라고 말 좀 해봐!"

"난 뭐……. 어차피 마스터 덕분에 살아 있는 몸이라. 싸워도 상관없긴 해."

"뭐엇?"

"나도 마찬가지다. 선택은 마스터가. 그게 우리 스타일이었지. 혹여 지더라도 후회는 없다."

제프리까지 나섰다.

"참……."

엘라임이 질린 표정을 지을 찰나.

부스럭, 부스럭!

진도윤의 뒤쪽에서 시끌벅적한 소리가 들려왔다.

"여긴가?"

"도윤 씨?"

부서진 건물의 잔해를 밟으며 다가오는 것은 서머너 집단이었다.

빅3의 간부와 협회의 A급 서머너들. 대월 길드의 마스터 유중원과 그의 딸 유민정도 보였으며 은하 길드의 박재웅과 일성 길드의 정준철도 보였다.

의외의 인물들에 진도윤이 놀라 물었다.

"여기엔 어떻게……?"

"도윤 씨가 목숨 걸고 싸우고 있는데, 어떻게 구경만 하겠어요. 미약한 힘이라도 도와야죠."

가장 선두에 있던 유민정이 씩씩하게 답했다.

"으음……."

진도윤이 침음성을 냈다. 마음은 고맙지만, 10악마 넷이 다가온다면 이들은 그냥 개죽음이다. 도움이고 자시고 할 것도 없다.

저들 전부 유아린 하나 상대하기도 힘든 전력 아니던가.

"걱정하지 마세요. 협회 서머너 중에 특수한 능력을 갖춘 자가 있거든요."

난감해하는 진도윤의 표정을 본 유민정이 싱긋 웃었다.

"특수한 능력?"

"네, A급인데 다른 서머너들의 힘을 끌어다 융합시킬 수 있어요. 하나하나 각자의 힘은 약하지만, 뭉치면 나름 도움 될걸요?"

당차게 답하는 그녀였지만, 그녀의 목소리는 분명 살짝 떨리고 있었다. 앞으로 있을 전투에 긴장되는 것이다.

그녀의 뒤에 도열해 있는 서머너들의 낯빛도 굉장히 어두워 보였다.

왜 두렵지 않을까? 다만, 이들이 나설 수밖에 없는 이유는 분명했다. 어차피 서머너 마스터가 죽으면 인류의 미래는 없으니까.

도망쳐서 비굴하게 살다가 죽으니 미약한 희망이라도 보일 때, 함께 싸우고 싶은 거였다.

진도윤은 그런 그들의 마음을 이해했다.

"후, 이거 싸울 수밖에 없겠는데?"

유리아가 피식 웃으며 말을 이었다.

"도와주겠다고 온 지원군을 놓고 우리끼리만 도주할 순 없잖아?"

"에휴."

엘라임은 이마에 조그마한 손을 댄 채, 고개를 절레절레 흔들었고.

진도윤은 쓴웃음을 지었다.

"일단, 저 두 놈부터 처리하자고."

"경험치는?"

유리아가 물어왔다.

사실 아까부터 머뭇거리고 있던 게, 그 문제 때문이었다. 10악마 넷이 오고 있다는 소리를 듣기 전엔, 그냥 경험치를 포기하려 했는데 막상 10악마가 다가온다니까, 경험치를 먹고 싶어진 것이다.

'조금이라도 더 강해져야 하니까.'

눈을 감은 진도윤이 냉철하게 판단했다.

'흐음……. 데몰리션이라.'

머리가 지끈거렸다.

일종의 도박 수다. 데몰리션을 통제할 수 있게 된다면 위기를 기회로 바꿀 수 있는 상황이 올 것이요.

데몰리션을 통제할 수 없게 된다면 그냥 이 세상 모든 존재가 지워질 수도 있는 거다.

'하지만, 역시.'

진도윤이 데몰리션을 물끄러미 바라봤다.

그러고는 결정을 내렸다.

꿀꺽! 꿀꺽!

가방에서 포션을 꺼내 마시기로.

그 모습을 본 유리아가 곧바로 버프를 걸었다.

[요정 왕 '페어리킹'(★★★)이 '축복'을 사용합니다.]
[모든 소환수의 경험치 획득량이 500% 상승합니다.]

한층 강화된 버프.

이로써, 총 2,400%의 경험치를 얻게 된다.

진도윤은 먼저 구석에 숨어 숨을 몰아쉬고 있는 여성에게 다가갔다.

미나미라 불리는 여자.

"쿨럭, 쿨럭!"

잔해 속에서 먼지를 마시며 숨죽이고 있던 그녀가 화들짝 놀라 기침했다.

"……숨을 수 있을 것 같았냐?"

A급 서머너는 상대의 기운을 파악할 수 있다. 하물며 S급인 진도윤 앞에서 몸을 숨긴다는 건 어불성설.

초면인 그녀에게 딱히 할 말은 없었다.

"프리덤에 들어간 네 선택을 원망해라."

푸욱!

둠 나이트의 예리한 검이 그녀의 심장을 뚫었다.

"커억!"

결국, 피하지 못한 미나미는 시뻘건 피를 토해냈다. 노려보던 눈에 힘이 풀린 그녀는, 잠시 후 옆으로 픽 쓰러졌다. 깔끔한 죽음이었다.

물론, 그에 맞추어 메시지가 떠올랐다.

서머너와 소환수는 생사를 함께하니까.

[불의 악마, '파이몬'(★★★★★)을 처리합니다.]

[경험치 240,000,000,000exp를 획득합니다!]

데몰리션에게 480억의 경험치가 들어왔다. 이제 만렙까지 남은 경험치는 약 2,000억 정도.

[주의! 주의! 주의!]
[가이아가 당부합니다! 데몰리션의 봉인이 풀리면 위험할 수 있습니다!]

빨간 메시지가 시야를 가로막았지만 진도윤은 거침없이 다음 상대를 향해 걸어갔다.
"으으아아아……."
아직도 시커멓게 타오른 채로 부들부들 떨고 있는 바사고와 내부에 큰 타격을 입었는지 검은 피를 토해낸 서동희.
"끄으으. 혀, 형은…… 결국 원하는 걸 이뤄내지 못할 거야."
진도윤의 살기를 느꼈을까. 빠르게 생을 포기한 서동희가 악담을 퍼부었다.
"……."
진도윤은 자세를 낮춘 채, 그를 물끄러미 쳐다봤다.
역시나, 그냥 죽이긴 아까운데.
그렇다고 시간을 끌 수는 없는 노릇이다. 다른 10악마가 언제 도착할지 모르는 일이니까.
"원하는 거?"

피식 웃은 진도윤이 그의 귀에다 대고 속삭였다.

"어차피 곧 죽을 놈이 뭐라 씨부렁거리는지 모르겠군."

푸욱!

둠 나이트가 다시 한번 검을 찔렀다. 한 치의 머뭇거림도 없는 과감한 동작이었다.

"끄윽!"

심장에 느껴지는 고통에 단말마를 터뜨린 서동희가 몸을 부르르- 떨었다.

얼마나 억울했는지 눈을 부릅뜬 채로 점점 생기를 잃어가는 녀석.

"이번 생에 나라를 팔아먹은 것도 아니고 인류를 팔아먹었으니…… 다음 생엔 죗값을 꼭 치러라."

3간부, 서동희가 마침내 죽음을 맞이했다.

[예언의 악마, '바사고'(★★★★★)를 처리합니다.]
[경험치 240,000,000,000exp를 획득합니다!]

"좋아."

두 악마는 확실히 끝내뒀다.

"키이이!"

옆에서 소울 콜렉터가 허겁지겁 영혼을 흡수하고 있으니 확실하다.

이로써 잡은 악마는 총 셋. 남은 일곱만 잡으면, 다시 평화가 찾아올 터.

'다 덤벼보라고.'

진도윤의 눈동자가 형형하게 빛났다.

 천계의 네 구역을 가지로 떠받들고 있는 중앙 구역. 거대하고 성스러운 세계수 앞에 100여 명의 치유 천사와 세 대천사가 모여 있었다.

"……."

 과거, 푸르게 빛나던 세계수는 현재 빛을 잃었고 마치 공간에 시간의 흐름이 멈추기라도 하듯, 이파리 하나 펄럭거리지 않고 있었다.

"라파엘……. 상황은 어떠하느냐? 진전은 있느냐?"

우리엘이 물었다.

위이잉!

 치유의 대천사, 라파엘은 자리에 앉은 채 기운을 세계수에 쏘아내고 있었다. 뒤에 도열 된 치유 천사들의 도움을 받아서.

 이마에 줄줄 흐르는 식은땀은 그녀가 얼마나 힘든 의식을 치르는지 알 수 있도록 했다.

"후우, 저도 잘 모르겠어요."

라파엘이 힘겹게 답했다.

"제힘은 미약할 뿐이에요. 그저 세계수의 회복을 살짝 돕는 것뿐. 모든 것은 세계수의 의지에 달려 있어요."

"……그런가?"

우리엘이 답답한 표정으로 중얼거렸다.

그녀는 마음이 급했다. 미카엘에게 진도윤의 현 상황을 공유받고 있었기 때문.

'은인이 위험한데……. 도울 수 없는 현실이라.'

그녀는 약속했었다. 그럴 일은 없겠지만 혹여 천신께서 반대한다고 하더라도 그를 도울 것이라고.

이미 천계는 정리가 끝났다.

모든 천족들의 저주를 풀어냈고 각 구역에는 5,000씩 도합 2만의 천사군이 모여 있었다. 과거 천마 대전 이래로, 처음 모여보는 엄청난 숫자의 군대.

'하지만.'

세계수의 도움이 없으면, 인간계로 내려갈 수 없다.

'제발……'

속으로 천신께 기도하며, 우리엘이 주변을 쳐다봤다.

"세계수여."

옆에 있던 가브리엘 역시 간절하게 빌고 있었다.

"삼계의 균형이 깨졌습니다. 그 균형을 맞추기 위해서는 천계의 힘이 필요한 상황이니, 부디 굽어살펴 주소서."

벌써 5일 밤낮으로 하는 의식이었다. 모든 준비를 마친 채, 세계수가 깨어나기만을 기다리는 것.

그들은 잠도 자지 않은 채, 빌고 또 빌었다.

그렇게 시간이 얼마나 흘렀을까.

후우웅!

가브리엘의 기도에 응답하기라도 하듯, 미약한 바람이 불어온 것은 그때였다. 멈춰 있던 세계수의 잎이 살짝 흔들렸고.

꿈틀!

기둥으로 이루어져 있는 나무뿌리들이 불끈불끈 꿀렁였다.

일반 천족이었으면 절대 보지 못했을 미약한 움직임. 하지만 우리엘은 그것을 놓치지 않았다.

"……가브리엘?"

우리엘의 두 눈이 휘둥그레졌다.

"지, 지금 봤느냐?"

그러고는 급속도로 흥분했다.

"……무엇을?"

눈을 감고 기도하느라, 움직임을 못 본 가브리엘이 되물었다.

"부, 분명 봤느니라! 세계수가 반응하는 것을!"

"세계수가?"

"정말요?"

회복을 돕던 라파엘 역시 새하얀 날개를 펄럭이며 되물었다. 피곤함에 찌들어 있던 그들의 얼굴이 희망의 색으로 물들었다.

"저, 정말이야! 빨리 더 기도하거라! 더욱더! 열심히!"

콩닥, 콩닥!
우리엘은 펄떡 뛰는 심장을 느끼며, 계속 응원했다.
미카엘의 말에 따르면, 현재 은인이 굉장히 위태로운 상황.
'제발, 조금만 더 빨리!'
우리엘 역시 속으로 간절히 빌고 또 빌었다.

5장

서울역, 아니, 불과 몇 시간 전까지 '서울역'이라고 불렸던 장소에 다수의 서머너가 모여 있었다.

기차역이 사라지고, 수많은 호텔이 무너져 내렸으며 심지어 국보 1호인 숭례문까지 형체를 알아보기 힘들 정도로 박살 난 상황.

진도윤과 일행들, 그리고 빅3의 서머너들은 그 광경을 바라보며 그곳에 우두커니 서 있었다.

"……마스터."

굳은 표정의 남자, 제프리가 입을 열었다.

진도윤이 답했다.

"응."

"그놈들……. 거의 근접한 것 같은데, 정말 싸울 건가?"

"으음."

진도윤이 턱을 어루만졌다.

'나도 느껴져.'

사방을 포위한 채, 거리를 좁히고 있는 네 존재. 거기서 풍겨오는 기운이 끔찍할 정도로 막강했다.

'10악마는 강해. 게다가 우리에겐 조그마한 정보조차 없는 상황이야.'

프리덤의 간부 대다수가 다른 걸 제쳐두고 이곳으로 모인다는 말은 앞으로 뭘 하든, 자신을 끊어내고 가겠다는 뜻으로 이해할 수 있었다.

'뭐, 도망칠 수 없는 건 아니지만.'

스킬, 차원 관리를 쓰면 잠깐이나마 그들을 피할 순 있을 거다.

다만 이곳에 존재하는 모든 서머너를 데리고 가는 것은 불가능하다. 차원의 문에 입장할 수 있는 인원에 제한이 있기 때문.

게다가, 피한다고 갈 곳이 있는 것도 아니다. 어차피 데몰리션을 6성화 하려면, 10악마를 잡아야 하니까.

'요구 경험치량이 너무 극악이라 평범한 사냥 속도로는 어림도 없어.'

천계나 마계에 가서 열심히 사냥한다 치면 그때는 이미 인간계가 쑥대밭이 되고 난 상황일 거다.

즉, 모든 것을 판단해 봤을 때 역시, 붙어보는 게 낫겠다는 판단이었다.

'문제는 균형인데.'

진도윤은 자신을 10악마 하나 정도의 힘으로 가정했다. 아몬도 잡았고, 바사고와 파이몬도 잡았으니 이건 의심할 여지가 없다.

'바르바토스도 있고.'

한만식까지 하면 둘.

'거기에 동료들이랑 지원군들까지 합하면.'

셋? 아니, 셋까지는 안 된다.

한 2.5 정도라 치면 대충 2.5:4의 싸움이라는 것.

다만, 진도윤에겐 기대할 수 있는 비대칭 전력이 있다. 확실하지는 않지만 도움 줄 수 있을지도 모르는 이들.

'데몰리션과 천계.'

즉, 완전히 희망을 버리고 싸울 필요는 없다는 뜻이다.

"음?"

스스슥!

그때, 그들의 주변으로 네 인영이 떨어져 내렸다. 그중에는 두건 쓴 거구의 남자와 일본인 여성도 있었다.

"참…… 오빠 말이 맞았네. 하여튼 서동희 그놈…… 지가 가겠다고 고집부릴 때부터 알아봤다니까."

치익!

담배를 꼬나문 요미가 정황을 파악하더니, 이내 고개를 절레절레 흔들었다. 더 문 역시 앞으로 나서며, 중얼거렸다.

"나름 빨리 온다고 온 건데. 변수가 있었나 보군."

"인정, 딱 봐도 저놈 바르바토스가 배신했잖아. 어휴."

8간부, 한만식. 그를 뽑은 자도 서동희다.

즉, 이들의 관점에서 사고만 한바탕 친 채, 죽어버린 셈.

더 문과 요미가 욕해도 상관없을 상황이긴 했다.

"이 정도면 솔직히 서동희 그놈, 적군이라 해도 할 말 없는 거 아니야?"

"요미, 문제는 그게 아니다."

"응, 알아. 나도 굳이 이미 벌어진 일 가지고 왈가왈부하기 귀찮네."

"녀석들은 벌써 10악마 셋을 소멸시켰다."

"그치."

요미가 고개를 끄덕였다.

사실, 이곳으로 방향을 튼 것도 더 문의 계획이었다. 대계를 코앞에 두고, 그렇게 바쁜 것도 아닌 상황에서 눈엣가시인 서머너 마스터를 처리하고 가는 게 나은 판단이라 생각했으니까.

눈을 감고 상념 하던 더 문이 기운을 끌어올렸다.

"아직 늦지 않았다. 아무리 저들에게 승산이 없다 해도, 지금부터 방심은 없어."

"오케이. 다들 들었지?"

후우우, 연기를 내뿜어낸 요미가 다른 두 간부에게도 찡긋했다.

"네, 문제없습니다."

"마르바스도 빨리 싸우고 싶다고 아우성칩니다."

"아, 마르바스는 저 녀석에게 빚이 있었지?"

안개의 악마, 마르바스.

부하 중 한 명이 그를 다스리고 있는 것 같았다.

"……."

갑자기 도착한 넷이 눈앞의 상대는 안중에도 없다는 듯 떠들어대는 걸 보고도 진도윤과 일행들은 굳은 채, 움직이지 못했다.

'숨이 턱 막혀.'

여유롭게 대화하는 것처럼 보여도 그들 주변에서 뿜어 나오는 어떠한 기운이 서머너들을 꽁꽁 옭아매고 있었기 때문이다.

'전투는 이미 시작된 지 오래다.'

하긴 서로가 서로한테 칼을 겨눈 지 꽤나 오래된 상황에서 굳이 서로가 대화할 필요가 있을까?

우우웅!

진도윤 역시 입술을 깨물며, 감응력을 끌어올렸다.

"우리도 시작한다. 각자 목숨은 각자가 지켜. 나도 여유 없으니까."

"네, 넵!"

유민정이 신속하게 답했지만, 그들은 이미 온 얼굴에 식은땀을 흘리고 있었다.

'미쳤어!'

저도 모르게 속으로 욕을 내뱉었다.

화면으로 보던 것과는 차원이 다른 압박감.

그러나 아직 끝이 아니었다. 돌연히 사방에서 무시무시한 기운과 함께 형체들이 드러나기 시작했다.

좌측에는.

-귀요미들, 안녕?

여섯 번째 권좌, 매혹의 악마, 천족 여성의 모습을 가진 발레포르가 있었고.

우측에는.

-벌레 같은 놈. 이날만을 기다리고 있었다!

늙은 노인의 얼굴에 온 얼굴이 사자 갈기로 뒤덮여 있는 괴물. 과거 네비아레 마을에서 봤었던 흉측한 악마, 마르바스가 있었다. 물론, 그때보다 수배는 더 강인한 모습이었다.

그뿐만이 아니었다. 후방에는 근육으로 뒤덮인 거대한 흑마가 버티고 서 있었다.

요미가 컨트롤하는, 10악마 중 네 번째 권좌. 물의 악마, 가미긴이었다.

그리고 가장 전방에는.

'빌어먹을.'

유민정은 본능적으로 뒷걸음칠 수밖에 없었다.

쿠구구구구!

눈앞에서 생으로 대지가 갈라진다. 그 사이로 들끓는 용암이 솟구쳤고, 이내.

콰아아앙!

노인이 바닥에 거대한 크레이터를 남기며 나타났다. 앞선 세 10악마보다 훨씬 강대한 힘을 내뿜고 있는 존재, 바로 더 문의 아가레스였다.

"……."

서머너들은 할 말을 잃었다. 도저히 상대가 제정신으로는 맞상대할 수 없을 것 같은 느낌.

'미쳤다, 미쳤어.'

'서머너 마스터는 여태껏 이런 상대랑 싸워온 거야?'

'도대체 어떤 싸움을 해오신 겁니까…….'

자연스럽게 시선이 진도윤에게로 향했다. 화면으로 봤을 때보다 유난히 더 커 보이는 그의 등빨.

물론, 진도윤도 가만히 있지 않았다.

"데몰리션."

"뀨웅!"

"너도 원래 한 덩치 하잖아?"

그는 장담할 수 있었다. 과거, 미궁 끝자락에서 만났던 데몰리션의 위용은 분명, 저들 못지않았었다.

[스킬, 변화하는 육체(S급)를 사용합니다.]

"크롸라라라!"

5성(★★★★★) 데몰리션의 크기는 엄청났다. 여태껏 보던 게 도마뱀이었다면, 지금은 진짜 전설 속에나 등장할 법한 위용 있는 드래곤의 모습.

후웅, 후웅!

데몰리션은 하늘 높이 솟구치며 우렁차게 포효했다.

상대가 누구든 어디 한번 다 덤벼보라고.

패기로는 그 누구에게도 지지 않겠다는 듯, 힘찼다.

'좋아.'

그 소리를 들으니, 진도윤 역시 마음이 편해지는 기분이었다.

싸움의 승패를 떠나 진심으로 전투를 즐기는 데몰리션의 그 마음 이번에는 10악마 측에서 조금 놀란 표정이었다.

-파괴의 잔재인가……?

노인, 아가레스의 음성이 들려온 것은 그때였다.

-놀랍군. 아무리 미약할지라도, 고작 인간 따위가 다룰 힘은 아닐 텐데.

조용히 읊조리는 아가레스를 바라보며, 진도윤이 픽 웃었다. 어느덧 다시 여유를 찾은 느낌이었다.

"그거, 네 얼굴에 침 뱉는 거 아니냐?"

-뭐라?

"악마도 못 다루는 걸, 인간이 다룰 수 있으니. 악마는 인간보다 훨씬 열등한 종족이라는 거지."

-말장난을 치는 것 보니, 상황 파악이 잘 안 되나 보군.

아가레스가 우측으로 고개를 돌렸다.

이내, 더 문과 눈을 맞추고 고개를 끄덕였다.

-지금부터, 내 친히 너희에게 선물을 하나 주도록 하겠다.

"선물?"

진도윤이 눈살을 찌푸렸다. 서서히 기운을 끌어올리던 아가레스의 손끝에서 무언가가 툭 튀어나오더니 심상치 않은 시커먼 '문'을 그렸기 때문.

마치, '정령왕의 돌'을 사용했을 때와 같은 그런 문이었다.

-우리 판데모니엄의 간담을 조금이나마 서늘하게 했으니, 그에 걸맞은 대우는 해줘야겠지. 이미 바알께서도 동의하신 일이니 너무 서운하게 생각 말거라.

화아아아아아악!

그 순간, 문에서 시커먼 기운이 하늘로 솟구쳤다. 떠 있던 해가 가려지고, 세상이 어둠으로 물들었다.

대지의 악마, 아가레스의 비기(秘器).

문아, 열려라, 넘어라!

악마의 문, 개방(開放)!

"무, 무슨?"

진도윤이 당황했다. 기껏해야 공격 스킬이겠거니 했는데 내부에서 정도를 넘어선 힘이 느껴졌기 때문이었다.

그것도 하나가 아닌 다수의 기운이!

-크크큭, 인간은 자신이 소속된 국가를 아끼고 소중하게 여

긴다지? 그리하여, 네놈을 위한 선물로 이곳에 판데모니엄을 재건하기로 했노라!

"뭣……?"

그는 그제야 현 상황을 이해했다. 놈은 판데모니엄에 있는 수많은 악마들을 이곳에 소환하려 하는 것이다.

'그렇게 되면……!'

진짜 답이 없어진다.

2.5:4? 조금이나마 남아 있는 희망? 다 웃기는 소리다.

판데모니엄엔 과거 '아그니'나 용의 총통, '발라크' 같은 악마들이 수두룩하니까.

-끼아아아아!

-키이이이!

-으히히히히히!

마치 심연에서부터 올라오는 듯한 끔찍한 소리가 울려 퍼졌다. 현 상황이 무척이나 재밌다는 듯한 소리와 함께.

각가지 악마들의 기운이 하늘과 땅에서 폭풍처럼 휘몰아쳤다.

한 마리, 한 마리씩. 허겁지겁 튀어나오고 있는 마물들과 악마들. 그 기운의 양은 실로 헤아릴 수 없을 정도였다.

아가레스의 완전한 기선제압이었다.

'나도 질 수 없지.'

오케이. 답도 없는 상황이란 건, 어차피 예전부터 인정하고 있었다.

하지만 상대가 세다고 뭐 해보지도 못한 채 당하는 게 더 억울한 일 아니겠는가?

"나도 보여줄게."

진도윤은 남은 감응력을 허공에 뜬 데몰리션에게 죄다 쏘아서 박았다.

뒤는 없었다. 그저 재밌다고 낄낄거리는 악마들에게 퍼포먼스를 보여주고 싶을 뿐.

주인의 속마음을 알았을까. 데몰리션의 입가가 슬쩍 올라갔다.

[주인의 투지에 파괴룡 '데몰리션'(★★★★★)이 감동합니다!]
[친밀도가 5 상승합니다.]

"······5?"

진도윤이 놀랐다.

여태껏 어떤 상황이 와도 1씩만 올랐지, 한 번에 5가 오른 적은 없었기 때문.

'게다가 5면······.'

여태껏 사냥하며 끌어올린 데몰리션의 친밀도가 45였으니까.

[파괴룡 '데몰리션'(★★★★★)의 친밀도가 50을 달성합니다.]
[숨겨진 능력이 5분 동안 개방됩니다.]

'숨겨진 능력 개방……!'

진도윤이 눈을 부릅떴다. 본래 친밀도 50이 되면 무언가 능력이 하나 개방된다.

스킬의 봉인이 풀리든, 업그레이드되든 아니면, 각성하든 선물이 하나 들어오는 것이다.

'그나저나 숨겨진 능력이 뭐지?'

정신 차린 진도윤이 재빨리 상태창을 열었다.

[숨겨진 능력:파괴룡의 의지.]

[5분 동안, 기운 및 사용 시간제한 없이 스킬을 무한정 사용할 수 있습니다.]

[Tip / 해당 능력은 개방 직후부터 단 한 번만 사용할 수 있습니다. 빠르게 사용해 주세요!]

"미친."

쿨타임 무한, 마나 무한이라니 버그 같은 능력 아니던가.

"녀석, 저도 지금 상황에서 쓰고 싶었구나."

한 번밖에 쓰지 못한다는 게 조금 아쉽긴 했지만.

'그래도 이게 어디냐.'

지금 상황에서의 이런 스킬 개방은 너무도 좋았다.

사막 한가운데서 버티다 오아시스를 만나면 이런 기분일까?

"데몰리션."

"크라라!"

녀석이 어떠냐는 듯 포효했다.

"좋아, 드래곤 피어부터 가보자."

진도윤의 목소리에 생기가 피어올랐다.

5분의 시간. 상황에 따라 길 수도, 짧을 수도 있는 시간이었지만 진도윤은 나름 적정하다고 생각했다.

모 게임의 우르프(URF) 모드마냥 혼자서 스킬을 무한대로 난사할 수 있으니, 그 이상을 바라면 욕심쟁이가 아니겠는가?

[스킬, 드래곤 피어(S급)를 사용합니다.]

"크롸라라라!"

쿠구구궁!

먼저, 데몰리션의 포효와 함께 파괴의 기운이 쓰나미처럼 쏟아졌다. 아가레스가 만들어 낸 차원 문에서 나오는 악마들은 난데없이 두려움을 느꼈다.

-키이?

-뭐, 뭐지? 파괴의 잔재인가?

-크으으으. 아무리 잔재라 그래도 이런 공포감이라니. 오랜만에 느껴보는 기분이로군.

커다란 용이 내지르는 본능적인 포식자의 포효에 악마들이 맥을 못 췄다. 심지어는 문 앞에서 뒤돌아 다시 들어가려는 자도 있었다.

물론, 그중에서도 호승심이 강한 놈들은 계속 바깥으로 튀어나왔지만.

"크르르……."

이를 드러낸 데몰리션은 살기 어린 시선으로 그 광경을 바라봤다.

[스킬, 공포의 시선(S급)을 사용합니다.]
[특정 기준치를 충족하지 못하는 대상의 모든 능력치가 30% 하락합니다.]

-히, 힘이 빠지고 있어.
-키이이이이!
-뭐냐, 인간계에 왜 저딴 게!

난리가 난 악마들을 바라보며 진도윤이 씩- 미소 지었다.

저 시선을 마주했을 때의 기분은 그가 제일 잘 알았다. 미궁 끝자락에 도달하자마자 마주했던 기술이었으니까.

'이제.'

때가 됐다.

뭉칠 만큼 뭉쳤으니.

"가자, 뉴클리어 브레스!"

"크롸라라!"

이제 다른 스킬들은 볼 필요 없었다. 데몰리션이 가진 가장 강한 필살기는 뭐니 뭐니 해도 뉴클리어 브레스니까.

　아아아아아!

녀석의 입에서 시원하게 쏟아져 나오는 광선이 파괴의 문을 중앙을 휩쓸었다. 사방을 두른 넷의 대악마들은 눈살을 찌푸리며 방어에 몰두할 뿐, 직접 나서진 않았다.

-방심하지 말고 대기하라, 어차피 잠깐일 뿐이다.

아가레스의 목소리가 들려왔다.

-무의미한 소모전은 하지 말고, 기운이 빠질 때까지 기다려.

역시 높은 서열의 악마답게, 진도윤의 현 상황을 단숨에 파악한 것이다.

'그럼 뭐 하나?'

힘없이 터져 나가거나, 다친 채 돌아서는 제 동족들을 바라볼 수밖에 없는 처지일 텐데.

진도윤 입장에선, 답 없던 상황을 다시 원래대로 복구하는 것만으로도 큰 수확이었다.

'저 차원문…… 저것만 부수면 돼.'

그럼 다시 2.5:4였던 상황을 만들 수 있다.

"역, 역시 서머너 마스터!"

"대단해!"

"우리도 공격 준비하자!"

"움직여!"

서머너 마스터의 위세는 서머너들의 사기를 북돋웠다.

오죽하면, 검게 죽어 있던 그들의 안색에 혈기가 돌아올 정도.

"저한테 힘을 모으세요!"

서머너 중 누군가가 소리쳤다.

협회에서 어렵사리 구했다는 버퍼 개념의 특수 서머너. 소울 콜렉터의 랜턴마냥, 감응력을 한 번에 모아 한 명한테 몰아줄 수 있는 능력을 갖췄다 했지.

'도움 될진 모르겠지만.'

그렇게, 뭐라도 해봐라.

진도윤이 다시 시선을 전방으로 돌렸다.

콰가가가가!

데몰리션의 광선이 지나갈 때마다, 겨우 진정해 가던 대지가 파도처럼 요동쳤다.

움푹 파이고, 들썩이고, 갈라지고.

그 탓에 어찌어찌 나온 악마들도 중심을 잡지 못하고 튕겨 올랐다.

화르르륵! 서걱! 서걱!

그 위를 피닉스와 둠, 소울 콜렉터가 뛰어들었다. 빛의 성녀, 유리아의 버프를 듬뿍 받은 채로.

"저도 있어요!"

유아린 역시 엄청난 위용을 선보였다.

'특히.'

아가레스가 연 '악마의 문'의 영향일까? 그녀가 다스리던 자락서스도 본연의 힘을 뿜내고 있었다.

스륵! 스르륵!

발밑에 생겨나는 붉은 상형 문자가 자투리 악마들의 육체를 속박하고 있었으니까.

물론, 제프리의 네비로스와 세이르도 마찬가지. 그야말로 파죽지세와도 같은 기세였다.

'이대로라면……!'

진도윤은 집중력을 잃지 않으며, 문의 기운을 탐지했다. 그리고 이내, 아가레스와 연결되어 있는 기운의 끈을 찾을 수 있었다.

'저기야!'

차원 문은 영구적이지 않다. 보아하니, 그저 아가레스의 스킬일 뿐 저길 집중 공격하면, 문을 닫게 할 수 있을 거다.

'근데……'

문득, 고민이 생겼다. 열심히 부쉈더니, 다시 문을 소환하면 어떻게 되는 거지? 말짱 도루묵이 되는 건가?

-인간이여, 악마의 문은 한 달이라는 제한 시간이 있다. 그냥 편하게 날려 버려!

진도윤의 의구심을 단박에 풀어주는 바르바토스의 음성이 들려온 것은 그때였다. 저도 모르게 미소가 지어졌다.

"오케이."

쏘아내던 뉴클리어 브레스의 궤도가 틀어졌다.

목표는 정확히 연결되어 있는 기운의 축. 세심하게 컨트롤하던 그는 문득 눈을 깜빡거렸다.

돌연히 서늘한 감각이 와닿았다.

"진도유운! 저들 중 하나가 움직이고 있어!"

진도윤의 보호를 담당하던 엘라임이 외쳤다.

과거, 네비아레 마을에서 만났던 안개의 악마, 마르바스였다.

뭉게뭉게.

순간, 뿌연 회색빛 안개가 전장을 점령하기 시작했다.

그가 능력을 쓴 이유를 짐작하긴 쉬웠다.

'시야 방해.'

그즈음에 이르러 한창 공격을 퍼붓던 서머너들도 당황하기 시작했다.

"……아, 안 보여!"

"제기랄, 풍(風) 속성 몬스터 가진 사람 없어? 저것 좀 걷어내 봐!"

목숨을 잃을 수도 있는 혈투 중에 시야가 가려진다는 건 그 대상에게 엄청난 공포를 선사한다. 심지어, 마르바스의 안개는 대상의 기운을 교란하는 능력까지 있는 듯했다.

'불과 조금 전까지만 해도 느껴졌던 악마의 문의 위치가 뒤죽박죽이야.'

진도윤은 일단 날개를 활짝 펼친 후, 허공으로 떠올랐다. 그 옆으로 바르바토스가 따라붙었다.

-상황이 좋진 않지만, 그래도 나쁘진 않다.

진도윤은 갑자기 무슨 말이냐는 얼굴을 했다.

투웅!

바르바토스가 눈먼 사격을 하며 말을 이었다.

-저놈의 안개는 피아를 가리지 않으니까.

상대도 아군의 위치를 파악하기 힘들단 말이었다. 하지만, 지금은 그게 문제가 아니다.

데몰리션의 각성 쿨타임이 이제 2분 정도밖에 남지 않았기 때문.

"제기랄, 저것 좀 어떻게 걷어낼 방법 없어?"

-아까 힘을 다 써서, 전부 걷어내는 건 무리야.

"저 악마의 문만 보여주면 돼."

-자신할 순 없지만, 해보겠다.

바르바토스가 허공을 박차며 날았다. 대충 위치는 기억하고 있으니, 그곳에 돌풍을 일으켜 보려는 것이다.

아아앙! 슈아앙!

데몰리션 역시 대충 방향을 짐작한 채 쉬지 않고 뿜어내고 있었다.

그 순간 옆에서 끔찍한 속삭임이 들려왔다.

-고작 파괴의 잔재로 기세등등한 게 우습기 그지없구나.

대지의 악마, 아가레스의 음성.

"빌어먹을!"

아앙!

데몰리션이 소리가 들려오는 방향으로 입을 급하게 틀었다.

하지만, 표적이 맞는 소리는 들리지 않는다.

-조금 기다려 주려 했더니, 아무래도 제대로 움직여 봐야겠구나.

보이지 않는 곳에서 무언가가 벼락처럼 움직였다.

콰아앙!

진도윤의 눈이 동그래졌다가 고통으로 찡그려졌다.

상대의 움직임조차 보지 못했다. 하지만 자신에게 충격이 온다는 건.

'내 소환수들을 노리고 있어.'

심장이 아릿하게 아파 왔다. 잠깐 보아하니, 둠 나이트가 비틀거리며 물러서고 있다.

카앙! 캉! 캉!

둠 나이트의 검 앞에 계속 불꽃이 튀겼다. 온 힘을 다해, 감각적으로 공격을 막아내고 있는 것이다. 물론, 그 충격은 고스란히 서머너인 진도윤에게도 느껴지고 있었다.

"진도유운! 정신 차려!"

옆에서 엘라임이 일갈하는 순간.

-호오, 물의 정령왕이라.

이번엔 반대쪽에서 목소리가 들려왔다.

"헤엥! 가미긴이구나?"

엘라임이 즉답했다.

"흥, 아무리 악마라 해도 인간계에서 날 상대할 수 있을 것 같아?!"

그러고는 허리춤에 손을 댄 채, 허공을 향해 윽박질렀다.

진도윤이 눈살을 찌푸렸다.

"구면이야?"

"아니, 초면이긴 한데. 그래도 서로에 대해서는 잘 알지. 물이라는 원소를 통제하는 입장에서."

"아."

가미긴은 물의 악마. 그럴 수도 있겠다 싶었다.

-글쎄, 본래 힘을 내지 못하는 정령왕이라면 좀 다르지 않을까?

"흥, 악마라 그런가 비겁한 말은 잘도 하네!"

-크크큭, 이 기회의 정령왕도 내 수족으로 부려보면 좋을 것 같구나.

"오만방자한 소리!"

엘라임이 손을 떨쳐, 기운을 뿜어냈지만 이내 무언가에 막혀 사라졌다. 그녀의 얼굴이 일그러졌다.

'제기랄.'

진도윤 역시 속이 답답했다.

그래도 5분 동안은 유리할 줄 알았는데 10악마가 방심하지 않고, 신중하게 움직이니 점점 조여오는 느낌이었다.

마치 사파리의 사자 무리가 사방에서 압박하는 느낌.

"마스터, 이쪽으로 붙어!"

허공 아래에서 유리아의 외침이 들려온 것은 그때였다.

그녀가 붙으라고 외칠 때 쓰는 기술은 단 하나. 진도윤은 본능적으로 유리아가 있는 곳으로 떨어져 내렸다.

'이제 비행도 익숙하네.'

먹이를 노리는 독수리처럼 수직 낙하로.

그 순간이었다. 유리아의 눈이 번뜩임과 동시에 거센 바람이 불어왔다.

숲의 영물, 아묘(兒猫)의 비기(秘器).

계절풍(系節風)!

거센 바람을 통해 상대의 진형을 무너뜨리면서 아군을 회복하는 스킬. 미궁에서도 위기의 순간에 매번 사용하던 나름 유용한 기술이었다.

-으음!

-레이튼의 냄새가 묻어 있는 영물이로군!

가까이 붙어서 신중하게 공격하던 10악마들의 음성이 멀어졌다. 기술이 통했다는 소리!

-진도윤! 지금이다!

동시에, '악마의 문'이 설치된 곳에 돌풍이 불었다.

피어오르던 안개가 걷혔고, 정확한 기운이 감지되는 순간!

"크롸라라라!"

데몰리션의 브레스가 섬광처럼 쏘아졌다.

['악마의 문'을 파괴합니다!]

"나이스!"

진도윤이 외쳤다. 가이아도 지켜보고 있는지, 친절하게 메시지로 설명해 준다.

'이런 건 참 편리하단 말이야.'

그는 문득 소환수들이 통제받을 때의 느낌을 알 것 같았다. 저 멀리 있는 시선으로 보이지 않는 것까지 봐줄 때의 그 느낌.

하지만 이내 나타나는 메시지는.

[5분이 지났습니다. 파괴룡 '데몰리션'(★★★★★)의 숨겨진 능력이 사라집니다. 해당 능력은 다시는 사용할 수 없습니다.]

그렇게 썩 좋은 내용은 아니었다.

어쨌든, 아가레스의 스킬 하나를 무효화시켰으니 나름의 성과는 달성한 셈. 이제 믿을 것은 오직 그, 자신뿐이었다.

"간다."

다시금 대지를 박찬 진도윤의 몸이 하늘을 향해 활공했다. 데몰리션과 엘라임 역시 그 옆을 따랐다.

방향은 잠깐 걷힌 안개 사이로 느껴지는 아가레스의 기운 쪽. 진도윤은 제일 센 놈부터 상대할 생각이었다.

같은 시각.

아가레스는 자신에게 다가오는 진도윤을 물끄러미 응시하고 있었다. 믿기지 않으면서도, 나름 재미있다는 표정으로.

-벌레인 줄 알았던 인간이 제법이로군.

그가 특별한 존재라는 건 알았다. 판데모니엄이 대계를 준비하는 동안, 저 인간 때문에 많은 게 틀어져 있었으니까.

-하지만.

그의 행보도 이제는 끝일 거다. 이렇게 많은 10악마가 동원되었단 사실은 꽤나 자존심 상하는 일이었지만 어차피 역사는 승자만을 기억하지 않던가?

"……"

그리고 마침내 그 인간이 도착했다. 가이아의 총애를 받는, 악마 슬레이어가.

더 문 옆에 있는 흉측한 악마, 아가레스의 입이 천천히 열렸다.

-솔직히 인정한다. 놀라긴 했지. 설마, 내가 만든 악마의 문을 파괴해 버릴 줄이야.

그 말에 진도윤이 입꼬리를 씩 올렸다.

"그래도 영광이야. 그 자존심 센 10악마들이 이렇게 마중 나와 친히 다굴까지 넣어주고. 아, 근데 어쩌나? 애써 준비한 선물을 내가 부숴 버렸네?"

그의 비아냥에 아가레스의 속이 거북해졌다. 자존심이 상한 것이다.

그렇다고 표정은 변하지 않았다. 그저 묵묵하게 바라볼 뿐.

진도윤은 그에 굴하지 않고 꿋꿋하게 말을 이었다.

"대신, 이번엔 내가 선물 하나 줄게."

-선물?

"넌 특별히 내 악마 콜렉션에 네 번째로 장식해 줄게. 아 참고로, 우리 콜렉션은 기수제야. 먼저 들어올수록 나름 이득일걸?"

진도윤이 자세를 잡았다.

'아세브라도'를 말하고 있음을 알아챈 아가레스가 이를 갈았고.

"키이이!"

옆에서 소울 콜렉터가 좋다꾸나! 울었다.

대지의 악마, 아가레스. 그는 눈앞의 건방진 인간, 진도윤의 행보를 분명히 인지하고 있었다. 판데모니엄에 있을 당시에도, 시끌시끌했던 놈이니까.

그러나 그 당시만 해도 별다른 생각이 없었다. 그가 나름 쌓아왔을 업적들이 그의 눈엔 시원찮아 보였기 때문.

'하지만.'

녀석은 점차 선을 넘었다. 판데모니엄의 상위 악마들을 하나하나 처치한 것도 모자라 이젠 10악마까지 소멸시킬 수 있는 위협적인 '적'으로 성장했다.

쉽게 말해 이제는 절대 무시해선 안 될 존재가 된 것이다.

상념 하던 아가레스의 안색이 싸늘해졌다.

'뭐? 선물? 악마 콜렉션?'

눈앞의 인간이 자신을 마주하고 헛소리를 지껄이는 이유는 단순했다. 어떻게든 자신을 도발해 앞으로 있을 전투에서 유리한 이점을 챙기려 하는 거겠지.

-흥, 그게 네가 여태 악마들을 잡아왔던 방식인가?

코웃음을 친, 아가레스가 전투를 준비했다. 그의 눈빛은 방심이라고는 찾아볼 수 없을 정도였다. 오히려, 더욱더 신중해졌다.

-10악마들이여, 다들 듣거라. 다른 건 다 제쳐두고 저 시건방진 인간부터 조져라. 합공해도 좋다.

그 순간이었다.

콰아아앙!

바닥에서 부지불식간에 튀어나온 바윗덩어리가 진도윤의 소환수들을 향해 한꺼번에 쏘아졌다.

'으음?'

갑작스러운 공격에 진도윤은 본능적으로 날개를 펼쳐 허공을 날았다.

"진도유운!"

엘라임이 신속하게 보호막을 더욱 강화했다.

파슥! 파스슥!

몇 개의 돌이 스치고, 몇 개의 돌이 아스러졌지만 그래도 충격이 있었는지, 심장이 아릿해져 왔다.

진도윤의 눈에 이채가 서렸다.

'과연, 마계 이인자라는 건가?'

아래를 힐끗 본 진도윤이 질린 표정을 지었다.

콰르르르르!

걷힌 안개 사이로, 바닥 자체가 우글우글 뒤집히고 있었으니까.

아마, 날개를 잃고 바닥에 떨어지는 순간 온몸이 갈릴 터였다.

-인간이여, 걱정하지 마라. 다른 인원들은 내가 보호하고 있다.

뒤에서 바르바토스의 음성이 들려왔다.

하지만, 그 음성에 집중할 수가 없었다. 아직도 바닥에서 수없이 많은 바위가 총알 같은 속도로 솟구치고 있었기 때문.

지금도 진도윤의 직관이 머릿속에서 끊임없이 경종을 울리고 있었다. 잠깐이라도 정신을 놓으면 끝장이라고.

"후, 미치겠네."

[스킬, '변화하는 육체'(S급)를 사용합니다.]

"뀨웅!"

그는 일단 데몰리션을 가장 작은 형체로 만들었다. 충격에 최소화하기 위해서는 작은 몸이 유리하니까.

동시에 소환수들을 전부 컨트롤해, 아슬아슬하게 바위들을 피해냈다. 일반 서머너들이 보면 경악할 만한 컨트롤이었다.

하지만.

-육탄전을 실시하라.

아가레스의 묵직한 음성과 함께 쏘아 올려지던 바위 세례가 거짓말처럼 멈췄다. 동시에 진도윤은 낭떠러지로 떨어지는 듯한 느낌을 받았다.

등골이 오싹할 정도로 서늘해지는 느낌.

스르륵!

안개 속에서 튀어나온 거대한 흑마, 가미긴이 데몰리션을 향해 그대로 돌진했다.

머리 위에 나 있는 뿔 속에 뭉친 엄청난 기운.

"큐웅!"

데몰리션이 다급히 몸통을 뒤집어 피해냈다.

좌우로는 마르바스와 발레포르 역시 정신없이 움직이며 간을 보고 있었다. 조금의 빈틈이라도 생기면 찔러보겠다는 심산이었다.

그 셋의 견제도 장난이 아닌데 아가레스는 한술 더 떴다.

스슥!

눈으로 캐치하기도 힘들 만큼 빠른 속도로 둠 나이트의 후미에 나타나더니 미증유의 힘이 담긴 주먹으로 녀석의 후미를 가격했다.

콰앙!

어마어마한 굉음이 울려 퍼졌다.

그 단단하던 둠의 갑주에 금이 보였고 그 빠르던 검술로도 제대로 방어해 보지 못한 채, 수십 미터를 요동치며 날아갔다.

'제길.'

진도윤은 낙담했다. 오만한 악마들의 설정상, 이렇게 치밀하게 공략할 줄은 몰랐다.

"이거, 뭔가 반대로 된 느낌인데……."

야생의 사자 넷이 토끼 하나를 두고 몇 시간에 걸쳐 신중하게 사냥하는 느낌. 마치 본인이 레이드 몹이 된 느낌이었다.

문득 아몬에게 들었던 경고가 떠올랐다.

-아가레스? 싸워본 적 없어서 몰라.
-다만, 높은 자리에 있는 만큼 쉽지 않은 상대겠지. 예를 들어 힘보단 뭔가 신중한 성격?
-물론, 그렇다고 힘이 떨어지는 건 아닐 테고…….

진도윤은 바사고의 약점을 물으며, 다른 상위 악마들의 상대법도 물었었다. 하지만, 그 아몬도 녀석의 약점은 몰랐다.

-게다가 아가레스를 따르는 악마들이 많아.
-소문으로는 육체적 능력으로 유명한 안개의 악마, 마르바스를 순식간에 압도했다던데?
-나로서는 도저히 그의 결점을 찾을 수 없군. 이건 아무리 네가 고문하겠다 해도 어쩔 수 없어.

아몬의 말에는 틀린 게 없었다. 아가레스의 움직임은 지금껏 만나본 모든 몬스터 중에 최상이었으니까.

'하지만, 그렇다고 포기할 순 없어.'

자신 또한 마찬가지다. 지금껏 이뤄보지 못했던 경지에 올라섰고 유리아의 빵빵한 버프까지 받고 있다.

"흐읍!"

숨을 다시 한번 들이마신 진도윤이 눈을 번쩍였다.

"큐우웅!"

그에 맞추어 데몰리션과 소울 콜렉터가 허공을 박차며 둠 나이트 쪽으로 날아갔다.

아가레스도 마찬가지.

-덤벼라.

콰가가가강!

가만히 있던 대지가 가시밭길이 되고 부서졌던 건물의 잔해가 뭉치더니 수만 개의 주먹을 만들어냈다.

물론, 그 주먹들은 동시다발로 소환수와 진도윤을 향해 뻗어 나갔다.

쾅! 쾅! 콰가가가강!

세상이 찢어지는 소리.

얼마나 소리가 큰지 바르바토스에 의해 피신해 있던 서머너들이 귀를 부여잡고 쓰러질 정도였다.

물론, 진도윤 역시 죽을 맛이었다.

"진도유운! 정신 차려!"

엘라임의 걱정스러운 소리가 울려 퍼졌다.

진도윤은 몰려오는 구토감을 느끼며 경악했다.

'2.5:4?'

어림도 없는 수치였다. 솔직히 말해, 다른 세 악마 없이 아가레스만 있었어도 승산이 없을 정도?

"마스터!"

안개로 가려져 있는 후방에서 누군가의 째진 목소리가 들려왔다. 유리아의 음성이었다.

"좀만 버텨줘! 조금만! 이제 곧이야!"

곧? 뭐가 곧이란 말인가.

당장 아가레스의 바위에 온몸이 터져 나가게 생겼는데.

'더는 버티면 위험해.'

이어지는 바위 폭격에 진도윤이 피를 토했다. 프리덤이라는 집단과 싸운 이래로, 이 정도의 위기감을 느낀 건 처음이었다.

'이대로라면 죽는다.'

죽으면? 어떻게 되는 거지?

'어떻게 되긴, 세상이 끝장나는 거지.'

마계의 악마들이 인간계를 점령하고 인간들은 가축보다 못한 삶을 연명해야 할 거다.

A급 서머너 집단조차 못 막는 현대과학기술로, 마계의 악마들을 막아낼 린 없을 테니까.

'정신 차려야 해.'

진도윤의 눈이 부릅떠졌다. 인류가 자신의 손에 달려 있다.

피부가 찢어지고, 내부가 진탕되는 한 있어도 움직임을 멈추면 안 된다.

그가 필사적으로 해결책을 생각하기에 앞서, 아가레스의 시선이 느껴졌다.

-왜 맞고만 있지? 숨기는 게 있으면 어서 내놓거라.

육탄전도 강하다 불리는 아가레스가, 스킬만 사용한 채 거리를 벌리고 있다. 그의 눈동자는 아직도 신중함으로 반들거렸다.

-네 녀석도 알 텐데. 이대로 버티다간, 뭘 해보지도 못하고 죽을 거라는 걸.

"시끄러."

진도윤이 입술을 깨물었다.

부정하고 싶지만, 그럴 수 없었다. 사실이었으니까.

'문제는 숨기는 게 없다는 거.'

가진 모든 스킬을 꺼내봐야, 여력이 없었다. 혼자서 10악마 하나도 벅찬데. 넷이 합공하는데 어떻게 이기란 말인가.

-흐음, 고작 이런 힘으로 10악마를 처리했단 건가? 납득하기 힘들군.

진도윤은 아가레스의 말을 애써 무시하며, 감응력을 다스렸다.

[스킬, '기습 베기'(S급)를 사용합니다.]
[스킬, '망령 희생'(S급)을 사용합니다.]

[스킬, '플레임 노바'(S급)를 사용합니다.]

감각적으로 소울 콜렉터와 피닉스를 이용한 공격에 봉인술을 가미했지만.

―……뭐 하는 거지?

아가레스의 기운에 가볍게 무마되었다.

"큭."

진도윤의 입에서 탄식이 터졌다. 다른 악마들의 경우, 나름 잘 통하던 콤보였는데 아가레스의 방어 능력은 말 그대로 끔찍했다.

"진도유운! 괜찮아? 퍼펙트 리커버리!"

엘라임이 지속해서 힐링을 걸었지만 이미 몸 곳곳에 통증은 소용돌이치듯 번져가기만 했다.

'확실히 달라.'

진도윤이 속으로 중얼거렸다.

인정할 건 인정해야 했다. 아가레스는 지금껏 만나왔던 10 악마들과는 급이 다른 존재였다.

진도윤 역시 공격적인 성향이 죽은 채, 경계심을 끌어올렸다.

웃기는 건 아가레스 역시 긴장감을 끌어올린 채 경계한다는 것. 도대체가 틈을 만들어주질 않으니, 답답한 상황이었다.

―네놈이 가진 파괴의 잔재의 그 힘. 아직도 봉인해 둘 터인가?

"봉인은 무슨."

-허, 내 앞에서 기만은 금물이로다. 걱정하지 마라. 난 그대를 '적수'로 인정하고 진지하게 전투에 임하고 있으니.

흘러나오는 아가레스의 음성에서 진심이 느껴졌다. 어이없는 진도윤이 눈을 껌뻑였다.

"아니, 좀 봐줘도 되는데. 네 말마따나 난 열등한 인간이고, 넌 우등한 악마잖아."

-마음에도 없는 소리 하지 말거라.

아가레스가 픽 웃으며 답했다. 아직도 대화에 여유가 있다는 건, 분명 남은 몇 가지의 수가 있다는 것.

역시, 방심하지 않길 잘했다고 생각하면서.

-악마 콜렉션에 넣겠다는 그 기세는 어디 갔느냐?

아가레스의 대처에 진도윤은 삐질- 식은땀을 흘려야 했다.

"제길!"

뿌연 안개 속, 허공.

바람이 부는 장막 속에서, 유리아가 분한 듯 소리쳤다. 저 너머 마스터의 고통이 이곳까지 느껴지는데, 할 수 있는 게 버프와 힐링밖에 없다는 점이 짜증 났기 때문.

"바르바토스!"

-왜 그러는가, 인간.

"우린 괜찮으니까, 가서 마스터 좀 도와줘!"

-불가, 그럴 수 없다.

"왜!"

-힘을 다 썼기 때문이지. 보다시피 꼬마의 생명력까지 갉아먹어가며, 보호막을 구성했지 않은가?

바르바토스가 옆을 힐끔 바라봤다.

꼬마, 한만식은 통증을 참다못해 이미 기절해 둥둥 떠 있는 상태.

위기의 순간 꼬마는 남은 모든 힘을 끌어모아 서머너들을 구한 상태였다. 아가레스의 몰아치는 대지 속에서 살아남기 위해서는 그것밖에 답이 없었다.

물론, 서머너 마스터 하나에게 모든 10악마들이 붙었기 때문에 살아 있는 거지. 만약, 그중 하나라도 이곳에 관심이 있었다면 순식간에 깨질 보호막이긴 했다.

-녀석이 죽으면 나 또한 죽는다. 고로 난 움직일 수 없어. 움직인다고 하더라도 딱히 방법이 있는 것도 아니고.

"젠장, 그럼 우리라도 꺼내줘!"

-불가, 이곳에 나가기 위해서는 스킬을 해제해야 해.

이러지도 못하고, 저러지도 못하는 상황 속에서.

유리아가 울분을 터뜨릴 찰나였다.

"주인."

옆에 있던 대천사, 미카엘이 불렀다. 동시에 허리춤에 꽂혀있던 칼을 스릉! 뽑아 들었다.

"때가 되었다."

"때라면?"

"저기 하늘을 봐라."

"응?"

유리아가 고개를 젖혀 들었다. 다른 서머너들 역시 궁금 어린 표정으로 그 시선을 따라갔다.

"저, 저건?"

누군가가 소리쳤다. 안개에 가린 하늘을 가리는 성스러운 빛의 나무뿌리.

"뭐지?"

"새로운 스킬인가?"

"빛의 성녀님 기술인 거예요?"

"무, 문이 생기고 있어?"

빅3 서머너들의 물음에도 유리아는 홀린 듯 하늘을 바라봤다.

녀석들에게 당하면서 그토록 원했던 세계수의 뿌리. 대천사, 미카엘 본연의 힘을 끌어올 수 있는 그 힘의 원천이었다.

"드디어…… 세계수가 회복된 거야?"

"그렇다, 주인. 이제 곧 천계의 전사들이 도착할 터."

미카엘이 고개를 끄덕이며 말을 이었다.

"주인도, 은인도…… 그동안 잘 버텨줘서 고마웠다. 이제 나 역시 제대로 힘을 보탤 것이니. 저 사악한 악마들의 핏물로 이 곳을 적시리라!"

동시에, 새하얀 빛이 세상을 덮었다.

새하얀 빛이 마르바스의 안개를 흩뿌리고 성스러운 뿌리가 마기를 정화하는 서울역의 밤.

세계수의 등장을 바라보며, 유아린은 두 눈을 부릅떴다.

그녀는 답답했었다. 나름 엄청난 노력을 해서, 겨우 S급을 달아놨는데 기세등등한 10악마 앞에서 아무것도 해볼 수 없다는 사실이 서러웠다.

'하지만.'

세계수가 등장한 순간 그녀는 느낄 수 있었다.

펜-리르의 힘이 기존보다 10배는 증가했고 이프리트 역시 '정령왕의 돌'을 쓰기라도 한 듯 본연의 힘을 되찾았다는 것을. 저 엄청난 고래들 싸움에 그래도 상어 한 마리 정도는 된 느낌?

"이 정도면 우리도 싸울 수 있겠는데요?"

오직 S급 서머너만이 천계와 인간계를 연결하는 미지의 힘을 이용할 수 있다. 쉽게 말하면, 천계 출신 소환수들이 자연스럽게 6성화 된 것이라 보면 된다.

덤으로 정령계 소환수들도.

결국, 유아린은 무언가를 각오한 표정으로 바르바토스를 바라봤다.

"전세가 바뀐 거 같은데. 이제 문 좀 열어주시면 안 돼요?"

"맞아, 미카엘한테 들었지? 이제 천사군들이 몰려올 거라고!"

유리아 역시 동조했다.

…….

하지만, 바르바토스는 의식을 잃은 한만식을 바라볼 뿐. 여

차할 움직임을 보이지 않았다. 혹시, 자신의 계약자가 휘말릴까 걱정하는 듯했다.

-이 보호막을 걷어내는 순간부터, 다시는 너희들을 지켜줄 수 없다.

그의 시선은 유리아나 유아린한테 향하지 않았다. 빅3와 협회의 무리로 보이는 서머너들을 향했다.

그것이 의미하는 바는 단순했다. 유리아, 유아린 그 둘이 강렬하게 원하는 게, 다른 이들의 동의를 구한 것인지 묻는 것이다.

혹여, 그녀들만의 이기적인 생각은 아닐지.

"열어줘요!"

대월의 이혜연이 먼저 씩씩하게 말했다.

"허허, 누가 보면 우리가 뭐 꿔다 놓은 보릿자루인 줄 알겠군. 뭐, 실력으로 보면 맞긴 하다만."

일성 회장 정준철도 나섰다. 둘이 나서자, 다른 서머너들도 앞다투어 감응력을 끌어올렸다. 다들 엄청난 투기였다.

물론, 그들이라고 겁이 나지 않는 건 아니다. 무릇 평범한 인간이라면, 목숨을 보전하려는 본성을 지니고 있으니.

다만, 지금 이들의 마음은 진심이었다.

"목숨은 이미 이곳에 온 순간부터 각오하고 있었습니다."

"어차피 서머너 마스터가 죽으면, 인류는 끝장 아닙니까?"

"미약한 힘이지만, 그렇다고 방해가 될 순 없는 일이지요!"

"열어주세요!"

"다 같이 싸웁시다!"

희망을 잃은 채 얼굴색이 시커멓던 이들의 피부에 활기가 돋고 있었다.

새로운 변수, 천계의 등장. 그로 인해 다시 희망이 생긴 것이다. 그 모습을 보던 유아린의 입꼬리가 살짝 올라갔다.

-흐음.

기세등등했던 아가레스의 이마에 처음으로 식은땀이 흘렀다.

-네놈이 그토록 숨기고 있던 카드가 저것이었나?

과연, 세계수의 지원이라면 자신감 있을 만했다. 이인자인 그로서도 전혀 예측하지 못했던 일이니.

"돌격하라! 죽음을 무서워하지 않는 천계 전사들의 긍지를 보이거라!"

우리엘의 외침!

본 무대의 막이 울리는 소리였다.

업화의 검을 뽑아 든 우리엘이 선두에 서서 돌격했고 그 뒤로 수천의 천사들이 각종 무기를 꼬나 쥐고 전력으로 날았다.

"수많은 세월 동안 흉계를 꾸미던 대악마의 무리가 눈앞에 있다! 그토록 바라고 바랐던 기회가 도달한 것이니라!"

순둥순둥했던 우리엘의 모습은 온데간데없었다. 그녀는 칼끝으로 아가레스를 겨냥했으며 그 뒤로 다른 대천사들 역시 날아올랐다.

"은인이여, 고생하셨어요."

치유의 대천사, 라파엘의 성스러운 빛이 진도윤과 그의 소환수를 감쌌으며.

"가드 웨스트의 전사들이여, 내가 합류하겠다!"

어느덧 미카엘 역시 천사들을 이끌고 있었다.

"드디어 와줬군."

진도윤 역시 재차 전투를 준비했다.

혼자서도 이 정도 버텼는데 천계의 힘이라면, 충분히 전세 역전이 가능하지 않을까? 게다가 눈빛에 살기를 가득 담은 천사들을 보자니, 질 것 같다는 생각이 눈곱만큼도 들지 않았다.

까딱까딱.

진도윤이 다시 아가레스를 향해 검지를 까딱였다.

"어때? 이게 내 숨겨진 한 수였는데?"

…….

"할 말 없나 보네?"

아무리 승기가 꺾였다지만, 그는 무려 판데모니엄의 이인자. 아가레스가 독기 어린 눈으로 으르렁거렸다.

동시에 바닥이 꿀렁이기 시작했다.

진도윤은 자신을 향해 날아오는 바위들을 물끄러미 바라봤다.

'불과 몇 분 전까지만 해도 피하기 힘들었었는데……'

이제는 한결 수월하다.

왜냐 바로 앞, 뒤, 위, 아래. 수천의 천사들이 공간을 뒤덮고 있기 때문.

그들은 서로 보조해 가며 바위를 쳐내거나, 흘려냈다.

누군가는 치명상을 입고 떨어져 내렸지만 동료가 어떻게 되든 전혀 신경 쓰지 않고 덤벼들었다.

'과연······.'

악마들 한정으로 진짜 악귀라 불리는 자들. 천사들의 집념은 무서울 정도였다.

아마 저 10악마의 몸에 생채기 하나만 낼 수 있다면, 목숨 정도야 기껍게 버릴 수 있는 듯했다.

콰앙! 콰아앙!

물론, 진도윤도 그 순간만큼은 하나의 천사가 되었다. 무리에 어울려, 아가레스를 향해 다가갔으며 정신없어하는 그의 후미와 허리춤에 데몰리션의 발톱을 쑤셔 넣었다.

기본적인 공격이지만, 파괴의 힘이 담긴 공격이었다.

"크으."

전투하던 진도윤이 몸을 부르르 떨었다. 자신과 함께하는 천사들의 모습에 짜릿함이 몰려온 것이다.

결국.

천사들이 자신을 돕는 것도 본인이 만들어낸 기적 같은 성과 중 하나일 테니.

"아가레스! 그것밖에 안 돼? 숨기고 있는 게 있으면 어디 더 가져와 봐!"

진도윤은 본인이 당했던 말들을 그대로 돌려줬다.

도발이 먹히지 않을 걸, 알지만 자꾸 두들기면 분명히 멘탈에 금이 갈 터.

"진도유운! 가미긴의 스킬을 완전히 봉인했어!"

"오."

엘라임의 목소리에 진도윤이 우측을 힐끗 바라봤다. 엄청난 크기의 흑마가 당황한 듯, 천사들에게 칼질을 허용하고 있었다. 더 이상 물로 보호막을 만들어내지 못하는 것이다.

"어딜, 인간계 정령왕의 힘을 무시해? 물에 있어서는 신도 한 수 접어주는 게 나라고!"

엘라임의 기운은 완전했다. 마치, 정령계 심해에서 봤던 그 모습처럼.

진도윤은 세계수의 힘이 생각보다 더 엄청나다는 걸 깨달았다. 엘라임 하나로 10악마 하나를 커버할 줄은 몰랐기 때문.

옆에는 언제 왔는지, 유아린의 이프리트도 한 활약을 하고 있었다.

"좋아."

후웅!

고개를 끄덕인 진도윤은 다시 아가레스를 공략했다. 원래 난전에서는 한 놈만 패는 게 그의 스타일이었다.

"약속했으니까."

소울 콜렉터의 네 번째 콜렉션으로 '아가레스'를 넣어주겠다고.

쐐애애액!

데몰리션의 경쾌한 발톱이 아가레스의 복부를 파고들었다. 꽤나 단단한 피부였지만 이미 잦은 공격으로 넝마가 되어 있는 상태.

"흐음……."

그 순간, 진도윤이 돌연 미간을 찌푸렸다.

'근데 좀 이상하네.'

싸우면서도 하나 꺼림칙한 게 있다.

'왜 도주를 안 하지?'

짧은 시간 동안 판단하기로 아가레스는 굉장히 신중한 자였다. 진도윤과 반대로 절대 지는 싸움은 하지 않는 성격.

그런 그가 버티면서도 계속 상대하고 있는 걸 보니 불안한 것이다.

'하긴……. 가끔은 자존심이 신중함을 이길 때도 있는 법이지.'

조금만 더 공격하면 끝이다. 이번 10악마 넷을 완벽히 처리하게 된다면 승기도 완전히 인류에게로 넘어가겠지.

"가보자고."

진도윤이 두 눈을 부릅떴다.

"크윽!"

"뭐 저리 튼튼해?"

"부숴도 부숴도 자꾸 회복하는데. 저걸 어떻게 이기란 거야?"

"여기! 아무나 지원 좀!"

진도윤이 아가레스와 싸우던 시각. 라스베이거스도 한참 '부에르'와 맞붙고 있었다.

"제기랄. 저쪽은 무슨 10악마 넷이랑 싸우는데."

"고작 한 놈 잡는 데 이렇게 비등비등한 게 말이 돼?"

대한민국, 서울엔 무려 넷의 10악마가 있다. 하지만, 라스베이거스엔 고작 한 마리뿐이다. 그런데도 빠르게 처리 못 하는 자신들이 못마땅한 것이다.

하지만 그들은 알까? 10악마 하나를 상대로 버티고 있다는 사실만으로도 진도윤이 놀랄 것이란 걸.

그들이 부에르와 맞서 싸울 수 있는 이유는 바로 천계 상점의 아이템에 있었다.

"그나저나 이거 성능 미쳤는데?"

"보증금 안 받아도 되니까, 그냥 가져가야겠다."

어중이떠중이 경매장에서 구매했던 아이템보다 무려 10배 이상은 더 높은 효율을 보여주는 아이템이었다.

콰아앙! 콰앙!

전열의 서머너들과 커다란 사자, 부에르가 다시 한번 육탄전을 시작했다.

분명, 승산은 서머너들에게 있는 것처럼 보이지만 왜일까? 점점 더 압박감을 느끼는 건 서머너들이었다.

'점점 힘이 달리고 있어.'
'근데 쟤는 치사하게 계속 자가 힐링하잖아.'
'이대로라면 하나하나씩 당하면서 결국엔 지고 말 텐데.'
서머너들이 서로의 얼굴을 바라보며 눈빛을 교환하던 순간.
-버러지 같은 놈들!
사자가 하늘을 향해 포효했다.
-네놈들은 꼭 나중에 영혼까지 찢어버리겠노라!
눈앞의 사자가 하는 말은 분명 후퇴 선언이었다. 그렇지 않으면, 굳이 '나중에'라는 말을 할 필요 없으니까.
"저거, 왜 저래? 갑자기?"
"튀는 건가?"
저돌적이었던 부에르가 순간, 꽁무니를 보였다.
"갑자기 왜 저래?"
"그러게, 지가 유리한 상황 아니었나?"
영문을 모르던 서머너들은 이윽고 쾌재를 불렀다.
자그마한 자신들의 힘으로 거대한 보스급 몬스터를 내빼게 했으니까.
"우리가 모르는 사이에 힘 다 쓴 거 아니야?"
"그럼 어떡하지? 쫓아가서 잡아야 하나?"
"잡자! 달려!"
신나서 쫓아가던 서머너들이 의아함을 느끼는 데는 그리 긴 시간이 필요하지 않았다.
쿠구구궁!

도망치던 사자 한 마리가 누구에게 포복하고 있는 모습을 보았기 때문.

"뭐, 뭐야!"

"저 사자가 섬기는 몹이라는 건?"

문득, 서머녀들의 표정에 불안감이 물들었다. 인간의 모습을 한 백발노인이 뿜어내는 그 힘이 굉장히 기이했기 때문.

-뭣들 하는 거지?

쿠궁!

그 한마디 지껄임에 대다수 서머녀들이 심장을 부여잡고 무릎을 꿇었다. 몇몇은 코에서 피를 쏟아내기까지 했다.

"으아아……"

"……아아!"

여기저기서 비명이 터져 나왔다.

그들도 들어서 알고 있었다. 10악마가 섬긴다고 하는 단 하나의 존재. 프리덤의 수장, 대 악마 바알(Baal).

인간계가 아닌 다른 세계에서 세계관 최강자라 불리는 존재. 과연, 바라보는 것만으로도 끔찍함을 느낄 정도의 존재감이었다.

-기다리고 있거라, 벌레들이여. 정리가 끝나면 내 친히 하나하나 짓밟아줄 터이니.

바알, 또 다른 이름으로 노야의 눈이 가늘어졌다.

쉽게 완성되어야 할 대계가 언제 이렇게까지 갔는지.

하지만, 이젠 끝이다.

조금 전 천신, 에로스의 모든 힘을 흡수한 그는 세상 그 누구보다도 강해진 상태.

'그래도 잘들 버텼다.'

이제 걸림돌들은 자신이 직접 뽑아내면 될 일.

스스슥!

가벼운 손짓으로 부에르와 바알은 그 자리에서 몸을 감췄다.

콰가강! 콰강!

사방 곳곳에서 폭발음이 들려왔다.

연기가 자욱이 피어올랐고 천계와 마계의 싸움은 계속해서 과열되어 갔다.

"다들 내 뒤로 피하거라!"

우리엘의 명령이 떨어지고 나서 몇 초가 지날 때면.

"능력 멸살!"

각종 버프를 지우는 광역 디스펠이 그녀의 전방으로 매섭게 쏘아진다. 기본적으로 수십 가지 이상의 버프를 두르고 있는 10악마들로서는 꽤나 까다로운 스킬.

한바탕 직격탄을 쏘아 올린 후에는, 수천의 천사들이 재차 몰아쳤다.

-이런 비겁한! 악마의 문만 건재했어도!

아가레스가 억울하다는 듯 포효했다.

원래 판데모니엄의 악마들과 소모전을 해야 했을 천사들이 직접 자신과 몸을 부딪치는 게 못마땅한 느낌이었다.

하지만, 그 누구도 아가레스의 말에 응답하는 자가 없었다. 대답할 시간에, 무기라도 한 번 더 휘두르겠다는 생각으로 돌진할 뿐.

그 시각 유아린 역시 엄청난 속도로 가미긴 근처로 이동했다. 얼마나 집중해서 싸우고 있는지, 옷은 이미 땀으로 흠뻑 젖었고 입에서는 단내가 났다.

"펜-리르! 다리부터 씹어 먹어!"

그녀가 리스트릭트라는 집단을 창설했던 이유가 눈앞에 있다.

오직 프리덤에 대한 복수만을 품고 피땀 흘려가며 노력해왔던 그녀 이제 그 노력의 결실을 보아야 할 때였다.

"뭐? 다리가 생이라 맛없다고? 이프리트, 충분히 익혀줘!"

"물의 힘이 없는 가미긴 따위, 굽는 건 어렵지 않지."

화르륵!

이프리트의 손짓에 가미긴의 발이 급속도로 타올랐고 그곳을 향해 펜-리르가 끊임없이 발톱을 휘둘러 댔다.

-이…… 미친놈들이.

속수무책으로 당하던 가미긴이 식은땀을 흘렸다. 뭘 하려 해도 할 수가 없는 상황.

물의 힘은 본래 힘을 찾은 엘라임에게 완벽히 통제당하고 있고 천계의 등장 이후, 멘탈 역시 산산이 깨지고 부서졌다.
-아가레스여……. 후퇴해야 하는 거 아닌가?
그런데도 공격에 버텨낼 수 있었던 건 오직 커다란 몸뚱어리를 통한 탱킹 능력 덕분.
-일단…… 조금만 더 기다려 보거라. 가미긴.
진도윤은 아가레스의 저 기다림이 불안했다. 무언가 녀석 또한 숨겨진 카드가 있다는 뜻일 테니.
그리고 이내.
-아니, 굳이 기다릴 필요 없겠구나. 크흐흐.
아가레스가 자신만만한 얼굴로 고개를 쳐든 것은 그때였다.
한참을 돌격하던 대천사들도, 진도윤도, 그의 동료들도 순간 심장이 서늘해짐을 느꼈다.
"잠깐, 공격을 멈추고, 대열을 갖춰!"
진도윤이 외쳤고 대천사들도 본능적으로 천사들을 통제했다.
왜냐 아가레스의 뒤로 말도 안 되는 기운을 가진 백발의 노인이 나타났기 때문.
거기에 더해 그를 따르는 커다란 사자 역시 쿵쿵! 건물의 잔해를 짓밟으며 등장했다.
-아아, 바알이시여.
-대악마를 뵙습니다!
-대악마를 뵙습니다!

싸우던 넷의 대악마들이 일제히 노야를 향해 고개를 숙였다.

판데모니엄의 수장이자, 통칭 대악마.

바알(Baal)의 등장이었다.

여느 악마가 그렇듯 갑자기 등장한 바알의 기운은 끔찍한 살기를 담고 있었다.

마치 그 주변으로 둥글게 선을 그어놓고 그 선을 넘는 순간, 그게 무엇이든 갈아버릴 것 같은 흉포한 기세.

"……."

진도윤은 온몸의 솜털이 곤두서 있음을 느꼈다.

평범하게 늙은 인간의 모습이지만, 아군을 바라보는 노야의 눈동자엔 분명 벌레를 보는 듯한 하찮음이 담겨 있었다.

누가 딱히 가르쳐 주지 않아도 최상위 포식자에게만 느낄 수 있는 본능적인 공포.

-네가 그 인간이냐?

노야의 시선이 진도윤에게로 향했다. 그것만으로도 자연스럽게 주변을 짓눌렀다.

"누구?"

진도윤이 어깨를 으쓱이며 고개를 흔들더니, 이내 손가락으로 본인을 가리켰다.

"나?"

일단 시간을 버는 게 우선이다.

뭐라도 대책을 세워야 하는데 잘못하다간 이곳에 있는 모든 생명체가 죽을 수도 있었다.

-역시, 요망한 녀석이로구나.

진도윤의 대처에 빙그레 미소 짓는 노야가 저벅저벅! 앞으로 걸어왔다.

'흐음.'

걸음걸이를 힐끗 바라보는 것만으로도 속이 울렁거렸다. 가슴이 답답하고 위액이 역류하는 느낌. 머리에 열까지 나는 기분이었다.

"……."

진도윤은 재빨리 주변을 바라봤다.

어찌해야 할까? 바로 10악마 한 명을 다굴쳐 죽인 후, 그 경험치로 데몰리션 6성화를 노려볼까?

'그전에 뒈질 거 같은데…….'

자신이 10악마 하나를 처단하는 동안, 노야가 가만히 있으리란 보장은 없다.

-허허, 잔머리 굴리는 소리가 여기까지 들리는구나.

그런 잡생각들을 하고 있을 찰나 진도윤의 앞에 도착한 노야가 속삭이듯 중얼거렸다. 한번 손아귀에서 놀아볼 테면 놀아보란 느낌의 어조.

-하나, 다 쓸모없는 헛생각이겠지. 이미 내 존재로 대계는 완성되었거늘. 끌끌.

쿠구궁!

혀를 차는 소리와 함께, 노야가 손을 한번 떨쳤다. 그 반동과 함께 몸으로부터 튀어나온 검은 기운이 순식간에 공간을 장악했다.

"헉?"

"크윽……!"

"어, 어찌 이 정도의 힘을!"

"수, 숨 막혀!"

지원 온 서머너들도, 천사들과 대천사들도 고작 그 한 수에 가슴을 부여잡고 괴로워하고 있었다.

한 존재가 뿜어내는 힘이라고는 믿을 수 없는 괴력.

'역시.'

진도윤이 눈살을 찌푸렸다.

자신이 잘못 본 게 아니었다. 노야, 아니, '바알'(Baal)은 그 존재 자체만으로 재앙이었다.

'일단 도주해야 하나?'

최대한 몸을 숨긴 채, 가이아에게 도움을 구하거나 아니면, 레벨 업으로 데몰리션을 강제 각성시키거나.

'제기랄, 왜 하필 지금.'

진도윤은 현 상황이 살짝 원망스러웠다.

원래 악당들이라는 게 그렇지 않은가? 약한 놈들부터 하나하나 차례차례 등장하는 것.

지금껏 잘해오던 놈들이 왜 이제 와서 한 번에 싹 등장한단 말인가!

"흠, 이거 진짜 × 된 거 같은데."

진도윤이 도주 자세를 잡았지만 계속 앞으로 걷는 노야의 표정엔 서두르는 기색 따위 없었다.

마치 궁지에 몰린 사냥감을 가지고 노는 고양이처럼 느긋이 유희의 순간을 만끽하고 있었다.

"고작! 악의 힘으로 우릴 구속하려 들지 마라!"

묶여 있던 대천사 중 하나가 발광한 것은 그때였다.

업화의 검을 들고 있는 우리엘의 모습. 미카엘 역시 기를 쓴 채, 포박에서 벗어나려 하고 있었다.

그런 그들에게 노야가 한마디 던졌으니.

-고작 악의 힘이라니, 조금 섭섭하구나. 그래도 너희 옛 주인의 것인데 알아보지도 못하고. 클클.

흥얼거리는 콧노래와 함께 흘러나오는 소리는 모든 천사들에게 충격을 가져다주기 충분했다.

"뭐, 뭐라?"

"그러고 보니 어쩐지…… 익숙한 힘이 느껴집니다."

"그렇다는 건?"

"……천신, 에로스께서 당하신 걸까요?"

천사들의 얼굴이 하얗게 질렸다.

"설마."

"이런……. 미친 악마 새끼들!"

"어찌 저런 천인공노할 짓을!"

-시끄럽구나.

노야가 다시 한번 팔을 휘둘렀다. 검은 기운들이 하나의 창이 되어 천사들의 가슴을 꿰뚫었다.

"커, 커헉?"

"커어억!"

눈으로 보고 반응할 시간 따위는 주어지지 않았다. 아니, 시간이 주어져도 피하지 못했을 거다. 이미 꽁꽁 묶여 있는 상태였으니까.

푸숙! 푸수숙!

고작 기운의 출현만으로 몇몇 천사들의 목숨을 잃는다.

푹! 푸숙!

지금도 계속 죽어 나가는 천사들.

"이노옴! 천신께서 살아만 계셨다면……!"

"은인이여, 이곳은 개의치 말고 어서 도망치거라!"

대천사들이 진도윤을 향해 외쳤다.

-흠, 진도윤이라 했던가?

거리낌 없이 손짓하던 노야의 시선이 다시 진도윤을 향했다.

-10악마의 수도 많이 줄었는데. 차라리, 그대가 10악마에 들어오는 건 어떤가? 크클, 그대에게 극상의 쾌락과 자유를 맛보게 할 수 있는데 말이야.

"미안한데, 일단 좀 도망칠 테니, 잡혔을 때 다시 제안해 주면 안 될까?"

진도윤이 전신에 감응력을 둘렀다.

노야를 공격하려는 게 아니다. 물론, 도망치려는 것도 아니다.

그가 하려는 짓은 하나의 도박.

'데몰리션을 깨우는 거야.'

그러기 위해서는 10악마 하나의 죽음이 필요했다.

망설일 시간이 없었다. 데몰리션 등에 탄 진도윤은 최대한 빠른 속도로 노야의 시선에서 벗어나기 시작했다.

-호오…….

노야는 그런 그의 모습을 신기한 듯 바라봤다.

진도윤은 달리며, 데몰리션의 상태를 파악했다.

'이제 남은 요구 경험치는 대략 400억 정도.'

물약 버프와 유리아의 버프는 아직 받고 있는 상태니 아무 10악마 한 마리만 잡아내면 요구 경험치량은 채울 수 있다.

'언제 이렇게 경험치량이 찬 거지?'

놀라운 일이었다. 불과 바사고 처리할 때까지만 해도 약 1,000억의 경험치가 남았었는데.

'아.'

그리고 곧 깨달을 수 있었다.

아가레스가 소환한 악마의 문, 그곳에서 튀어나오는 수천 마리의 악마들. 그걸 각성한 데몰리션으로 미친 듯이 때려잡았으니 자동으로 레벨 업이 된 거였다.

"야, 데몰."

"뀨-웅?"

거대한 흑마, 가미긴의 뒤로 숨어든 진도윤이 물었다.

10악마 중 꼭 하나를 선택하라 하면, 가미긴이 제일 나았다. 이미 물의 능력을 죄다 봉인 당한 상태이기 때문.

물론, 아직 한 번에 잡을 수 있을지 없을지는 미지수지만.

"각성할 준비 됐지? 바로 시작한다?"

일격에 10악마를 척살하는 법.

진도윤은 자신의 모든 감응력을 소환수들에게 나누어 탈탈 털어 넣었다. 그러고는 하나하나 직접 컨트롤했다.

우선, 소울 콜렉터의 망령 희생(S급)으로 가미긴의 움직임을 최대한 멈춰놓고 검강이 실린 둠 나이트의 검격으로 목 피부를 뚫은 후 벌린다.

그 틈으로 불멸의 피닉스가 들어가고 마지막으로 그 위에 데몰리션의 '파이어 브레스'(S급)가 뿜어진다.

불과 불이 상극임을 이용한 진도윤의 한 수. 그 모든 동작이 약 3초라는 시간 동안 벌어진 일이었다.

-으음……?

가미긴이 당황했다. 도망치는 포즈를 취하던 인간이 왜 갑자기 자신에게 다가와.

-크으윽?

겁 없이 공격을 가한단 말인가.

게다가 몇 분 전 치러졌던 가혹한 전투로 인해, 아직도 회복도 못 한 상태였다. 그렇기에 진도윤의 급습에도 아무런 대처가 불가했다.

-왜 하필 나냐……. 고작 나 하나 처리한다고 이 모든 게 바

뛸 수 있을 거라 생각하느냐?

가미긴이 억울하다는 듯 토해냈다.

"응, 물론."

진도윤이 고개를 끄덕일 찰나 이미 커다란 흑마, 가미긴은 활활 타오르고 있었다. 선 채로 죽음을 맞이한 것이다.

[물의 악마, '가미긴'(★★★★★)을 처리합니다.]
[경험치 240,000,000,000exp를 획득합니다!]

각자에게 들어온 480억의 경험치. 이것으로, 데몰리션은 만렙 조건을 달성했다.

"뀨, 뀨웅!"

녀석이 곧바로 진화라도 할 셈인지 살짝 당황함을 느끼며, 신속히 똬리를 틀 때였다.

-이거이거 실망이군. 고작 한다는 게 도망치는 척하다가 악마 하나를 죽이는 거?

"흐읍!"

갑작스레 들려오는 목소리에 진도윤의 표정이 굳었다.

삐걱!

그리고 이내, 뻣뻣한 상태의 목이 소리의 근원지로 향했다.

타오르고 있는 가미긴의 얼굴 위, 여유롭게 앉아 있는 노야의 모습. '불'이라는 원소의 공격에도 그는 그저 편안한 느낌이었다.

-그래, 스카우트 제의는 보기 좋게 걷어찬 걸로 하면 되겠지?

차갑게 변한 얼굴로 벌떡 일어선 노야가 두 눈에 살기를 가득 담았다.

이 정도면 봐줄 만큼 봐줬다는 듯. 손을 떨쳐, 기운을 진도윤의 가슴으로 쏘아내는 노야.

하지만 그 기운이 채 중간을 벗어나기 전에.

두쿵!

세상이 그대로 멈춰 버렸다. 마치 시간이 정지하기라도 한 듯 말이다.

꿈뻑꿈뻑.

'뭐지?'

유리아가 눈을 깜빡였다.

'분명, 바알과 마스터가 부딪히려 했는데.'

그 순간 공간 전체가 멈춰 버렸다.

그 강력했던 악마들도 눈을 부릅뜨고 있는 천사들도 심지어 전투 여파에 휘날리던 잔해마저 말이다.

마치 고정된 사진 속에 혼자 들어와 있는 것처럼 느껴지는 이질감.

누군가 마법이라도 부린 걸까? 도저히 이해할 수가 없는 상황이었다.

"후우……. 뭐야, 이게."

자연스럽게 한숨이 나왔다. 앞으로 나오는 뿌연 입김만이

이 적막한 세상 속의 유일한 변화였다.

'잠깐?'

유리아는 그 순간, 묘한 기시감을 느꼈다.

입김? 세상이 멈췄는데?

그녀가 고개를 갸웃했다.

그 대악마도, 심지어 진도윤마저 멈춰 있는데 왜 자신만 움직일 수 있는 거지? 어떻게?

"유리아."

"어? 뭐야!"

갑자기 들려오는 목소리에 그녀가 고개를 확- 돌렸다.

놀라움 반, 그리고 반가움 반이었다. 이런 끔찍한 세상 속에 혼자 남게 되면 어쩌나 슬며시 걱정하려던 찰나였기 때문.

"제프리? 그리고 유아린도 있네?"

"네."

"세상이 멈췄다. 내 소환수도 전부."

"근데 우리만 움직일 수 있는 것 같아요. 딱 우리 셋만."

유아린과 제프리가 번갈아 가며 대꾸해 왔다. 그들 역시 놀란 눈치였다.

하긴, 이 상황에 놀라지 않을 사람이 있을까? 굳이 한 사람 꼽자면, 저기 굳어 있는 마스터 정도나 되어야 태연하겠지.

"근데 왜, 우리만……."

미간을 찌푸린 유리아가 진도윤을 향해 다가가려 할 찰나였다.

"유리아, 멈춰라."

제프리가 만류했다.

"왜?"

"일단 상황 파악부터 하지. 함정이나 저주일 가능성도 있어."

"아, 섣불리 움직이지 말란 거지?"

유리아가 뒷걸음치자, 제프리가 고개를 끄덕였다.

미궁에서도 수많은 환각류 함정을 겪어왔다. 그때도, 무작정 나서는 것보다는 어디 한 곳에서 충분히 상의한 후 움직였었지.

그들은 널찍해 보이는 자리 한 곳을 찾자, 유리아가 입을 열었다.

"제프리, 뭐 아는 거라도 있는 거야?"

"네비로스가 말했었지."

그가 쪼그려 앉았다.

"해결책이 없는 저주나 함정은 없다고."

"오오, 그래서?"

"뭘 그래서냐. 네비로스도 없는데. 이제부터 찾아봐야지."

"……뭐야, 너도 모른다는 거잖아?"

유리아가 눈매를 좁혔다. 그러자 계속해서 볼을 꼬집고 있던 유아린이 입을 열었다.

"계속 통증이 느껴지는 것 보니, 꿈은 아닌 거 같아요."

"후, 난 너희가 과연 실재하는 존재인지도 의심스럽거든?"

혹시나 자신 혼자 이미 죽어서 환상을 보고 있는 건 아닌지.

아니면, 이 또한 저주의 일종 아닌지 별의별 생각이 다 들기 시작했다.

유리아는 주변을 바라봤다. 문득, 다시금 비현실적인 상황임을 자각했다.

각자 흉포한 모습으로 공간을 꽉꽉 채우고 있는 10악마와 그 주변으로 창, 칼 등의 무기를 힘주어 질러내는 천사들의 악지르는 모습.

그 소란스러울 것 같은 광경에 반해, 바람 소리조차 들리지 않는 적막함까지.

"……."

잠깐의 침묵이 흘렀다.

그렇게 얼마나 시간이 흘렀을까.

"우선."

제프리가 어렵사리 말을 꺼냈다.

"딱 10분만 기다려 보고, 아무 이상 없으면 조사 시작해 보자."

"조사?"

"응. 저 멈춰 있는 것들을 건들면 어떻게 되는지, 아니, 그전에 건들 수 있는지. 우리 말고 또 움직일 수 있는 사람이 있는지, 등등……."

도대체 무슨 상황인지는 모르겠지만 가만히 있을 순 없었다. 뭐라도 해야지.

"음…… 오케이."
유리아가 천천히 고개를 끄덕였다.

6장

그 시각.

"으음……?"

진도윤은 시커멓게 변한 주변 환경을 보며 침음성을 냈다.

앞으로도 뒤로도, 새카만 어둠이라 어느 것도 볼 수 없는 상황.

"뭐야, 엘!"

미간을 찌푸린 진도윤이 엘라임을 불렀다. 그러나 돌아오는 대답은 없다. 감응력에도 변화가 없다.

끌어올리려 해봐야 피시식! 하며 김새는 소리만 날 뿐.

"피닉스? 데몰? 둠? 소울?"

나머지 넷도 마찬가지였다.

"뭐야, 결국 뒈진 건가?"

진도윤으로서는 꽤 합리적인 판단이었다.

분명, 마지막 기억이 눈빛에 살기 담은 노야가 자신을 공격하는 모습이었으니까.

'하아……'

그가 속으로 한숨을 내쉬었다.

지금 느끼는 감정은 뭐랄까. 분노나 허탈 같은 것보다는, 음…… 솔직히 아무런 생각이 없었다.

평소 자신의 목숨을 끔찍하게 아끼는 스타일이 아니기도 했고 뭐, 그런 스타일이었다면 애초에 서머너 마스터가 되지도 못했겠지.

'그나저나.'

진도윤이 다시 주변을 둘러봤다. 역시나 아무것도 보이지 않는다.

사후세계의 모습은 이런 걸까? 악마들은 '영혼'이라는 형태로 변했다 망령화하던데.

은근히 차갑게 다가오는 공기와 서늘한 무언가가 느껴질…….

'무언가?'

그때였다. 어두운 환경에 적응한 그의 동공이 최대치로 확장됐고 미세하게 남아 있는 빛 사이로 무언가 꿈틀거리는 게 느껴졌다.

'저게 뭐지?'

진도윤은 눈에 힘을 주고 그곳을 바라봤다.

꿈틀거리는 곳이 한 곳이 아니다. 위에도, 아래도, 우측에도, 좌측에도 무언가가 전부 움찔거리고 있었다.

"……이건."

진도윤은 모처럼 느껴지는 강렬한 기시감에 정신을 바짝 차렸다. 무언가 친숙하면서도 익숙한 존재가 이 공간 전부를 꽉 채우고 있는 느낌.

그리고 그곳으로 뿜어져 나오는 막대한 위압감.

그오오오오…….

곳곳에서 들려오기 시작하는 기운이 뭉치고 찢기는 소리. 어둠이 도래한 곳, 꽁꽁 묶여 있던 그것.

"허……."

그는 눈앞의 존재가 무엇인지 왠지 모르게 짐작이 갔다.

그렇다. 세상이 시커먼 게 아니라 시커먼 게 세상을 가득 채우고 있는 거였다.

스르륵! 펑! 펑!

주변에서 느껴지는 기파 하나하나가 10악마 따위는 우습게 날려 버릴 수 있을 법한 내력을 품고 있었다.

진도윤의 주먹에 서서히 힘이 들어갔다.

이전에 만났던 심지어 그 대악마, 바알보다도 더 위협적인 녀석.

진도윤은 놓을 것 같은 정신을 간신히 붙들었다.

차원이 다른 존재. 천계와 마계, 그리고 신들까지 두려워하던 녀석.

자신이 쓰던 파괴룡의 잔재 따위가 아닌, 그 모든 것을 합쳐

놓은 본체.

'그렇구나……. 이 녀석이.'

그는 전율했다. 그 누구를 만나도 주눅 들지 않았던 서머너 마스터마저도 인정할 수밖에 없었다.

파괴룡, 데몰리션. 마치 '파괴'를 위해 존재하는 것만 같은 자.

-이제야 알아차렸는가.

오랜만에 듣는 목소리였다. 최후의 미궁에서, 수천 합을 나누고 나서 들었던 그 목소리.

"너느…… 크윽!"

하지만, 진도윤은 제대로 대꾸조차 할 수 없었다. 식도에서 시뻘건 피가 역류했다.

'존재'를 인식하자마자, 큰 타격을 입을 정도로 무지막지한 존재인 것이다.

이런 걸 잠깐이나마 봉인하려 했던 가이아가 위대해 보일 정도?

진도윤은 통증을 참아내며 생각했다.

'뀨웅이, 그 녀석은?'

어디로 간 건가. 사라진 건가?

만약 데몰리션이 본체일 수 있다면, 그 녀석이길 바랐는데.

만날 뀨웅거리던 녀석이 이제는 어마어마한 존재가 돼서 위협적인 목소리까지 내고 있으니, 무언가 기분이 묘했다.

-흐음, 그렇군. 그렇게 된 건가……?

녀석이 혼자 중얼거렸다. 어딘가에 있을 파괴룡의 시선이 진도윤의 온몸을 짓누르고 있었지만 그것에 분명, 악의는 없었다.

다시 한번, 쿨럭! 진홍색 핏물이 입속에서 터져 나왔다.

'하, 이거…… 진짜 센 놈이었네.'

결국, 진도윤은 온 힘을 다해 고함을 질렀다.

"야, 이 빌어먹을 녀석아! 힘 좀 억제해 봐! 이러다 죽겠어!"

-음?

쿠구구구…….

순간, 무언가 엄청난 것이 움직이는 소리가 들렸다. 그 움직임에도 온몸이 쪼그라들어 버릴 것 같은 엄청난 '중력'이 느껴졌다.

진도윤의 솜털이 곤두섰다.

왜, 함부로 '녀석'이라 불러서 그런가? 고작 몸에 들러붙은 한낱 미물이 신도 두려워하는 존재에게 막말해서?

'뭐.'

어차피 저 녀석이 죽이겠다고 마음먹는 순간 자신은 끝이다. 굳이 비위 맞추겠다고 조심스레 말할 필욘 없었다.

그럴 성격도 안 됐고.

-그런가?

하지만 진도윤의 추측은 틀렸다. 방금 움직임은 그저, 데몰리션이 고개를 갸웃- 한 것일 뿐.

-그럴 수도 있겠군. 미안하다.

쿠구구구…….

다시 한번 고개를 끄덕인 데몰리션이 기운을 조심스레 갈무리했다.

파아앗!

검은 무언가가 터져 나옴과 동시에 터질 듯한 압박감이 한순간에 약해졌다.

"후우, 하아, 후우……."

진도윤의 입에서 거친 숨이 흘러나왔다. 역시 숨 막히는 순간에 제일 맛있는 건 산소다.

파앗!

동시에 세상이 다시 한번 뒤바뀌었다. 그를 감싸고 있던 거대한 '무언가'가 사라지고 나타난 것은 바로.

우주, 광의의 우주가 아닌 협의의 우주였다.

수많은 별들이 존재하는 지구 대기권 바깥의 검은 공간.

물론, 지구는 보이지 않았다.

신기하게 숨도 쉴 수 있었고 없어진 압력으로 몸이 터지거나 하지도 않았다.

"뭐야, 이건."

그뿐이 아니었다. 배경은 우주인 주제에 중력도 존재했다. 마치 밟고 있는 땅에서 시야만 우주로 변한 것처럼.

스르륵.

이윽고, 눈살을 찌푸리는 진도윤 앞으로 어떤 '존재'가 다가왔다. 흠칫! 놀란 진도윤이 고개를 돌리자, '뀨웅'이의 모습을 한 작은 데몰리션이 보였다.

-반갑다, 인간.

"데몰리션?"

-그게 너희가 부르는 내 이름이었지. 파괴라는 뜻인가?

"응, 가이아가 그렇게 부르던데?"

쿨럭!

진도윤이 난장판 된 속을 간신히 다스리며 대꾸했다. 처음 녀석을 만났을 때, 시스템이 녀석을 데몰리션이라 소개했으니 가이아가 정해준 것도 맞는 말 아니겠는가?

-파괴……. 그렇다면 맞을 수도 있겠지.

녀석의 목소리는 무언가 소름 끼쳤다.

마치 하나가 아닌 여럿이 말하는 느낌.

진도윤은 동요했다.

그는 서머너 마스터, 누구보다 소환수를 아끼는 남자다. 비록 짧은 인연이었지만, '데몰리션' 역시 그의 소중한 소환수 중 하나니까.

녀석의 존재가 저 거대한 고깃덩이의 한 톨 점으로 섞인 거라면? 그래서 영원히 찾을 수 없게 된다면?

'그럼 좀 슬플 것 같은데.'

무서운 침묵이 찾아왔다. 하지만, 이내 다시 마음을 정리했다.

지금은 우선 벌어진 문제부터 해결해야 할 때.

순간, 멈춰 있던 그의 머리가 빠르게 돌아가기 시작했다.

바알이 자신을 공격하려 할 때, 갑자기 세상이 멈췄고 그 공간에서 자신은 데몰리션을 만났다? 게다가 데몰리션은 만렙을 채우고 6성화를 진행하던 상태였으니.

'그렇다면……'

답은 하나다. 가이아가 걱정하던 봉인된 데몰리션의 본체 속 안으로 들어와 있다는 것.

그것 말고는 도저히 답을 찾을 수 없었다.

하지만, 진도윤은 모른다는 듯 너스레를 떨며 물었다.

"그나저나 어떻게 된 거야? 넌 누구고, 난 왜 갑자기 여기 나타난 거지?"

물론, 실제로 궁금하기도 한 사실이었다.

─……그전에 내 소개부터 하지.

작은 파괴룡이 적응 안 되는 목소리로 눈을 번쩍였다.

-나는 우주 곳곳에 뿌려진 수많은 파괴의 잔재들의 총합체. 파괴룡 데몰리션은 이곳 차원에서의 이름일 뿐.

"이곳…… 차원?"

-나는 빛조차 파괴하는 존재, 너희 인류는 나를 '블랙홀'이라 부른다.

"……블랙홀?"

이게 무슨 귀신 씻나락 까먹는 소리지?

블랙홀.

진도윤이 알고 있는 블랙홀은 단순했다. 엄청난 중력으로 빛을 포함한 주변의 모든 것을 빨아들인다는 천체.

정확히는 기억나지 않지만, 그도 과거엔 고등 교육을 받은 적이 있다. 기본적인 것 정도는 알았다.

'근데……'

저 파괴룡이 어떻게 '블랙홀'이라는 거지?

블랙홀이 주변에 있다면 이미 지구는 기다란 엿가락 모양으로 변한 채 빨려 들어가야 정상 아닌가?

아, 그래서 가이아가 무서워했던 건가? 가이아가 곧 '지구'라 했었으니까.

-혼란스럽겠지.

작은 큐웅이가 씩 웃으며 말했다. 역시, 언제 들어도 적응되지 않는 목소리와 표정이었다.

-내 파편의 일부 중 하나가 그대를 굉장히 좋아하더군. 하나는 뭐, 그럭저럭이긴 하다만.

"일부 중 하나라면……?"

-그대와 잠깐 동안 함께했던 '파괴룡, 데몰리션' 말이다.

"아……"

-녀석은 그대에게 기회를 주길 원하고 있지. 나 또한 나쁘지 않다고 생각한다. 빌어먹을 가이아의 간섭으로 마지막 파괴가 미뤄지고 있었는데, 그대 덕에 봉인이 풀렸거든.

"……"

진도윤이 영문을 모르겠단 표정으로 쳐다봤다. 한 가지 확실한 건, 저 녀석이 자신에게 호의를 가지고 있다는 것.

그 호감을 느낀 진도윤이 과감히 물었다.

"파괴라니, 역시 지구를 파괴하는 게 결국 네 목적인 거냐?"

그의 도움을 바라는 마음이 없다는 건 거짓말이다.

다만, 도와준다고 하더라도 결국 녀석의 목표가 지구의 멸망이라면 아무런 의미가 없다.

10악마를 죽이면 뭐 하는가. 저 녀석이 콧바람만 불면, 지구는 날아가고 말 텐데.

그런 진도윤의 마음을 읽었을까. 눈앞의 존재가 설명을 시작했다.

-그대여, 세상 모든 항성과 행성에는 숙명이란 것이 있다.

숙명(宿命), 정해진 운명.

즉, 만들어질 때부터 정해진 수명이 있다는 뜻이었다.

-가이아는 늙었다. 그녀가 인지할 수 있는 신이 된 건 언제일지 몰라도, 너희 인간들의 기준으로 46억 년이면 나름 살 만큼 살았지.

"46억 년……."

끔찍한 시간이었다. 미궁에 갇혀 있던 시간이 무색할 정도로 긴.

-가이아를 다시 재탄생시키고 싶어 하는 우주의 의지로 인해, 난 기어코 이곳까지 왔다. 그리고.

촤르륵!

데몰리션이 발톱을 펼치자 우주가 4등분, 8등분, 16등분, 32등분…… 무한히 갈라지기 시작했다.

동시에, 등분으로 갈라진 곳마다 지구가 하나씩 생겨났다.

마치, 다중우주(Multiverse)를 표현하기라도 하듯.

그리고 그곳에 있는 지구 대다수는 이미 푸른색을 잃은 상태였다. 어떤 건, 박살 난 채 가루가 되어 있었고 또 어떤 건 시뻘겋게 불타고 있었다.

-수많은 차원의 지구가 몰살되었지. 단 하나, 이곳을 제외하고 말이다.

"……."

진도윤은 그 모습에 할 말을 잃었다. 본인이 볼 수 없는 차원을 3차원의 형태로 가시화한 것 같긴 한데…… 너무 갑작스러운 정보였다.

일 년 안에, 삼계(三界)는 필히 무너질 것이다.

문득, 가브리엘의 예언이 떠오르는 건 왜일까?

진도윤은 말이 없었다. 다만, 멍하니 지구를 바라볼 뿐이었다. 어쩌면 그것으로 대답이 되었을지도 모른다.

'답이 없다'라는 대답이.

녀석은 이미 말했다. 마지막 파괴가 미뤄지고 있었는데, 마침내 봉인이 풀렸다고.

아마, 가이아가 우려하던 것도 이런 내용이겠지.

'하지만, 이건 답이 없어도 너무 없잖아?'

세상에, 블랙홀이라니 의욕조차 생기지 않는다.

너무 빠른 포기 아니냐고? 여기 이 자리에 서서, 저 광활하고 드넓은 우주를 바라보면 그런 생각이 절로 들게 된다.

저 수많은 별 하나하나, 어떤 것에 비교해도 자신은 먼지 한 톨보다 못한 존재일 텐데 무슨 의지가 생기겠는가.

-가이아는 욕심을 부렸어. 수많은 시행착오를 통해 간신히 만들어낸 피조물, 인류에 애착을 가진 거지. 뭐, 그럴 만도 해. 그녀의 나이에 비하면 인류는 완전히 어린 수준이니까.

"모성애 같은 건가?"

-그럴 수도. 어쨌든, 그것도 이제 막 피운 문명에 날개가 달리려 하는 시기에 죽음이 찾아왔으니……. 헛생각을 품을 만도 했지.

"……."

진도윤은 다시 입을 꾹 닫았다. 그러나 눈앞 존재가 하는 말은 충분히 이해했다.

결국 지구는 멸망할 운명이었다는 이야기.

'한마디로 자연사(自然死)라는 건데…….'

별수 있는가? 늙어서 죽는 건, 인간도 매한가지 아니던가. 그게 이 거대한 우주의 법칙이라는데.

진도윤은 살짝 우습다고 생각했다.

여태껏, 동료들을 구하고 악의 축인 프리덤과 싸우고 했던 게, 다 애들 장난 같아 보일 지경이었다.

인생무상(人生無常). 그는 처음으로 인생의 덧없음을 맛봤다.

"후우."

전신에 힘이 빠지는 걸 느끼며, 진도윤은 고요히 우주를 둘러다 보았다. 끝없이 나열된 지구 중, 오직 하나 푸르게 빛나는 지구가 보인다.

아름다운 우리의 고향.

-조금 전 했던 말. 기억나나?

"……어떤 거?"

-기회를 주겠다는 말.

"기회……?"

진도윤이 복잡한 감정이 실린 눈빛으로 데몰리션을 쳐다봤다. 어차피 부술 거라면서 무슨 기회를 주겠다는 거지?

"뭘, 어떻게 하라는 건데?"

-들어봐라. 인간. 그대는 가이아의 힘을 이어받았다. 즉, '신'이 될 수 있는 조건을 어느 정도 만족했다는 소리. 늙은 '신'의 비루한 생명력을 네 젊은 영혼으로 대체할 수만 있다면…… 우주의 법칙을 비껴가는 것도 불가능한 것만은 아니겠지.

진도윤은 데몰리션이 무슨 이야기를 하는지 눈치챘다. 데몰리션의 설명은 오랫동안 계속되었고, 그는 그 이야기를 한마디도 놓치지 않기 위해 두 눈을 부릅떴다.

-난 우주의 의지를 따를 뿐. 지구의 운명 따위는 어떻게 되든 상관없다.

-진정한 '지구'의 주인이 되는 길은 굉장히 어렵고 험할 거다.

-애초에 '인간'의 정신력은 영겁의 시간을 버틸 수 있도록 설계되지 않았으니까.

'신'이 되는 길. 무시무시한 파괴룡이 준 기회는 바로 자신의 희생이었다.

　가이아는 늙었으니 네가 대체하라! 그렇지 않으면 우주의 법칙에 따라 지구를 파괴하겠다!

　딱 이 말인데······.

　"후, 미치겠군."

　진도윤이 한숨을 푹 내쉬었다.

　실패하고 말고를 떠나 방법이 이것 하나밖에 없으면, 도전할 수밖에 없지 않겠는가?

　이 우주에 비하면 한없이 어린 100대의 나이지만 그 삶 동안 진도윤이 자신할 것이 딱 하나 있다면 그것은 해보지도 않고 포기한 적이 없다는 것.

　"시련인가?"

　-그렇게 생각하면 한결 편하겠지.

　"그 시련 동안, 세상은 어떻게 되는데?"

　-고차원에서의 시간은 그저 중력의 왜곡일 뿐. 너희 지구는 현재 '시간이 흐르지 않는 곳'에 위치한 상태다. 내가 그리 만들었지.

　"왜?"

　-말했잖느냐. '파괴룡, 데몰리션'이 기회를 주고 싶어 한다고.

　"······."

　뀨웅거리던 녀석. 그 녀석도 본인한테 정이 들었던 건가?

　"만약, 내가 실패하면?"

-지구는 그대로 폐기되겠지.

"……좋아, 인지했어."

고민은 짧았다. 가볍게 다짐한 그는 서서히 눈을 감았다. 그러고는 고개를 끄덕였다. 해보겠다는 제스처.

-역시, 그대답군.

데몰리션이 흥미롭다는 듯 씩- 웃었다.

-나는 분명 말했다. 어려운 길이 될 거라고.

"말해 뭐 해. 이미 결정했어."

-좋다.

그렇게 얼마나 시간이 흘렀을까.

파앗!

시커먼 어둠이 먹물처럼 시야를 어지럽혔다.

"음?"

진도윤의 시야 속에 어둠이 찾아왔다.

덧없이 펼쳐진 별들도, 작은 데몰리션의 모습도 그의 눈앞에서 사라진 지 오래.

캄캄해서 보이지 않는 게 아니었다. 그저 아무것도 없는 완전한 무(無)의 상태였다.

"여기서. 뭐, 어쩌라는 거지?"

본판의 데몰리션은 굉장히 불친절했다. 시련이면 어떤 시련인지, 알려주고나 던져놓지.

아, 이것도 시련의 일환인 건가?

"……엘? 둠?"

본능적으로 소환수들을 불러보지만, 역시나 응답이 없다.

그래도 바닥에 발이 닿고, 걸어 나간다는 '촉각'은 있다.

자신이 하는 말이 들리는 것 보니 '청각'도 있을 테고.

후웅! 후웅!

팔을 휘둘러 봤다. 그 소리 역시 들린다.

숨이 쉬어지는 것 보니 대기도 있다는 소리다.

"걸어볼까?"

가만히 있어 봐야 답이 나오진 않는 법.

진도윤은 천천히 걷기 시작했다. 눈을 감고 걷는 기분이라 당연히 공포감이 스멀스멀 올라왔지만 굳이 신경 쓰지 않았다.

그 또한 시련이라 생각하면서.

끝없는 암흑.

시간이 얼마나 흘렀는지도 모르겠다.

설마, 태초의 우주가 이런 모습이었을까? 왜, '빅뱅'이란 것이 터지기 전 상태 있지 않은가.

진도윤은 그동안 이곳저곳 걸어도 다녀 보고 바다를 헤집어도 보고 운동하던 것처럼 질주하기도 해봤다.

하지만 그 어디에도 빛은 없었다.

'아, 설마.'

데몰리션, 아니, 블랙홀이 빛까지 다 빨아먹어서 아무것도 안 보이는 건가? 라는 생각도 해봤지만, 그렇다고 뒤바뀌는 건 없다.

"야! 데몰리션!"

"파괴룡!"

"뀨웅아!"

걸으면서 수없이 불러봐도 답은 들려오지 않았다.

철저한 고립. 진도윤은 그제야 데몰리션이 했던 말 중 한 문구가 생각났다.

[애초에 '인간'의 정신력은 영겁의 시간을 버틸 수 있도록 설계되지 않았다.]

'설마……'

진도윤의 두 눈이 좁아졌다.

여기서 무한정 버티라는 건가? 정신력이 고갈되지 않도록? 그게 바로 '신'이 되는 시험인가?

문득, 진도윤은 외로울 것만 같았다.

한 달? 두 달?

아니면, 반년? 일 년?

얼마나 지났는지, 알 수 있는 방도가 없다. 매번 초시계를 셀 수도 없는 노릇이고, 아무것도 없는 공간에서 날짜를 정밀 측정하기란 불가능하니까.

'하여튼.'

굉장히 많은 시간이 흘렀다는 건 알 수 있었다.

왜냐 진짜 미쳐 버릴 것 같았으니까.

아무것도 없는 우주에 혼자 버려진 느낌.

혹시 데몰리션의 장난이 아닐까? 시공간의 틈에 버려두고 도망간 것이 아닐까? 하는 생각이 들 만큼.

진도윤에게는 오랜만에 맛보는 '공포'였다.

인간은 사회적인 동물이다. 절대 혼자 살아갈 수 없도록 설계되었다. 그렇기에 '외로움'이라는 감정 또한 어쩔 수 없이 느꼈다.

'오, 이 방법……. 고문으로도 괜찮겠는데? 나중에 소울이한테 알려줘야겠다.'

물론, 그는 최대한 긍정적이고 밝게(?) 생각하려고 노력하는 중이었지만.

"……"

바닥에 누운 채, 콩닥거리는 심장 소리를 들으며 진도윤은 상황을 정리했다.

'우선, 배고픔이나 갈증 같은 건 없어.'

인간이라면 어쩔 수 없는 생리 현상이 없었다. 아마, '영혼'의 상태이거나 하겠지.

'다음은 무슨 수를 써도 이곳에 나갈 수 없다는 것.'

사실, 진도윤은 이 과정을 포기하려 했었다. 조금 버티다, 무슨 부귀영화를 누리겠다고 이런 짓을 할까 생각이 든 것이다.

"야야! 데몰리션 항복할게!"

"항복한다고!"

"나와봐!"

"퀘스트 취소!"

그러나 별 지랄을 다 해도 녀석은 나오질 않았다. '신'이 되는 과정 또한 취소할 수 없었다. 한 방향으로 죽어라 뛰어도 닿는 게 없을 만큼, 광활한 공간이었으니까.

'끝'이 어딘지 가늠할 수 없는 공간.

이곳의 크기가 만약 우주와 같다면? 그냥 나가는 건 포기하는 게 나을 거다. 그 밖으로 나가기 전에 정신력이 마모되고 말 테니까.

"제기랄."

결국, 진도윤이 할 수 있는 건 하나밖에 없었다.

자리에 앉는 것. 그리고, 기다리는 것.

"×발."

긁적, 긁적.

진도윤은 자신의 머리카락을 긁었다. 얼마나 자랐는지, 수더분하게 어깨까지 내려오는 장발이 느껴졌다.

아마, 수년이 넘게 흘렀을 거다. 그의 머리카락은 이곳에서 흐른 세월을 확인할 수 있는 유일한 시계였다.

이미 날짜 감각은 사라졌다. 정신력 역시 서서히 마모되어 가는 게 느껴졌다.

팽팽하던 사고의 흐름도 절로 느슨해졌다. 아마 이대로 사고하지 않는다면, 그게 바로 죽음이겠지.

무념무상의 상태.

'이것 역시 시련인가?'

진도윤은 오랜 시간 고심했었다.

도대체 이 공간에 존재하는 동안 뭘 해야 할지. 도주도 해보고, 회피도 해보고, 끝없이 잠만 퍼질러 자보기도 했다.

물론, 나는 누구일까? 같은 철학적인 질문 따위는 던지지 않았다.

어쨌든 눈을 뜨든 감든 결국, 찾아오는 것은 어둠뿐이니까.

'어둠, 어둠, 어둠······.'

사실, 이제 공포는 어느덧 무감각해졌다.

사람은 적응하는 동물 아니던가. 공포에 잠식되는 것도 한순간이지, 이렇게 오랜 세월을 살게 되면 그냥 삶으로 다가온다.

이제 '보인다'라는 감각이 무엇인지도 점차 잊어가고 있었다.

'빛을 만들어 볼까?'

시간이 얼마나 흘렀을까. 진도윤의 머릿속에 문득 스쳐 가는 생각이었다.

빛이 있어야 물체를 볼 수 있다. 하지만, 이곳엔 빛이 없다.

그러면 만들면 되는 거 아닌가?

참 단순한 생각.

'근데 어떻게?'

어쩌면 그게 시련일 수도 있겠다.

녀석은 말했지. 자신보고 '신'이 되라고.

인류가 아는 '신'이란 전지전능한 존재다. 그렇다면 빛도 만들 수 있어야 하는 거 아닐까?

'애초에 가이아가 인류를 만들었다 했으니.'

비록, 이곳에서의 '신'이란 개념 또한 우주에 비하면 한 톨 먼지 같은 존재일지 몰라도 지구 내에서만큼은 절대적인 힘을 지닌다.

'생각만 하면 뭐 해. 한번 해보면 되지.'

짙은 어둠 속에서 오연하게 앉은 그는 정신을 집중했다.

시간은 아~~주 많다. 오히려 할 게 생겼다는 것으로 위안을 얻는 진도윤이었다.

어두컴컴한 공간.

발 닿을 곳 없이 부유하는 의식이 느릿하게 유영했다.

스윽.

진도윤이 팔을 들어 올렸다.

수천 번, 아니, 수만 번 이상 시도했던 움직임.

그의 움직임은 간결하면서도 깔끔했다.

우우웅!

감응력이라고 해야 할까? 그것과는 별개인 또 다른 힘이 진도윤의 심장을 울렸다.

'이건……'

진도윤은 본능적으로 알 수 있었다.

그 힘은 본인의 생명력.

즉, 진도윤 자체 고유의 힘이라는 것을.

가이아의 힘이 감응력인 것처럼 이 힘은 오직 진도윤만을 위한 힘이었다.

그리고 이내.

쿠구구구!

검은 세계가 진동했다. 그의 '의지'에 따라 수많은 색의 빛이 검은색 위로 흩뿌려졌다.

점이 생기고, 선이 생기고, 면이 되었다가, 둥글게 입체화된다.

누가 정해준 것도 아니다. '색'은 규칙 없이 수놓아진 은하수의 별처럼 무의식적으로 뻗어 나갔다.

창조. 진도윤의 힘으로 만들어낸 빛이었다.

"……"

진도윤은 그 아름다운 창조물들을 먹먹하게 바라봤다.

가슴이 뭉클해졌다.

아아, 이게 정녕 본인이 만든 것이란 말인가? 맨날 아무것도 볼 수 없었던 그로서는 감동할 수밖에 없었다.

'가이아가 왜 인류를 사랑했는지 알 것도 같군.'

무규칙한 빛 따위에도 이런 감동이 오는데 그녀에게 인간이란 어떤 의미였을까?

스윽!

진도윤이 다시 한번 팔을 휘둘렀다. 그 아름다웠던 빛들이 무너져 내리더니 이내 사라진다.

'어차피 저것들은 규칙이 없는 미숙한 창조물.'

진도윤은 이것을 훈련이라 생각하기로 했다. 영겁의 시간을 버티는 힘이자, '창조'의 힘을 기르는 훈련.

잠깐의 반복에도 그는 자신 고유의 힘이 조금이나마 증가한 것을 확인했다.

"다행이야."

진도윤은 문득 안도감이 들었다.

성장할 수 있다는 것. 그것은 그가 여태껏 살아온 원동력 중 하나이기도 했으니까.

무료함과 답답함 속에 지쳐가던 찰나, 일종의 놀잇거리가 생긴 것이다.

'자, 목표가 생겼으니.'

다시 그것에 정진해야지.

그렇게 서서히 그 어두운 공간은 진도윤의 세계로 물들어갔다.

타닥! 타닥!

서울 시내 한복판에 장작이 불타오르고 있었다.

"……아무도 없어요. 모든 게 멈췄어요."

마른 가지를 공수해 온 유아린이 자리에 털썩 주저앉았다. 그 옆에는 굳은 표정의 유리아와 제프리가 있었다.

신기한 현상 모든 세상의 시간이 멈췄는데 오직 그들 셋만이 움직일 수 있다.

거기에 더해 그들이 만지는 '사물' 또한 시간이 흐른다.

지금 눈앞에 타들어 가며 연기를 뿜어대는 장작불처럼.

"그럼 정리해 보도록 하지."

먼저, 제프리가 입을 열었다.

"우리 셋은 대충 일주일이라는 시간 동안 서울 전체를 샅샅이 뒤졌어. 그동안 단 한 명의 생존자……. 아니, 생존자라 해야 하나?"

"뭐, 시간에 잡아먹히지 않은 사람 정도?"

유리아가 대꾸했다.

"좋은 표현이군. 어쨌든, 단 한 명도 발견하지 못했다. 이 정도면…… 누군가가 우리에게 노골적으로 바라는 게 있다는 거야."

"일종의 히든 미션 같은 건가?"

"그런 셈이지."

"도대체 누가?"

"글쎄, 세상을 요지경으로 만들 수 있는 '힘'을 가진 자 아닐까?"

"……."

유리아는 잠깐 생각해 봤다.

가이아는 힘을 잃었고 바알과 진도윤은 이곳에 있다.

천신은 힘을 잃었다고 했으니 그보다 더 강한 '힘'을 가진 자라면…….

"데몰리션?"

"난 그렇게 추측 중이다."

제프리가 고개를 끄덕였다. 나름 일리 있는 판단이었다.

그가 다시 말을 이었다.

"일단 얻은 정보를 취합해 보면, 한 번이라도 '생명'을 가졌던 자는 아무리 우리가 터치해도 돌아오지 않아. 맞지?"

"네, 맞아요."

모닥불에 멍하니 손을 올리고 있던 유아린이 응했다.

사실, 그녀가 정찰하면서 가장 먼저 해봤던 것이 바로 10악마 죽이기였다. 바로 달려가서 노야의 목을 잡고 힘껏 비틀었었다.

하지만, 감응력도 소환수도 없는 그녀가 아무리 훈련했다 해도 맨몸으로 10악마의 골격과 피부를 뚫을 순 없었다. 그저 청동으로 만들어진 상처럼 굳건히 버티고 있을 뿐.

"10악마들도 그렇고, 다른 서머너들도 그렇고……. 만져도 아무런 반응이 없어요. 움직이긴 하는데."

"후, 동물들도 그래."

유리아가 한숨을 내쉬었다.

"서울 시내를 돌아다니다 마주한 애완견들이나 길고양이들도 똑같이 안 돌아오거든."

오직 '사물'(事物)만이 제시간을 되찾을 뿐.

"역시 그렇군……. 흠, 그렇다면 남은 답은 마스터뿐인데."

제프리가 우측을 힐끔 바라봤다.

정면에서 노야와 마주한 채로 굳어 있는 친우, 진도윤의 모습.

과거, 데몰리션에게 봉인된 자신들의 모습을 본 그의 기분도 이러했을까?

제프리는 괜히 입맛이 씁쓸해졌다.

"근데, 제프리."

유리아가 물어온 건, 그때였다.

"응?"

"왜, 마스터는 자꾸 못 만지게 하는 거야?"

일주일 전부터 제프리는 계속해서 경고했다. 절대 마스터 근처에 가지 못하도록.

"……느낌이 이상하다."

"느낌?"

"만지게 되는 순간, 돌이킬 수 없을 것 같은 느낌이 들어. 불안해. 저건 마지막 보루야."

"그냥 느낌일 뿐이잖아?"

유리아의 입술이 비죽 튀어나왔다.

"어차피 이 사달을 낸 게 데몰리션이라면 분명 마스터와 연관이 있을 거라고."

"뭐, 다른 방도가 있을까 해서 찾아본 것일 뿐이지."

제프리 또한 별수 없음을 인정했다.

아무리 직감이 하지 말라고 외쳐도.

'한 번 죽지, 두 번 죽나.'

물론, 죽음보다 무서운 것은 얼마든지 있다. 예를 들어 소울 콜렉터에 영혼이 갇힌다거나 하는.

하지만 아직 끝까지 싸워보지 못했다.

미궁에서 희생됐던 자신들을 구하러 와준 마스터 그리고 그걸 방해하는 악적, 프리덤. 그 배후, 판데모니엄까지.

"어쩌면, 이것 역시 미궁의 연장 선상일지도 모르겠군."

어느새 그들은 모닥불을 버려두고 마스터 주변으로 이동했다. 그러고는 말없이 마스터의 얼굴을 지켜봤다.

"제가 먼저 해볼까요?"

유아린이 나선 것은 그때였다.

쿵! 쿵! 쿵!

그녀 역시 예민해져 있는 직감으로 마스터와 가까워질 때마다 심장이 뛰었지만 왠지 모르게 용기가 났다. 그 용기는 곧바로 행동으로 이어졌다.

툭.

그렇게 진도윤의 팔뚝을 잡는 그 순간 세상이 점멸했다.

유아린은 어두컴컴한 공간을 유유히 거닐었다.

"뭐야, 이곳은……."

오빠를 건들자마자, 의식하지도 못한 사이에 이곳에 빠져 있었다.

분명히 방향을 구분할 수 없을 만큼 시커먼 공간이었지만.

'저 멀리.'

끝도 없이 떨어진 한 곳에 무언가 번쩍이는 게 보였다.

백, 황, 적, 청색이 어우러진, 굉장히 무규칙적이고 기이한 현상. 마치 3차원의 존재가 이해할 수 없는 세계의 단면을 엿보는 느낌이었다.

'……뭘 원하는 건진 모르겠지만.'

그녀는 계속해서 걸었다. 그래도 이러한 진전이라도 있다는 것에 유아린은 감사했다.

일주일 동안 서울역을 뒤질 땐, 조금 답답하다고 생각했던 그녀였으니까.

쿠웅! 콰아앙! 쾅!

"으음……."

유아린은 저 멀리서 들려오는 굉음에 절로 몸을 부르르 떨었다.

후-우웅!

얼마나 거세게 부딪히고 파괴되는지 충격파가 여기까지 전해져 왔다. 엄청난 힘이었다.

지금껏 만났던 10악마와는 그 '결'이 다른 힘. 한때, 감응력 200에 달했던 그녀이기에 더욱 정교하게 느낄 수 있었다.

'후딱후딱 가보자.'

그녀는 본능적으로 깨달았다. 만약, 이 사태를 만든 장본인이 '데몰리션'이라면 녀석이 보여주고 싶어 하는 게 바로 저 모습이란 걸.

"……"

실제 육체가 아닌 의식이어서일까?

아무리 강한 기의 파동이었어도 그녀는 어떻게든 꾸역꾸역 다가갈 수 있었다.

"아으아?"

기어코 그곳에 다다랐을 때 유아린은 이상한 소리를 지를 수밖에 없었다. 이 생소한 '힘'이 무엇인지 이 공간이 어떤 곳인지 깨달은 것이다.

"오빠……"

그녀에게는 보였다. 수북한 수염과 장발로 뒤덮인 진도윤의 모습이.

그는 계속해서 팔을 휘두르며 무언가를 만들어내고 있었다.

빛을 흩뿌렸고 이내 마음에 안 든다는 듯, 다시 거둔다.

눈을 감은 채, 그 동작만을 수없이 반복하고 있었다.

'언제부터 저러고 있었던 걸까?'

그녀는 깨달았다. 시간의 흐름이 굉장히 뒤틀려 있다는 것을.

바깥은 고작 일주일밖에 지나지 않았는데 아무리 무의식이라 해도, 어찌 저렇게까지 장발을 기를 수 있었을까?

게다가 얼굴 또한 초췌하다. 항상 생기 가득한 모습만 보여주던 사람이었기에 유아린은 그 모습이 굉장히 낯설었다.

그러면서도 애틋했다.

얼마나 힘들었을까? 얼마나 외로웠을까?

그렇게 몇 시간을 멍하니 바라보고 있을 찰나.

"흐읍?"

유아린이 두 눈을 부릅떴다. 그와 눈을 마주친 것이다. 아니, 마주쳤다고 생각하기도 전에 온몸이 타들어 가는 느낌을 받았다.

그의 무의식이 본능적으로 자신을 거부함을 느꼈다.

번쩍!

그 순간 다시 시야가 하얗게 튀어 올랐고.

"유아린! 아린아! 괜찮아?"

"정신이 좀 드나!"

그녀의 눈앞엔, 유리아와 제프리가 있었다.

"……."

유아린은 눈을 감았다가 떴다. 짧은 시간 보았던, 고독한 진도윤의 모습이 허상처럼 맺혔다가 사라진다.

그녀는 봤다. 그리고 알 수 있었다.

오직 정적뿐인 그곳에서 분명 진도윤은 혼자 모든 짐을 이려 하고 있었다.

아무런 기약도 없이 무언가를 향해 끝없이 정진하고 있는 그의 모습.

'거기에다.'

이곳의 시간은 고작 일주일이었지만 그곳의 시간은 감히 추측조차 할 수 없을 정도로 느리게 흐른다.

"너무해."

문득, 유아린은 분노를 느꼈다.

복수에 눈이 먼 자신을 포용해 주었던 사람. 길을 제시해 주고, 뜻을 함께했던 사람. 그런 고마운 사람이 끔찍한 고통을 겪고 있다는 것에 대한 반사작용이었다.

"그러니까……."

옆에서 눈살을 찌푸린 유리아가 물어왔다.

"우리한텐 찰나의 시간이었는데, 넌 그 안에서 몇 시간 동안 헤맸다는 거지? 그러다가 마스터를 만났고."

"네."

"마스터는 네가 오는 걸 그리 반기는 눈치는 아니었고?"

"그랬었던 것 같아요."

유아린이 고개를 끄덕였다.

그녀는 진도윤의 눈빛을 확실히 느꼈다. 고개를 절레절레 흔드는 모습도 언뜻 본 것 같았다.

너는 이곳에 있으면 안 된다고. 다시 원래 자리로 돌아가 기다리라고.

어차피 고통스러울 거면, 한 사람만 고통스러우면 되는 것 아니냐고.

그때.

"에씨, 궁금해서 안 되겠다!"

벌떡 일어선 유리아가 진도윤에게 성큼성큼 다가갔다.

"나도 직접 보고 온다."

툭.

주먹을 꽉 쥔 그녀가 진도윤의 어깨에 손을 얹었다.

유아린이 급하게 만류하려 했지만.

"아!"

퍼엉!

그 찰나의 순간 멀리 튕겨 나온 유리아의 신형을 재빨리 붙잡았다.

"유리아?"

"허억, 허억! 허억!"

유아린의 품속에서 그녀가 거칠게 헐떡였다.

"언니도 보고 왔나 보군요."

"허억, 허억. 미쳤네. 야, 제프리!"

"말해라."

그 모습을 팔짱 끼고 보고 있던 제프리가 즉답했다.

"너도 함 보고 와봐. 이건 절대 말로 설명 못 해."

"그러지."

그 역시 과감하게 진도윤의 신형을 건드렸다.

퍼엉!

그리고 그녀와 똑같이 튕겨 나온다.

"……흠."

그러고는 굳은 표정으로 눈살을 찌푸렸다. 두통이 이는지 머리를 부여잡기까지 했다.

그녀의 말처럼 구구절절하게 설명할 필요 없었다. 그 한 번의 왕복으로 진도윤의 상태를 대충 '이해'했으니까.

"……."

침묵이 흘렀다. 그들은 숙연한 표정으로 진도윤의 모습을 떠올렸다.

홀로 수천 년, 아니, 끝이 없는 세월을 견뎌야 할 그의 모습을.

그리고 곧 분노했다.

왜, 도대체 왜 그가 희생해야 하는가.

옛날부터 그랬다. 미궁에 참여해서 100년을 고생했고 그 후엔 다시 귀환해, 프리덤과 싸웠다.

왜 그만 힘들고 괴로워야 하는가. 우리는 동료인데, 친구인데 같이 힘들면 안 되는 건가?

"도와줘야 해요."

먼저 유아린이 입을 열었다. 그녀의 표정은 어느 때보다도 더 결연하면서도 숭고했다.

"동감이다. 아마, 데몰리션이 바란 것도 그런 거겠지."

제프리 역시 동조했다.

그의 고행에 함께하는 것. 물론, 진도윤은 계속해서 그들을 튕겨낼 거다. 원래 그런 녀석이니.

하지만, 반복해서 시도한다면? 계속해서 함께하려고 노력한다면? 오랜 세월에 서서히 마모되는 그의 정신을 조금이나마 붙들어주지 않을까?

"힘든 일이 될 수도 있다."

"각오했어요."

유아린이 다짐하듯 말했다.

그럼에도 제프리는 꿋꿋이 말을 이었다.

"마스터가 쫓아내지 않으면, 우리 역시 그 느린 시간 속에 묻힐 수도 있어."

"그건 오히려 좋은데?"

유리아 역시 싱긋 웃었다.

"힘들 거면 다 같이 힘들어야지."

"그건 동감이다. 그래도 어떻게 될지 모르니 한 명씩 순번제로 돌아가면서 가보도록 하자고."

그들은 서둘러 계획을 세워나갔다.

진도윤이 무얼 하는지 정확히는 모르겠지만 그가 외롭지 않게 도와주기로. 그와 시련을 함께하기로.

"으음……."

진도윤의 공간 속.

'죽을 것 같네. 지겨워, 이 짓도.'

그는 계속해서 팔을 휘둘렀다. 그러자 무수한 종류의 빛들이 공간을 빼곡하게 메웠다가 사라졌다.

우우웅!

수많은 창조와 파괴의 반복을 통해 심장에 조금씩 축적되는 자신의 고유 기운 하지만 그것조차 부질없어 보인다.

'나는 도대체 몇 살일까?'

어느 순간부터, 상태창이 뜨지 않기에 나이조차 확인할 수 없다.

문득, 팔을 휘두르던 진도윤의 손이 멈칫했다.

'또, 온 건가?'

한 1년 정도의 텀을 두고 나타나는 동료들의 모습. 유아린, 유리아, 제프리의 순서로 나타나 자신의 모습을 지켜보다 사라진다.

환상은 아니다. 이곳은 자신이 완전하게 장악하고 있는 고유 공간. 자신의 '창조' 의지 없이, 나타날 수 있는 존재는 없다.

즉, 저 모습은 실제 동료들일 확률이 높았다. 어딘가에서 자신의 시련을 함께 지켜보고 있는 거겠지.

저 존재와 대화를 나눌 수 있으면 좋으련만 그건 불가능하다.

우주만큼 커다란 이곳 공간에 정교하게 소리를 전달할 수 있는 매질(媒質)이 없기 때문.

하지만, 그 모습만으로도 진도윤에게는 큰 도움이 되었다.

저들의 등장을 통해 시간을 헤아릴 수도 있었고.

그 무엇보다 자신이 진도윤이라는 사실을 계속해서 머릿속에 각인시킬 수 있었다.

"이번엔 누구지?"

진도윤이 고개를 돌리자 보이는 건, 제프리의 모습.

피식, 그가 힘없이 웃었다.

제프리 역시 마주 웃는다.

자연스레 그 웃음의 의미가 전해져 왔다.

'힘드냐?'

'힘들지.'

'포기해도 상관없어.'

'뭐, 놓아버릴 정도는 아냐.'

'그래?'

'응, 아직까진.'

정확히는 너희 덕분에.

동료들이 나타나기 전까진, 솔직히 회의감이 많이 들었다.

이것 전부가 환상이면 어쩌지? 사실 이게 진정한 죽음이고 혼자 삽 푸는 거 아닐까?

걱정들이 뇌를 지배했었다.

하지만 그들이 나타나는 순간부터, 이게 진짜 시련임을 '인지'했다. 확실한 목적이 생긴 이상, 그는 포기하지 않는다.

그게 그의 아이덴티티. 진도윤은 그의 삶 속에서 무언가를 쉽게 포기해 본 기억이 없었다. 포기하지 않기 위해 끊임없이 생각하고 각오했다.

'신'이 되는 것. 그 과정이 쉬우면 그게 어찌 전지전능이겠는가.

포기할 방법은 얼마든 있다.

자살(自殺). 이미 '파괴'가 무엇인지 깨달은 그는 자신의 사고 자체를 지움으로써 죽음을 택할 수 있으니까.

'난 오히려 너희가 걱정이다.'

진도윤이 다시 팔을 휘두르며 그를 쳐다봤다. 그러자, 제프리가 웃었다.

'무슨, 나중에 알면 억울할걸?'

'뭐가?'

'마스터, 네가 받는 그 시련에 비하면 우린 아무것도 아니거든.'

'그러냐……?'

방금 대화도 표정으로만 추측한 것일 뿐 어떻게 사실인지 정확하게 물어볼 순 없다.

"후."

진도윤은 웃으며 다시 팔을 휘둘렀다.

시간이 얼마나 흘렀을까.

심장에 내력이 완전히 가득 찼다. 더는 담을 그릇이 없게 되자, 여느 소환수들처럼 진화라는 과정을 거친다.

그럼 다시 고유 기운이 작아진다. 아니, 기운이 작아진다기보다 그릇이 커진 거겠지.

진도윤은 그 과정을 수천, 수만 번 반복했다.

"……."

하지만, 진도윤의 팔에는 힘이 없었다.

이제는 지쳤다. 말도 하지 않았다.

'말'이란 게 무엇인지 기억나지 않을 정도의 시간이 흘렀다.

'한계.'

말 그대로 시간에 잡아먹히고 있는 과정이었다.

진도윤은 본능적으로 깨달았다. 이 과정을 통과하지 못하면 '신'이 될 수 없음을.

이따금 등장하는 동료들의 표정도 그다지 좋지 않았다.

피곤함에 찌들어 있는 모습. 그들 역시 지쳐가고 있다.

다만, 눈빛을 교환하며 서로를 위로할 뿐.

'이제 그만하자.'

진도윤은 어느 순간, 내력 중진을 포기했다. 그의 생각엔 이 정도면 충분했다.

기억은 어렴풋하지만 아마 지금 쌓아둔 힘 정도면, 그 '바알'이라 부르는 10악마쯤은 단 한 수에 먼지로 만들 수 있을 거다.

전성기 때의 '가이아'조차 지금의 진도윤을 상대할 수 없다. 솔직히 그 끔찍하던 '데몰리션' 또한 이길 수 있겠다는 자신감이 들 정도였다.

그는 그 정도로 미친 듯이 고유 기운을 쌓았다.

독기를 가지고 성장했다.

이제 그가 할 일은 오직 버티는 것.

동료들도 그것을 깨달았음인지, 매번 한 명씩 들어오던 걸 멈추고 그냥 전부 다 들어와 있었다.

제프리, 유리아, 유아린.

고마운 존재들.

진도윤 곁에 붙은 그들은 이렇게 말하는 듯했다.

'마스터, 이제 얼마 남지 않은 거 알지? 여기서 끝내면 그동안 버틴 게 억울한 거야!'

'해보자고. 다 끝나면 여행이나 가서 근사한 배경에서 라면이나 한 사발 하자고.'

'우리 같이 힘내요.'

그는 동료들을 보며 버텼다.

끝없는 파도에 서서히 매몰되어 가는 바위처럼 부스러지는 그의 정신력을 붙들기 위해 애썼다.

'슬슬 위험하다.'

'나는 누굴까?'

'내가 왜 이런 짓을 하는 거지?'

'도대체 무슨 부귀영화를 누리려고 이런 시련을 감내해야 하는가.'

'혹시, 그동안 내 멋대로 재단하고 판단하여 위선을 부렸던 것에 대한 '벌'인가?'

'난 '신'이 아니라 '사람'인데.'

'애초에 이런 걸 어떻게 버텨?'

'그냥 죽을까? 눈 딱 감고 이 세상을 파괴해 버릴까?'

'그럼 동료들은?'

'동료들은 또 무슨 죄야.'

'……'

'……'

'다시, 나는 누구지?'

'죽음은 뭘까?'

'죽어도 끝이 없는 거 아닐까?'

'도대체 우주는 뭐지?'

'데몰리션은? 가이아는?'

'가이아도 이런 시련을 견뎌냈던 걸까?'

'아니, 모든 우주의 별들이 이런 시련을 통해 탄생하는 걸까?'

진도윤은 혼자 무수한 생각을 했다. 의식을 잃었다 깼다를 반복하며, 생각하고 또 생각했다.

철학적이면서도 본질적인 물음들. 하지만, 역시 답을 구할 순 없다. 물음들은 한 바퀴를 돌면, 언제나 도돌이표처럼 제자리로 돌아왔다.

"……."

점점 의지가 사라지는 게 느껴졌다. 눈물을 펑펑 흘리고 싶은데, 흘릴 눈물이 없다.

사실, 알고 있을지도 모르겠다. '답'이란 것이 없다는 것을, 아니, 알아도 이해할 수 없다는 것을.

어차피 인간은 이 우주에 한낱 먼지일 뿐인데 어찌 먼지 따위가 우주를 이해할 수 있겠는가.

"끄……."

그때였다. 적막한 순간에, 이상한 잡음이 들려왔다.

무언가 익숙하면서도 굉장히 애틋하게 들리는 소리.

진도윤은 멍하니 어두컴컴한 공간을 바라봤다.

그의 시야에 움찔하는 무언가가 잡혔다.

"뀨……."

뀨?

진도윤이 두 눈을 부릅떴다.

멍했던 의식이 점차 생기를 찾아가고 있었으며 두 눈동자에 현기가 들어차고 있었다. 마치 블랙홀 주변에서 새로 태어나는 '아기별'처럼.

"뀨웅……!"

그리고 마침내 그의 눈앞에 움찔거리던 녀석의 형체가 밝혀졌다.

그것은 아주 작은 데몰리션의 파편, 아니, 그 커다란 데몰리션. 정확히 말하면 그 '블랙홀' 정신을 장악한 본인의 소환수.

그 순간, 시야에 오랜만에 보는 상태창이 무수히 떠올랐다.

[띠링!]
[시련을 극복하셨습니다.]
[새로운 별의 주인이 되셨습니다.]
[대상 - '태양계']
[파괴룡 '데몰리션'의 진정한 주인이 되셨습니다.]
[해당 '블랙홀'은 당신의 행성을 건들 수 없습니다.]

"별의 주인······?"

오랜 시간 동안 멈춰 있던 그의 성대가 다시 울리는 순간이었다.

진도윤이 시련을 극복하기 얼마 전.

공간, 타르타로스에 불청객이 찾아왔다.

스멀스멀.

검은 기운이 피어올랐고 자연스럽게 에레보스와 닉스가 가이아의 양옆을 지켰다.

꿀꺽.

그들은 어두운 낯빛으로 침을 삼켰다.

신들마저 긴장시킬 수 있는 존재 그게 바로 완전체의 블랙홀, '파괴의 종주'였다.

"여기까진…… 어쩐 일인가요?"

-오랜만이군, 가이아.

둘은 구면이었다. 몇백 년 전부터 우주의 법칙에 따라 지구를 파괴하겠다 선언해왔으니, 모를 수가 없었다.

"결국 봉인에 풀려났군요?"

-어차피 수년도 안 가 풀릴 임시방편에 불과했지 않은가?

"그건 그렇지요."

가이아는 깔끔하게 인정했다. 블랙홀은 고작 '행성'에 불과한 자신의 힘으로 막을 수 있는 수준의 '힘'이 아니다. 적어도 빛을 낼 수 있는 '별'급은 되어야 비벼볼 만하다.

'……끝났군.'

그가 나타난 이상 지구는 더 이상 존재할 수 없다.

10악마? 천신? 이런 것들은 이제 하등 중요치 않다. 어차피 조금 있으면, 한 톨 먼지로 화할 것이기에.

그때, 데몰리션이 물었다.

-우주의 운명을 누구보다 잘 아는 네가 갑자기 욕심을 부렸던 건…… 역시 문명의 발전 때문인가? 이제 꽃을 피우려 하는데 아쉬워서?

"……그것보다 인류는 제 삶의 0.1%도 살지 못했어요."

-그건 내가 알 바 아니지.

"……."

가이아는 눈을 질끈 감았다.

솔직히 막아내고 싶었다. 모든 힘을 쥐어짜, 인류를 지키고 싶었다.

일종의 모성애. 하지만 전성기 시절에도 간신히 막아냈던 저 막대한 힘을 현재로선 막아낼 방법이 없다.

'과연, 숙명은 숙명인 것인가.'

별이 정해놓은 운명을 거스르는 일이 쉬울 리 없었다.

-하지만, 그대의 욕심이 통했어.

"……?"

갑작스러운 데몰리션의 선언에 가이아가 의문 어린 표정을 지었다.

-진도윤, 그자가 '신'의 시련에 들었다. 그리고 이내 곧 성공할 것 같더군.

"……네? 그게 무슨?"

가이아가 눈을 부릅떴다. 옆에 있던 닉스와 에레보스도 놀란 눈치였다.

새하얀 홀에 있는 커다란 영상. 그곳엔 아직도 진도윤과 10악마가 대치 중이다.

데몰리션이 '지구'를 멈춰놓았기에 가이아의 시간도 흐르지 않고 있었던 것이다.

"신의 시련이라면……?"

가이아는 과거를 떠올렸다. 46억 년 전, 아무것도 없던 우주에서 오랫동안 창조를 하던 자신의 모습을.

동시에 깨달았다. 이미 자신이 데몰리션에게 먹혔음을.

시간의 흐름을 통제당하고 그의 판단 하, 진도윤을 따로 시험했음을.

하지만, 기분이 나쁘거나 하진 않았다. 오히려 후련하면서도, 호기심이 들었다.

"그가 정말 해냈나요?"

-엄청나지. 잘하면 그대와 달리, '별'의 주인이 될 수도 있겠어. 절대 포기하지 않더군.

"별……!"

홀로 빛을 내는 존재. 가이아는 그 힘이 얼마나 대단한지 누구보다 잘 알고 있었다.

-그뿐만이 아니다. 그의 동료들 또한 함께 성장했어. 진도윤, 그만큼은 아니겠지만, 그들 역시 너희와 같은 고유의 힘을 지니겠지.

"아아……."

가이아가 진하게 미소 지었다.

다행이었다. 지구 관리를 대행할 수 있다는 건, 이곳이 파괴되지 않아도 된다는 뜻이니.

그녀는 목숨에 미련이 없다. 이미 그런 것에 초월할 만큼 오래 살았으며 그녀를 움직이는 원동력은 오직 인류를 사랑하는 마음에서 비롯된 것이었으니.

"진짜, 다행이네. 그럼 우리 대신에 앞으로 걔네가 '신'이 되는 거네?"

옆에 있던 닉스 역시 웃었다.

"나쁜 상황은 아니군."

에레보스 역시 씁쓸히 미소 지었다.

그러고는 화면을 쳐다봤다. 이미 시간의 축이 뒤틀린 건지 전부 멈춰 있는 서울역의 상황.

가이아 역시 애틋한 표정을 지었다.

"데몰리션."

-불렀는가.

"고마워요. 기회를 줘서."

-그대 때문은 아니니 고마워할 필요는 없다.

"그래도요."

······준비는 됐는가?

데몰리션은 가타부타 말을 늘어놓지 않았다. 그저 법칙대로 이제 영원한 휴식을 위한 준비가 되었는지, 물을 뿐이었다.

"네, 이제 후련히 쉴 수 있겠네요."

가이아가 싱긋 웃었다.

닉스도 에레보스도 온몸에 힘을 풀었다.

수십억 년 만에 찾아오는 영면이었다.

"흐읍……!"

거친 숨소리와 함께 진도윤의 눈이 떠졌다.

'여기는……!'

그 답답하던 어둠의 공간이 아니다. 과거, 10악마와 대치하던 그 공간이다.

그의 입장에선, 아주 먼 옛날이었지만 놀랍게도 기억이 명확히 났다.

'이것이 신의 힘.'

신은 완전무결한 존재. 어떠한 것도 잊지 않기 때문.

정신력 또한 굳건하기에, 일종의 매너리즘 같은 것에 빠지지도 않았다.

"지, 진도윤! 갑자기 분위기가……?"

옆에 있던 엘라임이 두 눈을 부릅떴다. 자신의 계약자가, 더 이상 인간이 아님을 본능적으로 느낀 것이다.

자신을 창조했던 '신', 아니, 그보다 더 위대한 힘을 지닌 존재.

"……이대로 그냥 넘겨받는 건가?"

눈을 뜬 진도윤은 깨달았다. 이 세계의 주축을 이루던 가이아가 사라졌음을. 그리고 이 세계, 지구의 뿌리 '세계수'가 자신의 육체와 연결되었음을.

그야말로 새로운 신의 강림(降臨).

진도윤은 여유롭게 주변을 둘러봤다.

작은 데몰리션. 엘라임, 피닉스, 소울 콜렉터. 둠 나이트까지. 오랜만에 보는 소환수들을 보니 절로 웃음이 지어졌다.

다행히 '신'이 되어도 감정이란 게 남아 있긴 한가 보다.

하긴, 가이아도 분명히 인간을 '사랑'했으니.

"쉬고 싶은 것 또한 여전하네."

'신'이 되었지만 진도윤은 관리에 큰 미련이 없었다. 그저 함께했던 동료들과 여가를 보내며 휴식을 취하고 싶을 뿐.

특히, 근래 정신적으로 너무 힘들었었다.

시련이 끝나고 나서 정신이 원래대로 복구되었기에망정이지 그게 없었다면 아직도 '멍'한 상태였을 거다.

'그래도 인간의 감정을 가지고 있다는 것은.'

진도윤이 무의식적으로 그것을 원했기 때문 아닐까?

─……갑자기 무슨 여유를 부리고 있느냐!

눈앞의 노인, 바알이 몸을 비틀며 서슬 퍼런 손날을 뻗은 것은 그때였다.

촤아아악!

순식간에 그의 몸을 뚫어버리는 광속의 공격.

"……"

하지만, 진도윤은 비명을 지르지 않았다. 그저 무표정으로 바알을 쳐다봤다.

"가이아와 그녀의 창조물들이 만든 부정적인 감정들이 모여 탄생한 잡종인가?"

뚫린 피부에서는 피가 나오지도 않았으며 그저 평온하게 바알을 '관찰'했다.

"흐음, 굉장히 정교하게 창조되었군. 이런 점은 배울 만하네."

-무, 무슨 헛소리냐!

일순간, 당황한 바알이 재차 손을 뻗었지만.

'얘는 아직 모르는 건가?'

진도윤은 무심한 표정으로 기운을 슬쩍 꺼냈다. 수억 번이나 반복해 쌓아두었던 그 고유의 기운을.

-끄아아아아아아!

아주 미량의 기운만으로도 온몸이 뭉개지는 느낌을 받은 바알이 괴성을 질렀다.

-이게 무슨……! 말도 안 되는 거력이!

"겨우 이걸 보고 거력이라니."

바알이 온 힘을 다해 발을 굴렀다. 동시에 가진 모든 필살 기술을 동원하여 진도윤을 겨냥했다.

-역시 숨겨놓은 힘이 있었구나. 하지만, 그 정도 힘이면 네놈도 제약이 따르겠지?

"글쎄……."

-지금이라도 우리 진영으로 넘어오는 것은 어떠냐. 내 친히……!

"시끄러."

꽈악!

진도윤은 시크하게 기운을 뻗어, 바알의 몸을 낚아챘다. 솔직히 옆에서 뀨웅거리는 데몰리션만으로도 다 정리할 수 있긴 한데, 그러다 지구가 날아갈 수도 있다.

그냥 정교하게 조절할 수 있는 자신이 하는 게 나았다.

진도윤은 마치 탁자 위 휴대폰을 잡듯, 간결한 동작으로 바알을 잡아 들어 올렸다. 그러고는 기운으로 녀석의 몸뚱이를 툭툭- 건드렸다.

"넘어올 거면 네가 넘어와야지. 잘됐네. 마침 긴 시간 동안 관리할 노예들이 필요한 참이었는데."

-흐읍……?

바알은 정신이 없었다. 마치 자신을 가지고 노는 외계인의 장난감이 되어버린 기분이었다.

도대체 이게 어찌 된 거지? 어떻게 몇 초 전까지 약했던 놈이 저런 힘을 가질 수 있는 거지?

아무리 세상이 신비한 일이 많다지만 바알은 현 상황을 도저히 이해할 수 없었다. 다른 10악마들 또한 마찬가지였다.

지원 온 서머너들도 전 세계로 송출되는 화면을 바라보는 일반 시민들도 천사군과 대천사들도.

"……"

그저 입 벌리고 서머너 마스터의 활약을 지켜보는 중이었다.

-끄으으으윽!

바알이 온 힘을 다해 벗어나려 해봤지만 진도윤의 기운은 견고하고 단단했다.

문득, 바알은 불안한 생각이 들었다.

'설마 이대로…… 정말 이대로 인간 하나에게 대계가 무너지는 건 아니겠지?'

그럴 리가 없다. 이 세상에 전성기 '가이아'보다 센 존재는 없다. 게다가 자신은 '천신'까지 먹은 상태인데.

하지만, 생각과는 달리 바알의 눈동자는 사시나무처럼 떨렸다.

두려움, 그는 난생처음으로 두려움을 느끼고 있었다.

-흐으.

온몸이 묶인 바알이 주변을 둘러봤다. 다른 10악마들 역시, 대책 없이 당하고 있었다.

놀랍게도, 서머너 마스터가 아닌 다른 인간에 의해.

"마스터, 우리도 돕겠다. 목소리를 듣는 건…… 오랜만이군."

제프리가 손을 뻗어 아가레스와 마르바스를 압박하고 있었으며.

"후, 그간 말하고 싶어서 얼마나 입이 근질거렸는지 알아?"

유리아 역시 손쉽게 발레포르를 상대하고 있었다.

"……저도요."

유아린은 부에르를. 놀랍게도 그들은 전부 소환수를 사용하지 않았다. 오직, 본인 고유의 힘들로 10악마를 능수능란하게 상대했다.

그들 또한 시련과 함께하며, 자연스럽게 '신'이 된 것이다.

"좋네, 결국. 이기는 건 우리지."

진도윤이 만족스럽다는 듯 고개를 끄덕였다. 그러고는 손을 하늘로 뻗어 올렸다.

고오오오……

10악마 주변으로 엄청난 기운이 요동치기 시작했다.

본능대로 용솟음치는 광포한 고유의 기운.

"우선, 너희는."

진도윤이 싸늘하게 10악마들을 쳐다봤다.

악마들은 감히 그를 쳐다보지도 못했다. 판데모니엄에서도 서열을 정하는 그들, 강자존(强者存)의 법칙을 따르는 그들답게 거대한 힘에 절로 복종하는 것이었다. 심지어 일인자라 불렸던 바알조차도.

그저 몸을 굽신 숙인 채, 반항조차 하지 못하고 있었다.

"여기, 소울 콜렉터에 들어가 있어라. 너희의 죄는 추후에 묻겠다."

그것으로 끝이었다.

진도윤이 주먹을 쥠과 동시에.

-커, 커허억!

-사, 살려……!

그들은 비명도 채 지르지 못한 채, 녹아내렸다. 흘러내린 피부 사이로 튀어나온 악마의 영혼은 곧바로 '아세브라도'로 딸려 들어왔다.

"키이이!"

소울 콜렉터가 기쁘게 그것들을 받아냈다. 이들은 나중에 다시 마계에 풀어놓을 예정이다. 없어진 육체는 '창조'로 다시 만들어줘야겠지.

 어차피 마계는 필수 불가결한 공간이다. 지구가 정상적으로 돌아가기 위해서는 삼계의 조화가 이루어져야 한다.

 진도윤은 그 사실을 본능적으로 깨달았다.

 또 배신하면 어쩌냐고?

 '저들은 나한테 못 덤벼.'

 어떤 방법을 쓰던 그들은 자신을 이길 수 없다. 냉동실 얼음 조각이 태양의 온도를 낮출 수 없는 것처럼.

 '뭐, 가이아처럼 몇십억 년 늙으면 그땐 또 모르겠지만.'

 진도윤은 황폐해진 주변을 바라보며 한숨을 내쉬었다.

 '이제 다 끝난 건가……?'

 인류가 변했던 모든 비밀을 깨달았다. 동시에 악의 근원들을 모조리 정리하고, 이 세계 최강자가 되었다.

 특히, 마지막 시련은 다시 하라면 자살을 선택할 만큼 끔찍한 순간이었지만.

 "그래도 속 시원하네."

 그의 입꼬리가 슬쩍 올라갔다.

 살짝 허무한 느낌도 들긴 했지만, 어쨌든.

 결과는 판데모니엄의 완패였다.

 10악마는 더 이상 보이지 않았다.

 공간을 뒤덮고 있던 사악한 기운도 완전히 사라졌다.

감회가 새롭다고 해야 하나? 아니면, 홀가분하다 해야 하나?

과정은 제쳐두고 일단은 후련한 게 제일 컸다.

후우웅!

허공에 뜬 진도윤은 주머니에 손을 넣은 채, 시원한 바람을 맞았다. 그런 그의 뒤로 낯익은 얼굴이 다가왔다.

"여, 제프리."

"마스터, 그간 고생 많았다."

제프리가 진심으로 격려했다.

이제 어엿한 하나의 '신'이 된 동료의 모습.

"고생은 무슨, 너희 덕분에 견딜 수 있었지."

진도윤이 활짝 웃었다.

최후의 미궁에서부터, 지금까지 저들이 없었다면 자신은 이미 진즉에 죽었을 거다. 인류 역시 정해진 운명대로, 우주의 먼지로 화했겠지.

사실, 죽음에 큰 의미가 있는 건 아니면서도 진도윤은 무언가 보람차면서도 뿌듯했다.

"유후! 마스터~"

"……드디어 다 끝났군요."

허공 위로 유리아와 유아린도 다가왔다.

각자 고유의 힘을 가진 동료들이라니 뭔가 낯설면서도 다행이라는 생각이 들었다. 혼자 영생을 사는 것보다, 누군가와 '함께'하는 것이 그나마 외로움이 덜할 테니까.

유리아가 싱긋 웃으며 다가왔다.

"마스터, 이제 어떡할 거야?"

"뭘 어떡해?"

"저기 날아다니는 헬기들이랑 서머너들 봐라. 대충 감 오지 않아?"

"아……."

진도윤은 유리아가 무슨 말을 하는지, 단박에 이해했다.

슬쩍 눈을 감고 귀를 살짝 열어두는 것만으로도.

-와아아아아!

-우리가 이겼다!

-서머너 마스터! 서머너 마스터!

-살았다! 살았어! 흐흐흐흑!

전 세계가 환호 소리로 들썩이고 있었으니까.

온 지구의 긍정적인 기운이 가득 차고 있었다. 희망과 기쁨, 안도의 감정이 샘솟고 있었다.

-정말 프리덤이 다 죽은 겁니까?

-그 괴물들은요! CG 아닙니까? 정말 서머너 마스터가 한 방에 다 죽인 거예요? 어찌 이럴 수가!

-흑흑, 감사합니다. 감사해요, 신이시여.

-서머너 마스터를 세계적인 위인으로 모셔야 합니다!

-물론입니다! 그 동료들도요!

다양한 언어로 들려오는 감사 인사와 물음들이 진도윤의 귓가를 파고들었다.

하긴, 이해는 했다. 인류 전체의 삶을 통제하겠다는 프리덤의 선전 포고. 그리고 이어지는 그들의 잔인한 학살들.

그것은 일반인들을 좌절과 공포에 빠뜨리기 충분했으니까. 전 세계 서머너들이 모여도 답 없던 상황을 한 번에 처리해 줬으니 그들 처지에선 고맙겠지.

"으음."

하지만, 문제는 진도윤이 이러한 분위기를 좋아하지 않는다는 것. 자신의 정체를 감추기 위해 가면까지 썼던 사람이니, 말 다 한 상황이다.

후웅!

손을 한번 휘저은 진도윤은 청각의 증폭을 끊어냈다. 이제는 사람들의 목소리가 들리지 않는다.

그러자, 이번엔 미카엘 포함 네 대천사가 다가왔다.

"으, 은인…… 아니, 신이시여."

먼저, 라파엘이 고개를 숙인다. 그러자 미카엘, 우리엘, 가브리엘도 따라 고개를 숙였다.

"뭐야, 갑자기? 부담스럽게."

진도윤이 피식 웃었지만, 이들은 진지했다. 대천사뿐만 아니라, 남은 잔여 천사들도 무기를 내려놓고 예를 표했다.

천계의 종족들이 동시에 한 존재에게 존경을 표하는 장면은 그야말로 장관.

지이잉!

물론, 그 장면 역시 각종 방송국 카메라가 담아내고 있었다. 진도윤이 난감하단 표정을 지었다.

"일단, 돌아가라. 상황은 잘 마무리됐으니, 이제 뒷정리해야지."

"분부 받들겠습니다."

미카엘이 머리를 끄덕였다. 그러고는 천사들을 이끌고 차원문을 통해 돌아섰다.

"후우."

그 모습을 보며 진도윤은 고개를 젖혔다.

비록 폐허가 되어버린 서울역이지만 하늘만큼은 깨끗하고 맑다. 마침내, 평화가 찾아온 것이다.

잠시 후, 진도윤의 밑으로 사람들이 하나둘 몰려들었다. 빅3의 서머너들부터, 상황이 종료됨을 알고 먼 곳에서 달려온 민간인들까지.

"다들 손잡자."

역시나, 도망가야겠다고 생각한 진도윤은 동료들과 함께 차원문을 넘었다.

앞으로 해야 할 일은?

천천히 해나가면 된다.

시간은 충분하니까.

닉스의 은신처로 돌아온 진도윤은 동료들과 회의를 했다.

과거, 타르타로스에서 가이아가 했던 회의가 이러했을까? 안건은 앞으로의 인류에 대한 간섭 방향이었다.

'인류는 우리가 신이 되었는지 모른다.'

그냥 엄청나게 세진 서머너 중 하나로만 알겠지.

나쁘지 않았다. 과한 정보는 화를 부르는 법이니.

원래 인류의 모습대로 살아가는 게 훨씬 자연스럽고 깔끔하다.

"마스터."

"응?"

유리아의 목소리였다. 그녀는 아까부터 천천히 해나가야 할 일을 하나하나 정리해 말해주고 있었다.

"던전이랑 소환수 시스템은 어떡할 거야? 마스터가 원하면 다 지운 상태로 옛날처럼 돌아갈 수 있는데. 소환수와 던전이 없는 시대."

그녀의 말이 맞았다.

시스템은 가이아의 산물 그녀의 정신은 영면을 취했지만, 아직 인간계에 남아 있는 잔재들은 여전했다. 자신이 조금의 힘만 쓰면, 그 잔재 따위 지우는 것은 일도 아니었다.

하지만.

"그냥 내버려 두자."

진도윤이 고개를 흔들었다.

"역시, 그렇지?"

유리아 역시 빙긋 웃었다.

이유는 단순했다.

"뀨웅!"

"진도유운~"

철컥!

"키이이!"

"끼루루루……."

순서대로 데몰리션, 엘라임, 둠 나이트, 소울 콜렉터, 피닉스. 진도윤에게 이 다섯 소환수를 버릴 수 있냐 묻는다면?

'절대 불가.'

이미 소환수들은 서머너에게 가족이나 다름없었다. 그런 연결고리를 일방적으로 끊어내긴 싫었다.

자신이 애틋한 만큼 다른 서머너들도 애틋할 테니.

'게다가, 이건 좀 다른 얘기지만.'

던전이 사라지면 전쟁 중에 열심히 천계 상점을 꾸린 털보가 얼마나 슬퍼할지 짐작조차 되질 않는다.

제 목숨이 떨어져 나갈 수 있는 그 순간에도 장사 생각만 했던 녀석 아니던가.

'그 녀석도 열심히 했으니, 챙겨줘야지.'

진도윤은 돈에 미련이 없다. 세상 모든 것을 가질 수 있고,

만들 수 있는 위치이니.

다만, 자신을 도와줬던 자들의 삶이 끝날 때까지는 그들의 행복을 파괴하기 싫었다.

"다음은 천계랑 마계, 그리고 정령계인데. 여기 봐, 대충 이런 시스템으로 흘러간 거 같아. 이대로 갈까? 아니면 손 좀 볼까?"

유리아는 계속해서 말을 이었다.

제프리도, 유아린도 서로의 의견을 구하며 조율해 나갔다.

새로 등장한 지구의 초보 '신'들.

진도윤은 딴청 피우며 슬며시 미소 지었다.

대충 좀 하지. 왜 이리 열심히들 하는 거야?

진도윤은 애덤 스미스의 '보이지 않는 손'을 추구하는 신이었다. 그냥 관심 끄고 내버려 두면 세상은 알아서 잘 돌아간다.

신으로서 할 일? 딱히 없었다.

휘익! 처억!

커다랗고 맑은 저수지 근처. 미끼를 하나 끼운 진도윤이 낚싯대를 던졌다.

"끼루루루……."

옆에는 피닉스가 모닥불을 선사한 채, 골골거리며 수면을

청하고 있었고.

"진도유운! 이번엔 뭐 잡을 거야? 붕어? 잉어? 향어?"

그의 어깨 위에는 엘라임이 앉아 호들갑을 떨고 있었다.

둠은 그럴 필요도 없는데, 본능적으로 진도윤의 곁을 지키고 있었으며.

(그의 힘으로 둠은 이미 예전 바알보다 강한 상태였다.)

"뀨웅."

데몰리션은 지루하다는 듯, 하품했다.

전투에 환장한 놈인데 평화가 찾아오니, 견디질 못하는 거다.

그래도 걱정은 없었다. 가끔 다른 차원으로 가 우주의 법칙이니 뭐니 떠들며, 행성 몇 개를 파괴하고 오는 듯했으니까. 그야말로 ×라 짱 쎈 파괴룡이 따로 없었다.

그리고 마지막으로.

"키이이이!"

소울 콜렉터 녀석. 이 녀석은 아직도 잡아놨던 10악마들의 영혼과 루시퍼를 괴롭히는 데 혈안이 되어 있었다.

징하기도 했다.

-끄아아악!

-꺼내줘! 꺼내줘! 그만 좀!

-나, 나한테 기회 한 번만 줘!

간혹가다 랜턴 속에서 들려오는 절규 소리.

진도윤은 고개를 절레절레 흔들었다.

그때.

"마스터."

스스슷!

유령 소리와 함께 제프리가 나타났다.

"마계의 영물들이 말썽 피운다는 데 어떻게 처리할까."

"그래? 잠시만."

그의 말에 진도윤이 낚싯대를 놓았다. 그러고는 랜턴을 향해 다가가 속삭였다.

"마계 영물 처리할 놈? 기한은 일주일 준다."

그의 말에 랜턴이 들썩였다.

-나! 나!

-제발!

-저요! 제가 잘할 수 있어요!

-닥치거라! 어딜 위아래도 없이! 나 바알이 해결하겠다!

앞다투어 나가겠다고 소리 지르는 악마들. 거기엔 한껏 무게 잡던 바알까지 있었다.

-시끄러, 새꺄. 여기 기수제인 거 잊었냐? 네가 대계, 대계 거리지만 않았어도 이 모양 이 꼴이 됐겠어?

-뭐라?! 이 잡놈이?

-뭐? 잡놈? 소울 콜렉터님! 쟤 하극상하는데요?

-크응……. 조, 조용히 하거라.

과거 판데모니엄의 서열은 이미 무용지물인 상태.

과거 마계 일인자였던 바알이 소울 콜렉터의 고문에 꼬리를 내릴 정도였다.

그만큼, 무섭다는 걸 테지.

잠깐 고민하던 진도윤은 결정을 내렸다.

"저번엔 아몬이 했으니까, 이번엔 가미긴이 하자."

-아싸!

-크으윽! 제기랄!

이들이 선택받기 원하는 이유는 단순했다. 밖에 있는 시간만큼은 고문에서 벗어날 수 있으니까.

스르륵!

진도윤이 손을 떨쳤다. 그러자 자연스럽게 육체가 만들어진다. 과거 물의 힘을 사용했던 흑마, 가미긴의 모습이었다.

그리고 이내.

랜턴에서 흘러나온 가미긴의 영혼이 자연스레 육체에 스며들었다.

그 힘 역시, 과거 전성기 때 그대로 보존되어 있다.

한층 업그레이드된 진도윤의 창조 능력이었다.

"잘 처리하고 와. 그리고 너희들. 한 1,000년만 고생해 봐. 혹시 알아? 그때 되면 새로운 일자리를 만들어줄 수도."

"최, 최선을 다해 처리하겠습니다!"

"늦으면 알지? 일주일이다?"

"물론입니다!"

스슥!

순식간에 사라지는 가미긴.

어깨를 으쓱인 진도윤이 다시 낚싯대를 잡았다.

역시, 골치 아픈 일 있을 때는 적당한 10악마 하나 보내는 게 최고다. 나름 연륜 있는 놈들이라 해결 방식들도 남달랐으니까.

그 옆에 제프리가 슬쩍 앉았다.

"후우, 좋아 보이는구먼?"

"그치, 이게 여가지."

진도윤이 씩 웃었다.

"거기에 라면이 딱이고?"

"크, 역시 뭘 아는구만? 제프리."

"별말씀을."

그의 칭찬에 제프리가 마주 웃으며 무언갈 주섬주섬 꺼냈다.

컵라면이었다.

"여기, 컵라면은 김치랑 같이 먹어야 맛있는 거 알아요?"

그때, 뒤에서 누군가가 다가왔다.

'신'이 된 이후, 미모가 한결 더 빛나진 그녀.

얼음 공주, 유아린이었다.

갑작스러운 파티가 시작됐다.

이윽고 하늘에서 목소리까지 들려왔으니.

-어딜, 날 빼놓고 즐기시려고?

천계에서 일을 보고 있던 유리아까지 등장했다.

그렇게 다 함께 시작된 요리.

쑹쑹쑹!
도마에 파가 썰리고.
풍덩!
날달걀이 냄비 속을 헤엄친다.
부글부글!
피닉스가 피운 모닥불에, 엘라임이 선별한 식수를 끓이니.
"크으."
탱탱하게 익은 면발에 진도윤이 함박웃음을 지었다.
이게 바로 천국이 아니겠는가?
신선들이 노닐 것 같은 평화로운 저수지.
그리고 마치 도원결의라도 하듯 끈끈한 네 명의 '신'.
그들이 짓는 미소는 마치 온 세상을 축복하는 듯 아름다운 웃음이었다.

- END -